미러월드

MIRROR WORLD

© Michiko Yazuki 2021

First published in Japan in 2021
by KADOKAWA CORPORATION, Tokyo.
Korean translation rights arranged
with KADOKAWA CORPORATION, Tokyo.

미러 월드

남녀 역전 미러링 소설

The
Mirror
World

야즈키 미치코 연작소설

최고은 옮김

하빌리스

목 차

프 롤 로 그

하라스기 중학교 여자 테니스부 활동은 오후 5시 30분에 끝났다.

"그럼 내일 보자."

부 활동을 마무리하며 아야 부장이 말하자, 2학년 부원들은 한목소리로 "감사합니다"라고 인사한 뒤 테니스 코트를 나섰다.

새 학기. 해가 서서히 길어지고 있었다. 노노카는 또래 부원들과 귀갓길에 올랐다. 1학년 신입들은 다음 주가 지나서야 들어올 것이다. 지금은 2학년, 3학년들끼리 자유롭게 활동하고 있었다. 3학년 선배와도 친해서 편안한 분위기였다.

지난주 다른 학교와의 연습 시합에서는 모든 부원들이 보기 좋게 졌다. 복식 시합도 모조리 졌다. 압도적인 패배에 분하기보다는 상황이 우스워서 다 같이 깔깔거렸다.

"아, 배고프다!"

"지금 완전 다코야키 먹고 싶어!"

"난 케이크 한입에 먹기! 이렇게 들고 입에 쏙 넣는 거지."

"그게 뭐야. 난 피자 맛 감자 칩 먹고 싶어. 아, 진짜 배고프다."

다 같이 먹고 싶은 음식 이야기를 하면서, 배가 고프다는 말과는 달리 이리저리 부딪치며 느릿느릿 걸어갔다.

"아, 그러고 보니 집에 피자 맛 감자 칩 있어."

집이 학교에서 제일 가까운 사나가 말했다.

"먹고 싶어!"

모두 이구동성으로 외쳤다.

"잠깐 들렀다 갈래?"

"좋아!"

5명의 친구들이 손을 번쩍 들었다. 노노카가 사나의 집에 가는 건 이번이 두 번째였다. 귀엽게 꾸며 놓은 사나의 방을 노노카는 내심 동경하고 있었다. 책상도, 옷장도, 화장대도 모두 하얀색 앤티크풍으로 맞춘 사나의 방.

장식해 놓은 소품도 하나같이 귀여웠다.

"실례하겠습니다!"

사나가 다녀왔다는 말을 하기도 전에 모두가 한목소리로 인사를 했다. 그 모습이 재미있어서 현관에서 다들 한바탕 깔깔거리며 웃었다.

"어머, 다 같이 어쩐 일이니?"

소리를 듣고 나온 사나의 어머니가 눈을 동그랗게 뜨며 물었다.

"피자 맛 감자 칩 먹으러 왔어요."

유키가 큰 소리로 말하자 또다시 웃음이 터졌다. 3평 남짓한 방에 6명이 복작복작 앉아 낄낄대며 피자 맛 감자 칩을 먹었다. 피자 맛 감자 칩은 눈 깜짝할 사이에 사라졌다. 대체 다들 얼마나 배가 고팠던 거야, 하면서 또 다 같이 웃었다. 사나의 어머니가 주스와 쿠키를 가져다주었다.

시곗바늘이 6시 40분을 가리킬 즈음 다 같이 사나의 집을 나왔다. 바깥은 이미 어두웠다.

"안녕, 내일 봐."

"그래, 잘 가."

갈림길에서 손을 흔들었다. 학교에서 집이 제일 먼 게 노노카였다.

"잘 가, 노노카."

"마히루 너도."

4월이라 해도 일몰 이후에는 아직 쌀쌀했다. 혼자가 되자 갑자기 바람이 싸늘해진 느낌이 들어서, 노노카는 어깨를 움츠리고 서둘러 집으로 향했다. 오늘 저녁 메뉴는 뭘까. 햄버그나 닭튀김이면 좋겠다. 요새는 늘 배가 고프다. 다이어트를 하고 싶지만 맛있는 음식의 유혹을 거부할 수가 없다.

모퉁이를 돌자, 후드를 뒤집어쓴 남자의 모습이 눈에 들어왔다. 이 부근은 주택가이지만 가로등이 거의 없고, 골목은 어두웠다. 노노카가 조심스레 남자를 지나친 순간, 등 뒤에서 남자가 움직이는 기척이 났다. 불안했지만 노골적으로 피하기도 미안해서 상대가 알아채지 못할 정도로만 속도를 냈다.

주변에 다른 사람은 없었다. 멀리 떨어진 큰길에서 자동차 소리가 들렸다. 빨리 집에 가고 싶어. 노노카는 걸음을 재촉했다. 그러자 뒤따라오는 발소리도 빨라졌다. 뭐지? 싫어. 무서워. 기분 나빠. 노노카는 전속력으로 냅다 달렸다. 그러자 뒤따라오는 발소리도 달리기 시작했다. 무서워. 뭐야. 싫어. 무서워.

갑자기 엄청난 충격이 등을 덮쳤다. 정신을 차렸을

때, 노노카는 아스팔트에 쓰러져 있었다. 아스팔트의 서늘한 감촉과 바닥에 까져서 생긴 통증으로 오른쪽 뺨이 타들어가듯 뜨거웠다. 무슨 일이 일어났는지 파악할 수 없었다. 노노카가 일어나려 하자, 뒤에서 누군가가 팔을 붙잡아 당겼다. 후드를 쓴 남자였다. 남자는 노노카를 질질 끌고 작은 공원으로 갔다.

"…싫어. 자, 잠깐만요, 이러지 마세요!"

다리에 힘을 주고 목소리를 낸 순간, 남자가 뺨을 후려갈겼다. 입 안이 찢어졌는지 쇠 맛이 났다. 남자는 노노카를 힘껏 잡아당겼다. 아무리 자세를 낮추어 중심을 잡아도 남자의 힘은 당해 낼 수 없었다. 공원의 작은 화장실, 암모니아 냄새…. 토기가 솟구쳤다.

남자가 교복에 손을 대자 노노카는 죽을힘을 다해 소리를 지르며 팔다리를 버둥거렸다. 그때마다 남자는 폭력을 휘둘렀다. 죽는 줄 알았다. 이렇게 사람이 살해당하는구나.

그래도 노노카는 안간힘을 쓰며 저항했다. 몸이 마음대로 움직였다. 아무것도 생각할 수 없었다. 하지만 지금 자신에게 엄청난 일이 일어나고 있다는 것만은 알 수 있었다. 무척이나 흉악하고 폭력적인 일이 자신을 덮치고 있다는 것을.

폭행 후 남자는 도망쳤다. 안 죽었다, 노노카는 그렇게 생각했다.

눈앞이 핑 돌고 전후좌우상하 감각이 마비된 느낌이었다. 노노카는 속옷을 입고 교복을 걸친 뒤 치마 앞뒤를 확인했다. 평소 옷을 입을 때의 습관이 나온 것이다.

그러고는 무의식적으로 제 짐을 주워 어둡고 습한 화장실에서 나왔다. 노노카는 먼지를 털듯 온몸을 탈탈 털고 집을 향해 걸어갔다. 사지가 쑤시고 온몸이 뜨거웠다.

대문 앞에 서 있는 엄마가 보였다. 귀가가 늦어지는 딸이 걱정돼 밖에 나온 모양이었다.

"노노카."

노노카를 보고 엄마가 손을 흔들었다.

엄마, 엄마, 엄마!

그래, 엄마가 보고 싶었어. 엄마, 엄마, 엄마.

목소리가 나오지 않았다. 내달리고 싶었지만 다리가 생각처럼 움직이지 않아서 속으로 엄마를 외치며 걸어갔다. 집이 바로 코앞인데, 엄마가 바로 저기에 있는데, 거리가 전혀 좁혀지지 않는 것 같았다. 누군가에게 쫓기면서도 다리는 앞으로 나아가지 않는 꿈을 꾸는 것 같았다.

"노노카, 빨리 와. 어디 갔다 온 거야. 정말, 얼마나 걱정했는지 알아?"

엄마가 웃으며 손을 흔들었다.

엄마, 엄마, 엄마. 나 큰일을 당했어. 정말 무서웠어. 너무 아팠어. 죽는 줄 알았어. 엄청나게 맞았고 험한 일을 당했어.

엄마, 도와줘.

엄마가 노노카를 향해 천천히 다가왔다. 달려가고 싶은데 노노카의 걸음은 마음과 반비례하듯 느릿느릿했다.

"노노카?"

노노카를 바라보는 엄마의 낯빛이 바뀌었다.

"노노카!"

엄마가 달려왔다.

"…엄, 마."

간신히 목소리가 나왔다.

엄마가 노노카를 꼭 끌어안았다. 이렇게 안기는 건 초등학교 이후로 처음이라 조금 쑥스러웠다. 머릿속으로는 그런 생각을 하면서도 흘러넘치는 눈물을 멈출 수가 없었다.

왜 이런 일이 벌어진 거지? 왜 이런 끔찍한 일을 당한 거지? 이게 현실이라면 이런 세상은 필요 없어. 이런 쓰레기 같은 세상은 사라져 버려.

1

오늘도 A는 멋지다. 자니즈(일본의 남성 연예인 전문 기획사로 유명하다-옮긴이) 아이돌이 되면 분명 인기 폭발이겠지. 하지만 연예인이 되면 그때는 정말 손이 닿지 않는 사람이 되어 버리니, 역시 이대로가 좋다.

언뜻 뻗친 머리처럼 보이기도 하지만, 저건 분명 자연스러움을 가장한, 계산된 헤어스타일이 분명했다. 딱 봐도 멋지잖아. 잠이 많은 체질인지, 잠이 부족한 것인지, 평소보다 조금 부은 눈도 귀여웠다.

좋은 아침, 하고 인사를 건네고 싶었지만 오늘도 실패했다. 언젠가 자연스럽게 '좋은 아침'과 '잘 가'라는 인사를 나누는 사이가 되었으면.

이케가야 요시오

아오는 오늘이야말로 마음을 열어 줄까. 요시오는 그런 생각을 하며 교실의 창문 너머로 보이는 9월의 푸른 하늘을 보고 있었다. 오늘은 아오가 좋아하는 캐릭터의 색칠 도안을 인쇄해 왔다.

"선생님, 안녕하세요."

4학년 마리였다.

"안녕, 마리."

"이케가야 선생님, 안녕하세요."

이어서 4학년 하야토가 왔다.

"안녕, 하야토."

요시오는 차례차례 들어오는 아이들에게 인사를 건넸다. 기운차게 인사하는 아이가 있는가 하면, 멀뚱하게 쳐다보기만 하는 아이도 있었다. 한 명을 빼고 모두가 모이자 요시오는 복도로 나갔다.

"아오, 안녕."

조금 힘이 들어간 목소리로 말했다. 아오는 복도 저 멀리서 기둥에 몸을 숨긴 채 눈을 치켜뜨며 요시오를 보고 있었다. 요시오가 다가가 교실로 가자고 말하자, 아오는 마지못한 표정으로 요시오의 뒤를 따라왔다.

"'주술회전' 색칠 도안 가져왔어."

요시오의 말에 아오의 눈이 순간 동그래졌다.

"이따가 같이 하자."

다정하게 말을 건넸다.

"…영감."

"어?"

"망할 영감탱이!"

그렇게 외치더니 아오는 요시오를 두고 '푸른하늘반' 교실로 들어갔다.

하, 요시오의 입에서 절로 커다란 한숨이 나왔다.

푸른하늘반 교실이란 아케치 초등학교의 방과 후 돌봄 교실을 가리키는 말이고, 아오는 돌봄 교실에 다니는 2학년 여학생이다. 간자키 아오. 꽤 다루기 어려운 아이였다. 지금은 일반 학급에 있지만, '죽순반'으로 옮겨 갈 가능성도 있다고 들었다. 죽순반이란 각 학년에 설치된 특별 지원 학급을 말한다. 아오는 수업 중에 차분히 앉아 있지 못하고 불쑥 교실에서 나가는 일도 종종 있다고 들었다.

문득 아오를 보자, 역시나 책가방도 벗어 놓지 않고 혼자 인형 놀이를 하고 있었다. 미니카에 실바니안 패밀리의 토끼를 태워 테이블 위에서 힘차게 바닥으로 떨어

15

뜨리는 일을 반복하고 있었다. 요시오는 그 행동의 의미를 파악하려 했지만, 저학년 학생이 흔히 하는 놀이일 거라 생각하기로 했다.

"이케가야 선생님, 이거 보세요. 100점 맞았어요."

마리가 오늘 돌려받았다는 산수 시험지를 들어 보였다.

"와, 대단하네. 잘했어."

요시오는 그렇게 말하며 마리와 하이 파이브를 했다. 돌봄 교실의 대상은 1학년에서 4학년까지라 마리는 이곳에서 최고 학년이었다. 리더십이 있고 야무진 성격의 마리는 이곳의 리더 격 존재였다. 하야토는 시키지도 않았는데 알아서 숙제를 하고 있었다. 포용력이 있는 하야토는 다정한 말투로 저학년 동생들 숙제까지 봐주고 있었다.

"아얏."

저도 모르게 외쳤다. 아오가 요시오의 등을 향해 미니카를 던진 것이다.

"아오!"

그 장면을 목격한 다지마가 아오에게 달려가 그러면 안 된다고 혼을 냈다. 다지마도 요시오와 같은 돌봄 교사였다.

"…대머리."

중얼거린 아오의 혼잣말에 다지마의 얼굴이 순식간

에 도깨비처럼 변했다. 얼굴에는 수염 자국이 푸릇푸릇했고, 팔에도 털이 수북했지만 뒤통수는 휑한 그였다.

"…뭐라고? 지금 뭐라고 했니?"

다지마가 뺨을 실룩거리며 물었다.

"다지마 선생님, 진정하세요. 전 괜찮습니다."

금방이라도 아오의 멱살을 잡을 것 같아 요시오가 급하게 다지마를 말렸다.

"아니, 아무리 생각해도 얘를 돌봄 교실에서 돌보라는 건 말이 안 되잖아요. 부모는 대체 뭐 하는 거람."

아오가 들으란 양 말하는 다지마에게 순간 살의를 느꼈지만, 요시오는 금방 아오를 보며 괜찮아, 하고 말을 건넸다.

"정말이지 이케가야 선생님은 너무 무르다고요…."

다지마의 볼멘소리를 무시하고 요시오는 아오에게 미니카를 돌려주었다.

"아오는 색칠 공부하고 싶댔지? 자, 이거 가져가렴."

A4 용지에 인쇄한 '주술회전' 색칠 도안을 건네자 아오는 낚아채듯 받아 들고 색연필로 색을 입히기 시작했다.

오후 4시부터는 운동장을 사용할 수 있다. 운동장에서는 일단 집에 돌아갔다 다시 놀러 나온 아이나, 아케치 지구의 축구 교실 아이들이 연습을 하고 있었다. 푸른하늘반에서도 축구 연습에 참가하는 아이들이 있었다. 하야토도 그중 하나였다. 운동복으로 갈아입은 하야토가 축구공을 차는 모습이 창문 너머로 보였다. 오늘은 다지마가 야외 담당이라 요시오는 교실에 남았다.

아오는 색칠 공부에 집중하고 있었다. 한 색깔로 칠하는 작은 공백도 세 가지 색으로 칠하고 있었다. 그것도 선 밖으로 나가지 않도록 꼼꼼하게. 초등학교 2학년 학생 중에 이렇게까지 손재주가 좋은 아이는 드물지 않을까. 요시오는 이것도 일종의 재능이라 생각했다.

아오는 한 부모 가정의 아이다. 아오의 아버지는 늘 오후 6시 반에 아슬아슬하게 아이를 데리러 오며, 지각하는 경우도 종종 있었다.

"아빠가 되어 가지고는 그래도 돼? 그러니까 애가 그 모양인 거야."

아오의 아버지가 지각할 때마다 다지마는 그렇게 말했다. 다지마의 외동딸은 유명 대학에 다닌다고 들었다. 그때까지 전업주부主夫로 살던 다지마는 딸의 대학 입학을 계기로 아동 지도원으로 일하게 되었다고 했다. 사회에 공헌하고 싶단다. 봉사 정신은 중요하다는 게 그의 입버릇이었다.

돌봄 교사는 자원봉사가 아니다. 월급도 나오고, 소중

한 아이들을 돌보는 훌륭한 직업이다. 무엇보다 일하는 아버지들을 돕는 자랑스러운 일이라고 요시오는 생각했다.

"아내는 IT기업에서 부장까지 달았어요. 쉰셋인 지금도 일선에서 활약하고 있고요."

다지마의 가족 자랑은 귀에 딱지가 앉도록 들었다. 그때마다 "이케가야 씨는 아들만 둘이죠? 남자애들은 손이 덜 가서 부러워요"라고 한마디씩 덧붙이는 게 신경에 거슬렸다. 남자애는 키울 때 손이 덜 가고 여자애는 손이 많이 간다고? 누가 그런 걸 정했지? 아무 생각 없이 부모 세대의 고정관념을 내뱉는 다지마 같은 사람이 많다는 것이 놀라울 따름이었다.

운동장에서는 다지마가 저학년 아이들이 철봉 운동을 하는 걸 돕고 있었다. 4층 창문에서도 쉿소리로 아이들을 지도하는 다지마의 목소리가 들렸다. 바로 옆에 있는데 왜 큰 소리를 내는 걸까. 요시오는 다지마가 불편했다.

5시 반이 지나자 아이들을 데리러 보호자들이 하나둘 찾아왔다. 푸른하늘반 교실은 6시 반까지다. 아오를 제외한 모든 아이들이 보호자를 따라 귀가했다. 오늘도 아오 혼자 남아 있었다.

"아오네 엄마는 남자가 생겨서 집을 나갔나 봐요."

다지마가 귓속말로 속삭였다. 작은 목소리였지만 아오가 있는 교실에서 그런 소리를 하는 것 자체가 믿기지 않았다. 오늘만 해도 벌써 두 번째로 다지마에게 살의를 느꼈다. '남자의 적은 남자'란 소리를 흔히들 하는데, 유감스럽게도 다지마에 한해서는 사실인 것 같았다.

"제가 남을 테니 다지마 선생님은 먼저 들어가세요."

"그래도 돼요? 번번이 미안하네."

다지마는 전혀 미안해하지 않는 태도로 서둘러 돌아갔다.

"배고프지?"

요시오는 아오에게 말을 걸었다. 아오는 그 목소리가 들리지 않는지 집중해서 색칠 공부를 하고 있었다.

오늘 저녁은 카레다. 아침부터 푹 끓였으니 맛있을 거다. 그렇게 생각한 순간 저도 모르게 앗, 하고 외쳤다. 깜빡했다! 전기밥솥 예약 버튼 누르는 걸 깜빡했어! 시간은 벌써 7시가 가까웠다. 첫째 고스케는 오늘 부 활동이 있는 날이다. 슬슬 집에 돌아올 시간이었다.

둘째인 슌타는 서예 교실에 가는 날이다. 6시 반에는 집에서 나가야 하니, 지금은 집에 없을 것이다. 평소에는 서예 교실에 가기 전에 가볍게 식사를 하고 나서는데, 밥이 안 됐다는 걸 알아챘을까. 빠른 취사를 눌러 밥을 먹고 갔으면 다행인데. 아내도 이미 퇴근했을 시간이다.

누군가가 밥솥의 버튼을 눌렀을 거라 생각하면서도 영 마음에 걸려서 휴대전화를 들었다. 집에 전화를 걸려는데, 교실 전화가 울렸다.

"네, 아케치 초등학교 푸른하늘반 교실입니다."

"아, 여보세요. 안녕하세요, 간자키입니다."

아오의 아버지였다.

"네, 어디쯤 오셨나요?"

"죄송합니다! 아직 회사입니다."

"네?"

"아까 아버지에게 연락했으니 대신 데리러 가 주실 겁니다. 정말 죄송합니다."

"다음부터는 조금 더 일찍 연락 주시면 감사하겠습니다."

요시오는 돌봄 교실의 규칙에 대해 설명하려 했지만, 아오의 아버지는 죄송하다는 말을 연발하더니 전화를 끊었다. 자연스레 한숨이 나왔다.

"아오, 오늘은 할아버지가 데리러 오신대."

아오에게 말하자 아오는 고개를 들고 끄덕하더니 부산스럽게 색칠 공부를 정리하기 시작했다. 이야기를 제대로 들은 모양이었다. 아오는 할아버지를 잘 따랐다.

21

곧바로 초인종이 울리더니 아오의 할아버지가 나타
났다. 늦어서 죄송하다고 정중히 고개를 숙이더니 아오
의 손을 잡고 돌아갔다.

뒤이어 요시오도 교실을 나왔다. 반쯤 엉덩이를 들고
자전거 페달을 열심히 밟아 서둘러 집으로 향했다.

"다녀왔습니다."

문을 열고 거실에 들어간 순간, "정신이 있는 거야 없
는 거야?" 하고 아내 유우코의 볼멘소리가 들려왔다.

"배고프고 지쳐서 집에 왔더니 밥통엔 생쌀만 들어
있어서 얼마나 실망했는지 알아? 대체 뭐 하고 다니는 거
야?"

"미안해. 예약 버튼 누르는 걸 깜빡했어. 슌타는?"

"서예 교실 갔겠지."

유우코가 퉁명스레 대답했다. 그걸 누가 몰라서 물어
봤나.

"슌타는 뭐 좀 먹고 나갔어?"

고스케에게 물었지만 교복도 갈아입지 않은 채로 입
을 삐죽이며 대답했다.

"방금 왔는데 그걸 어떻게 알아요. 슌타 못 봤어요."

"아, 배고프다. 집에 밥도 없고."

아내는 투덜거리며 "뭐 먹을 거 없나?" 하고 냉장고를

열더니, 요시오가 대답할 틈도 주지 않고 어묵 봉지를 꺼내 그 자리에서 뜯었다.

"밥 금방 되는데 좀 기다리지."

"못 기다리니까 먹지. 맥주도 한잔해야겠다."

요시오의 말은 귓등으로도 듣지 않고 유우코는 어묵을 안주 삼아 맥주를 마시기 시작했다. 그러고는 고스케에게도 어묵을 먹이기 시작했다. 요시오는 커다랗게 한숨을 내쉬었다.

식빵 봉지에 빵이 줄어 있는 걸 보니 슌타가 먹고 간 모양이었다.

"정말이지, 나한테 왜 배구부 고문을 시키는 거냐고. 배구는 중학교 체육 수업 이후로 해 본 적도 없는데."

유우코가 큰 소리로 툴툴거렸다. 유우코는 공립 중학교의 음악 교사다. 요시오도 전에는 공립 중학교에서 사회 과목을 가르쳤지만, 고스케가 태어나자 학교를 관뒀다. 교사 일은 좋아했지만 고스케를 봐줄 사람이 마땅치 않았고, 설령 봐줄 사람이 있다고 해도 갓 태어난 아이를 남의 손에 맡기기는 싫었다.

요시오의 부모도 교사였다. 요시오가 학교를 관뒀을 때 아버지는 못내 아쉬워했다. 어릴 적부터 남자도 직업이 있어야 한다는 말을 귀에 딱지가 앉도록 들었다. 마찬

23

가지로 교사만 한 직업이 없다는 말도.

토마토를 자르고 양상추를 찢어 샐러드를 완성했을 때 밥이 다 지어졌다. 고스케는 허겁지겁 먹기 시작했지만, 유우코는 배가 부르다며 카레는 먹지도 않고 샐러드를 깨작거릴 뿐이었다. 그러다 초콜릿 과자를 꺼내 먹기 시작했다.

"그렇게 먹으면 몸에 안 좋아."

"몸보다 정신적 안정이 더 중요해."

요시오는 더는 말하지 않고 고개를 돌렸다.

"축구는 재밌니?"

마음을 가라앉히고 두 그릇째 카레를 먹는 고스케에게 물었다.

"3학년이 은퇴해서 이제 시합에 나갈 수 있게 됐어요."

"잘됐네."

"뭐, 그렇죠."

고스케는 작년에 반항기의 절정을 달렸지만, 고등학교에 입학한 뒤로 놀라우리만치 차분해졌다. 고등학교 생활이 잘 맞는 모양이었다. 당장 시급한 건 차남 슌타였다. 중학교에 들어가자마자 키가 쑥쑥 자랐고, 태도가 눈에 띄게 불량해졌다. 남자애가 키우기 편하다는 말은 대체 누가 한 거야. 요시오는 새삼 그런 생각을 했다. 근거를 말해 달라고.

여름방학 전 삼자 면담에서 요시오가 선생님에게 슌타가 집에서 어떻게 행동하는지 말하자, 선생님은 놀란 표정으로 슌타를 보았다.

"학교에서는 전혀 그러지 않아요. 가끔 수업 중에 졸기는 해도, 모두에게 공평하고 정의감이 강해서 반을 이끄는 믿음직한 학생이에요."

수업 중에 조는 건 좋지 않지만, 요시오는 선생님의 말에 가슴을 쓸어내렸다. 밖에서 함부로 행동하고 집에서 착하게 구는 것보단 훨씬 낫다.

요시오는 작년부터 돌봄 교사로 일하기 시작했다. 15년 만에 직장에 나간 일과 슌타의 반항기는 별 상관없을 거라 생각했지만, 요시오의 부모는 그렇게 생각하지 않는 듯했다.

요시오가 학교를 관두지 않고 계속 일했다면, 아이들은 자연스레 자립심을 길렀을 테고 부모에게 반항하지도 않았을 거라고 아버지는 말했다. 남자라도 사회에 진출해 경제활동을 하는 게 중요하다는 자세를 아이들에게 보여야 했다고.

그 말대로 맞벌이 가정에서 자란 요시오는 슌타처럼

아버지를 '꼰대'라고 부른 적은 없었다. 하지만 그건 부모가 맞벌이였기 때문이 아니라, 3살 터울의 누나가 요시오보다 먼저 엇나가기 시작했기 때문이다. 기다란 치마에 머리카락을 잔뜩 부풀리고는 당시 유행했던 남자 프로레슬러 같은 화장을 하며 무면허로 오토바이를 탔고, 폭주 행위로 여러 차례 보도保導 처분을 받았다. 부모님, 특히 아버지의 마음고생이 심했지만, 여자라 어쩔 수 없다며 고개를 저을 뿐이었다.

한편 어머니는 요시오가 저녁 시간까지 일하는 돌봄 교사로 취직해 집안일에 소홀해졌기 때문에 슌타의 반항이 시작된 것이라 보았다. 우리 집도 맞벌이였다고 요시오가 반박하자, 그건 형편이 빠듯했기 때문이라고 대답했다. 경제적으로 어려운 친척을 도왔던 모양이다. 어머니는 그것만 아니었어도 남편이 집에 있기를 원했을 거라고 했다.

어머니는 무엇보다 남자는 가정을 최우선하라고 했다. 유우코가 하는 말을 잘 듣고, 유우코가 기분 좋게 밖에서 일할 수 있도록 서포트하라고. 요시오는 아직도 그런 소리를 아무렇지도 않게 하는 어머니가 진절머리 났다. '요시오良夫(좋은 남편이라는 뜻-옮긴이)'라는 이름도 어머니가 고집한 거라고 들었다.

어머니가 교단에 섰던 시대는 유감스럽게도 그런 사고방식이 사회에 남아 있던 시대였다. 요시오는 학생 시절, '남성에게도 권리를'이라는 말을 들어 본 적이 없었다. 설령 그런 말이 있었더라도 요시오의 귀에는 들어오지 않았으며, 들린다고 해도 당시는 깊이 생각하지 않았으리라.

남자의 권리라는 걸 생각하기 시작한 건 결혼해 아이가 생기고 나서부터였다. 꿈이었던 교사를 그만두고, 집안일과 육아에 힘써 온 지난 15년. 육아는 즐거웠지만 일상의 다양한 상황에서 부당한 일을 당하는 일도 많았다. 남자라는 이유만으로 험한 꼴을 당해 온 경험은 수도 없었다.

유우코는 맥주 한 병을 비우더니, 어느샌가 조개 통조림을 꺼내 먹고 있었다.

"이거 맛있다. 이 통조림 보이면 또 사다 놔."

"오늘 아침에 당신이 카레 먹고 싶다고 해서 카레 해 놨더니."

"그게 뭐? 사람은 변하는 생물이니 어쩔 수 없지. 정말 당신은 좀생이 같다니까."

유우코는 그렇게 말하며 일어나더니 화장실 가야지 화장실, 하고 안 해도 될 말을 하고는 요시오의 옆을 지

나치며 어린애를 달래듯 머리를 툭툭 건드렸다. 요시오
는 순간적으로 몸을 틀었지만 피하지 못했다. 순식간에
얼굴이 달아올랐다.

"이러지 말라고 전에 말했잖아."

"왜 화를 내? 머리 만지는 게 그렇게 싫어? 이상한 사
람일세."

그렇게 말하더니 이번에는 턱을 만지려고 손을 뻗었
다. 요시오는 아내의 팔을 짝 쳐 냈다.

"아야! 이거 가정 폭력이지? 와, 무서워서 살겠나."

유우코는 히죽거리며 말했다. 요시오는 유우코를 노
려보았지만 유우코는 재미있다는 듯 실실거릴 뿐이었다.

"난 몰라, 지각이잖아! 왜 안 깨웠어!"

2층에서 허둥지둥 내려온 유우코가 입을 열자마자 버
럭 성을 냈다.

"몇 번이나 깨운 줄 알아? 다 큰 어른이 누가 깨워 줘
야 일어나? 고스케도, 슌타도 알람 맞춰 놓고 혼자 일어
난다고."

"지금 나가도 늦었어! 지각하면 다 당신 책임인 줄 알
아! 아우, 아침 먹을 시간도 없잖아! 이러다 빈혈로 쓰러
지면 어쩌려고 그래!"

유우코는 세면대에서 양치와 세수를 하며 입을 벌리는 순간마다 불평을 쏟아 냈다. 요시오는 이제 유우코를 깨우는 걸 포기했다. 그렇지 않아도 바쁜 아침에 2층을 오르내리며 나이도 먹을 만큼 먹은 어른을 깨워야 하느냐 말이다. 아침 식사를 준비하고 고스케 도시락 싸는 것만 해도 힘에 부치는데.

"차에서 먹게 주먹밥이라도 만들어 줘! 얼른!"

요시오는 깊은 한숨을 내쉬며 주먹밥을 만들었다. 큼지막한 소금 주먹밥을 하나 랩에 싸서 내놓자 유우코는 낚아채듯 가져갔다.

"쓰레기 버리고 가야지."

"쓰레기는 무슨! 그럴 시간 없어! 바빠 죽겠는데 무슨 소리야!"

버럭 성을 내며 유우코는 집을 나섰다. 요시오는 내놓기만 하면 되는 쓰레기봉투를 보며 다시 한숨을 내쉬었다. 오늘은 타는 쓰레기를 버리는 날이다. 쓰레기 버리기 담당은 유우코이고, 쓰레기장도 바로 집 옆이다. 그런데 이런 간단한 일도 못하는 건가. 요시오는 분노를 넘어 서글픔을 느꼈다.

쓰레기를 봉지에 넣기까지, 요시오는 각 방에서 쓰레기를 모아 목욕탕과 세면소, 부엌의 배수구를 청소해 머리카락이나 음식물 쓰레기를 치우는 귀찮은 일을 했다. 정리한 쓰레기를 그냥 내놓기만 하면 되는 일은 그에 비하면 훨씬 쉬운 일이다.

"아침부터 시끄러워 죽겠네."

그때까지 묵묵히 아침을 먹던 슌타가 입을 열었다. 아침 연습이 있는 날이라 고스케는 일찌감치 나갔다.

"엄마 진짜 짜증 나. 아빠도 주먹밥은 뭐 하러 만들어 줘."

"엄마한테 말버릇이 그게 뭐니."

슌타는 말없이 자리에서 일어나 다 먹은 그릇을 싱크대에 가져다 놓았다. 반항기지만 이런 면에서는 유우코보다도 훨씬 성숙했다. 어제는 서예 교실에서 돌아와 묵묵히 카레를 먹었다.

"오늘 농구부 연습 있니?"

슌타는 농구부였다.

"…짜증 나. 그런 것 좀 그만 물어봐."

무슨 말만 하면 바로 이런 식이다. 짜증 난다, 시끄럽다, 그런 말들의 연속이다. 하지만 툴툴거리면서도 자기가 먹은 그릇은 바로 설거지를 한다. 고스케도 자기가 먹은 그릇은 깨끗이 설거지해 놓고 나갔다. '자기가 먹은 그릇을 설거지하지 않는 건 화장실에서 볼일을 보고 닦지 않는 것이나 마찬가지야' 아이들에게는 그렇게 가르쳐 왔다. 이 집에서 자기가 먹은 그릇을 설거지하지 않는 건 유우코뿐이다. 분명 볼일을 보고도 닦지 않겠지.

순타를 배웅한 뒤 요시오는 신문을 읽으며 아침을 먹었다. 그런 뒤 세탁기와 청소기를 돌렸다. 1, 2층을 구석구석까지 청소하는 건 상당한 중노동이었다. 특히 계단 청소는 귀찮고 손이 많이 갔다. 시간도 30분은 더 걸렸다.

청소를 마친 뒤에는 빨래를 널었다. 고스케의 체육복과 유니폼은 흙이며 모래며 잔뜩 묻어 있어서 세탁기에 넣기 전에 필수로 손빨래를 해야 한다. 어젯밤에 목욕하면서 애벌빨래를 미리 해 두었다.

빨래를 다 널고 나서는 현관 청소를 했다. 현관은 아이들의 운동화에 묻은 흙으로 하루만 지나도 지저분해졌기에 매일매일 청소를 해 줘야 했다. 그 뒤에 잠깐 마당으로 나가 잡초를 뽑았다. 일주일만 방치해도 손쓸 수 없을 만큼 무성해져서, 이렇게 날마다 뽑아 줘야 했다.

마당에는 나무 몇 그루가 심어져 있었다. 몇 개 있던 화분은 모두 처분했다. 유우코가 사서 방치해 둔 화분을 돌보는 건 늘 요시오의 일이었다. 하지만 물 주는 요시오가 화분에 별 관심이 없는 걸 알아챘는지 꽃은 늘 말라죽었다. 비어 버린 흙과 화분을 처분하는 것도 일이었다. 돌보지도 않을 거면서 왜 사 오는지 이해할 수가 없었다.

마당 청소가 끝난 뒤, 요시오는 자전거로 10분 거리의 슈퍼마켓으로 장을 보러 나섰다. 한 대밖에 없는 자가용은 유우코가 출퇴근에 사용하는 까닭에 요시오는 거의 자전거를 이용했다. 오늘의 특가 판매는 다짐육과 가지였다. 작게 자른 가지와 다짐육을 볶아서 간장과 미림으로 간을 한 반찬을 두고 유우코는 대충 만든 요리라며 투덜거렸지만 아이들은 좋아했다.

집으로 돌아오자 한숨 돌릴 틈도 없이 점심이 되었다. 그제야 텔레비전을 켰다. 화면 한가득 아키바 가요코 총리의 얼굴이 클로즈업되고 있었다. 이 여자의 얼굴을 볼 때마다 요시오는 설명할 수 없는 불쾌감을 느꼈다.

오랫동안 정권을 잡고 있어서인지 부패와 거짓말에 관련된 스캔들이 끊임없이 터졌고, 그때마다 또 다른 거짓말로 덮으려고 했다. 입막음을 위해 희생양으로 체포되는 사람이 나왔고, 입막음이 불가능한 이들에게는 특혜를 주는 최악의 시나리오를 계속해서 쓰고 있었다. 기자 성폭행 사건에 뇌물 수수, 그로 인해 자살하는 사람까지 나왔는데도 모르쇠로 일관하고 있었다. 국민이 모를 것이라 생각하는 걸까. 아키바의 짙은 화장을 보기만 해도 구역질이 났다.

애초에 이 정당 자체가 여존남비 사상에 빠진 보수파 상류층 여식들의 모임과 다름없었고, 그들이 고리타분한 인습에 매달려 버티고 있음으로써 유지되고 있는 것이나 마찬가지였다. 지난달 국회는 말도 아니었다. 자녀를 데리고 출석한 남성 의원에게 "아이가 불쌍하니까 의원을 관두고 집에서 살림이나 해라" "3살 기억이 100살까지 간다" "국회가 보육원인 줄 아느냐" 등 야유가 쏟아졌다. "보육원에 떨어졌나 보지!"라는 야유를 듣고 얼마나 놀랐는지 모른다. 보육원을 늘려 남성들의 부담을 덜어 주기 위해 분투하는 남성 의원에게 어떻게 그런 말을 할 수 있단 말인가.

그전의 국회에서는 동성 결혼에 대해 질문한 남성 의원에게 "당신 뒷구멍은 괜찮은 거야?"라고 야유한 남성 의원이 있었는데, 얼마나 불쾌했는지 속이 메스꺼웠다. '꼰대'들은 어디에나 있다. 같은 남자라고 같은 편이라는 법은 없다는 걸 다시금 깨달았다.

그 전전 국회에서는 부부 별성에 찬성하는 남성 의원에게 "못난 남자의 시기 질투" "별 볼일 없는 하반신" "발기부전" 등, 국회에서 나왔다고는 믿기지 않는 말들이 양갓집 규수들의 입에서 튀어나와 남성 혐오 문제가 화제가 되었다.

그런 장면과 마주할 때마다 요시오는 속이 부글부글 끓었다. 요시오의 가슴에 응어리처럼 쌓인 분노는 이미 허용 범위를 넘어섰다. 이런 게 국회의원인가. 이게 일본 정치를 움직이는 인간들이 할 짓인가. 어이가 없고 창피해서 귀에서 김이 날 것 같았다.

아키바 총리의 얼굴이 화면 한가득 클로즈업된 걸 보고 요시오는 채널을 돌렸다.

—올가을 인기 남 패션 특집

—여심을 공략하는 행동 특집

—남성용 제모 정보

남자 신인 개그맨이 올가을 유행하는, 여자들이 좋아하는 옷을 입고, 여자의 관심을 끄는 행동을 해 보이며 가슴 털 제모에 도전하는 방송이었다. 요시오는 진저리를 내며 다시 채널을 돌렸다. 어느 방송이나 다 비슷비슷했다. 장년의 남자 배우 둘이 버스 여행을 하는 프로그램을 켜 두었지만, 딱히 보고 싶은 건 아니었기 때문에 텔레비전을 껐다.

점심을 먹고 나서 저녁 준비를 시작했다. 오늘 메뉴는 고기 가지 볶음에 양파와 유부를 넣은 된장국. 쌀을 씻고 전기밥솥의 예약 버튼을 눌렀다. 어제 깜빡한 걸 생각하고 두 번 확인했다.

출근 전까지 시간이 있어서 읽던 책을 펼쳤다. 『남자들의 미래에』라는, 성폭력과 '갑질'에 대한 책이었다. 다양한 체험담들을 읽어 내려가다 보니 가슴이 미어졌다. 읽지 않으면 될 일이었지만, 그럴 수는 없었다.

시대가 바뀌었다. 요시오의 학창 시절에는 상상도 못 했던 남성 해방의 기운이 높아지고 있었다. SNS의 보급으로 개인이 자기 의견을 표출할 공간이 생긴 것도 한몫했다. 남배우가 오랫동안 성폭력을 저질러 온 미국의 영화 프로듀서를 고발한 사건을 계기로, 일본에서도 남성 운동이 활발해졌고, 남성들은 너나 할 것 없이 자신의 체험을 말하기 시작했다.

SNS에서 다양한 사람들의 다양한 체험담이나 의견을 읽다 보니 요시오는 그간 잊고 있던 과거의 기억이 되살아났다. 남자는 남자다워야 한다며 여자 뒤에서 조신하게 걸어야 했던 초등학교 시절. 발 냄새가 난다, 땀 냄새가 심하다며 여자들에게 놀림받았던 중학생 시절. 냄새 제거 스프레이는 필수 아이템이었고, 남들보다 종아리에 털이 일찍 났던 요시오는 무언의 압력을 견디지 못하고 즉각 제모를 할 수밖에 없었다.

고등학교 시절, 야구를 하다 등을 다쳐 찾아간 정형외과에서는 엑스레이를 찍는다며 속옷까지 벗겼다. 여자 의사는 촉진을 한다며 웃으며 고간을 만졌다. 등굣길에 탔던 전철에서 치녀痴女의 추근거림을 견디지 못하고 남성 전용 차량으로 이동하려 하자, 처음 보는 아주머니가 "못생긴 주제에 자의식과잉"이라고 비아냥거린 적도 있었다.

대학생 시절, 교생 실습을 나갔던 중학교에서는 교장이 따로 식사 자리에 불러 나갔더니, 돌아가는 길에 일부러 발을 헛디뎌 안기고는 와이셔츠에 립스틱을 묻힌 일도 있었다. 처음 교단에 선 날, 학생들 앞에서 선배 여교사가 "코가 조금만 잘생겼으면 미남이었을 텐데" 하고 농담을 한 적도 있었다.

녹슨 기억의 뚜껑이 열리자마자 오랫동안 당해 온 부조리한 체험이 꼬리에 꼬리를 물고 떠올랐다. 상처에 소금을 뿌리는 정화 작업은 괴로웠지만, 이제껏 그랬던 것처럼 가만히 있을 수가 없었다. 당시에 어쩔 수 없다, 원래 이런 거라고 생각했던 일들은 어쩔 수 없는 일도, 원래 그런 일도 아니었다. 문제는 언제나 여자의 무지와 무관심이다. 언제까지고 여자에게 순종적인 남자일 필요는 없다.

여성 중심 사회를 향한 요시오의 의문에 박차를 가한 건 다름 아닌 아내 유우코의 존재였다.

유우코는 둘째 슌타를 낳은 뒤 육아휴직을 신청했다. 고스케 때는 육아휴직을 쓰는 여교사가 얼마 없어서 그냥 넘어갔지만, 슌타 때는 신청한 것이다.

애초에 여성은 출산 전후로 반년씩 국가에서 모든 생활을 보장한다. 출산 전의 반년은 출산을 준비하며 몸을 관리하는 기간이고, 출산 후의 반년은 아이에게 모유 수유를 하는 기간이다. 이 출산 전후 기간에는 국가에서 무상으로 가사 서비스를 제공해 준다. 청소, 빨래, 식사 준비, 식재료도 무상으로 배송됐다. 다자녀 가정을 대상으로 한 육아 지원 제도도 있었다.

출산 전후의 1년 간은 요시오도 마음 편히 보낼 수 있었다. 육아 지원은 받지 못했지만, 가사 서비스가 충실했던 덕에 육아에 전념할 수 있었다. 그래서 슌타가 태어났을 때 육아휴직을 한 유우코에게 고마웠다. 앞으로 반년은 지금처럼 보낼 수 있을 줄 알았다.

하지만 그런 기대는 일찌감치 산산조각 났다. 아침마다 유우코를 깨우는 것부터 고역이었다.

"나 모유 수유하느라 잠도 못 자는 거 알잖아!"

유우코는 아침부터 성질을 부렸다.

"단유했다고 하지 않았어?"

"당신 안 보는 데서 주고 있거든!"

반년이 지났을 즈음부터 모유가 잘 나오지 않아서 분유로 바꾼 참이었다. 유우코는 갓난쟁이 슌타가 아무리 울어도 일어날 기색이 없었고, 밤중에는 요시오가 분유를 타서 먹였다.

늘 그런 상태였다. 육아휴직 기간 중, 유우코는 한 번도 큰아들 고스케를 유치원에 데려다주지 않았다. 게다가 그동안 잠을 자고 있어서 요시오는 어린 슌타를 업고 고스케를 유치원까지 데려다주고는 했다.

가사 서비스가 끝나더라도 집에 어른이 둘이나 있으니 혼자보다는 훨씬 나을 줄 알았다. 하지만 그건 큰 오산이었다. 오히려 아무 짝에도 쓸데없는 어른이 집에 진을 치고 있는 탓에 짜증만 늘어 갔다.

장을 좀 봐 달라고 하면 유우코는 시든 채소를 사 오거나 자기가 좋아하는 과자만 사 왔고, 빨래를 부탁하면 털지도 않고 널었으며, 옷도 대충 개기 일쑤라 결국 요시오가 두 번 일해야 했다. 요리는 아예 하려고 들지도 않았다.

그렇다고 아이들을 돌보는 것도 아니었다. 자기 내킬 때만 놀아 주는 척하고 그렇지 않을 때는 텔레비전이며 책, 영화를 보며 자유롭게 시간을 보냈다. 여름방학 때 빈 둥거리는 초등학생이 따로 없었다.

청소만큼은 시켜야겠다 생각해서 입이 마르도록 잔소리를 했지만 결국 유우코가 한 건 욕실 청소뿐이었다. 현관을 쓸거나 청소기를 돌린 적은 손에 꼽았다. 몇 번 하지도 않아 놓고 어찌나 생색을 내는지 진저리가 날 정도였다.

유우코는 정말 쓸모없는 인간이었다. 차라리 없는 게 나았다. 여자란 생물은 원래 이런 건가. 점점 체념에 가까워지고 있었다. 이 세상에 '육아맘'이 진정 존재하기는 하는지 의문이었다. 출생률이 갈수록 떨어지는 것도 당연하다 생각했다.

생활은 눈코 뜰 새 없이 바쁘게 흘러갔고, 그러던 어느 날 요시오는 몸져누웠다. 간신히 고스케를 유치원에 데려다주고 집에 돌아오니 열이 나서 몸을 가눌 수가 없었다. 유우코에게 연락을 하고 안 쓰는 방에 이불을 펴고 누웠다.

1층에서 들리는 슌타의 울음소리에 잠이 깼다. 유우코가 어디 나갔나 싶어서 비틀거리는 걸음으로 계단을 내려갔다. 그때 눈앞에 펼쳐진 거실의 광경을 요시오는 아직도 잊지 못한다. 아기 침대에서 악을 쓰며 우는 슌타를 거들떠보지도 않고 유우코는 느긋하게 잡지를 읽고 있었다.

"지금 뭐 하는 거야?"

쉰 목소리로 묻자 유우코는 "뭐야, 멀쩡해 보이는구만" 하고 대답했다.

"슌타 우는 거 안 보여?"

"울음을 안 그쳐."

"기저귀는?"

"똥은 안 눈 것 같은데?"

"분유는?"

"줬는데 안 먹네."

요시오는 슌타를 안았다. 얼마나 울었는지 경련하듯 딸꾹질을 했다. 물 먹은 솜처럼 온몸이 무거웠지만 요시오는 아이를 안고 달랬다. 잠시 후, 슌타는 울다 지쳤는지 조용히 눈을 감았다.

"역시 아빠가 없으면 안 된다니까. 슌타 우는 소리 듣고 부성 본능이 깨어나 열도 내린 거 아냐?"

어처구니가 없어서 말도 안 나왔다. 요시오는 분유와 기저귀를 들고 2층으로 올라갔다. 유우코에게 갓난아이를 맡겨 둘 수 없었다. 슌타는 아빠의 컨디션을 아는지 모르는지 작은 이불에서 새근새근 잠들었다.

"…고스케 아빠, 일어나."

어깨를 흔드는 손길에 잠이 깼다. 시계를 보니 6시였다. 화들짝 놀라 일어났다.

"고스케는?"

"내가 가서 데려왔지."

"…다행이네."

"그건 그렇고 밥은?"

"뭐?"

"빨리 밥 줘."

"도시락이라도 사다 먹든지."

"고스케 데리러 나갔다 왔는데 또 나가라고? 그만큼 잤으면 몸도 다 나았을 거 아냐."

"미안한데 그럴 기운 없어…."

열은 내렸지만 식사 준비를 하거나 장을 보러 나갈 기력이 없었다. 유우코는 땅이 꺼져라 한숨을 내쉬었다.

"누구 돈으로 먹고사는데."

유우코는 그렇게 말하더니 마지못해 저녁을 사러 나갔다. 어디서 한눈을 파는 건지 유우코는 좀처럼 돌아오지 않았다. 그사이 고스케와 슌타를 돌보는 건 요시오의 몫이었다.

1시간 반이 지나서야 돌아온 유우코는 저와 고스케의

도시락만 꺼내 놓았다.

"당신은 어차피 못 먹잖아."

그야 그렇지만 죽이나 젤리, 과일 같은 유동식이라도 사 와야 하지 않나.

그날 밤, 배가 고파서 잠에서 깬 요시오는 순타의 분유를 마셨다. 분유에 물을 타는데 서러움이 북받쳐 눈물이 쏟아졌다.

육아휴직은 무슨. 남이 한 밥을 먹고 아무것도 안 하고 늘어져만 있는 아내는 거치적거리는 짐덩이였다. 물론 직업이 있어도 솔선해서 집안일을 하는 여성도 많다. 하지만 유우코는 그런 여자가 아니었다.

눈물은 한참이나 멈추지 않았다. 같은 중학교에서 근무하던 유우코와 연애 끝에 결혼했다. 둘이서 돈을 합쳐 집을 구입했다. 아이가 생겼을 때는 부부가 상의한 끝에 요시오가 일을 그만두기로 했다. 유우코의 바람이었다.

"둘이서 같이하자. 내가 밖에서 열심히 일할 테니까 당신은 아이들하고 집안일을 돌봐 줘."

유우코는 그렇게 말했다. 요시오도 불만은 없었다. 가족을 돌보고 생활을 꾸려 나가기 위한 분업 체제. 유우코는 일하고 요시오는 집안일과 육아를 담당한다. 그런데 왜 "누구 돈으로 먹고사는데"라는 말을 들어야 하나. 몸이 안 좋아도 괜찮으냐는 말 한마디 없고, 이부자리도 봐주지 않으며 도시락 하나 사 오지 않는다.

서러움에 이어 화가 치밀어 올랐다. 활활 타오르는 분노의 불꽃은 단숨에 요시오의 온몸을 휩쌌고, 그의 마음에 작은 불씨를 남겼다.

그 후에 요시오는 유우코와 몇 번인가 대화할 자리를 만들었다. 그때는 "맞아, 당신 말이 맞는 것 같아" 하고 순순히 대답했지만 태도는 달라지지 않았다. 유우코는 직장 일이 바빠지면 감정적으로 굴었고, 사소한 일로도 요시오에게 화풀이를 했다. 아이들에게 그런 적도 종종 있었다. 학교에서 아이들에게 음악을 가르치는 교사의 또다른 모습이었다. 음악을 하는 사람이라고 인성까지 좋으라는 법은 없는 것이다.

아내는 바뀌지 않는다.

그로부터 10년의 세월 동안 요시오가 깨달은 사실이었다. 무슨 말을 해도, 무엇을 해도 유우코는 달라지지 않는다.

스마트폰의 타이머가 울렸다. 오후 2시 반. 요시오는 읽던 책을 덮고 문단속을 한 뒤 자전거를 탔다. 오늘은 아오의 기분이 어떠려나. 마음을 열어 줄까. 그런 생각을 하며 맑은 가을 하늘을 올려다보았다.

"전업주부가 되고 나서 가장 큰 폐해는…."

그렇게 말문을 열었다. 요시오는 자전거로 달리며 속내를 털어놓는 것을 좋아했다. 입 밖으로 낸 순간, 말은 흘러가 사라진다.

"아내를 좋아할 수 없게 된 것이다!"

아니, 좋아할 수 없다는 말로는 부족하다. 이제 아내라면 지긋지긋했다.

2

"이거 떨어졌어."

돌아보자 A가 서 있었다. 심장이 덜컹했다.

"자, 받아."

그렇게 말하며 샤프를 건넨다.

"아, 고마워…."

감사 인사를 하자 A는 어, 하고 고개를 끄덕이더니 쑥스러운 듯 살며시 웃었다. 그 얼굴을 본 순간, 심장을 쥐어짜듯 가슴이 찌릿해져 저도 모르게 가슴에 손을 올렸다. A는 말을 걸어온다른 남자애와 함께 시끌벅적하게 떠들며 어딘가로 사라졌다.

A의 뒷모습이 보이지 않게 될 때까지 그 자리에 서 있었다. 방금 전 A의 목소리와 웃는 얼굴을 몇 번이고 다시 떠올렸다. 귓

불이 달아오르며 두근거림이 온몸으로 퍼져 나갔다.

하느님, 이런 우연을 만들어 주셔서 감사합니다!

기도하듯 두 손을 모았다. 마침 A가 지나갈 때 노트 사이에서 샤프가 떨어지다니, 어마어마한 우연이었다.

창문에서 햇빛이 쏟아져 들어와 아까까지 A가 있던 곳을 밝혔다. 마치 스포트라이트가 비춰진 것 같은 광경에 뭔가 울컥했다.

A가 좋다. 너무 좋다. 새삼 확인하듯 속으로 되뇌었다.

첫사랑이었다.

나카바야시 스스무

"남자는 정말 바보라니까."

음료수 코너에서 가져 온 커피를 한 모금 마신 뒤, 3학년 부회장 나카바야시 스스무는 그렇게 말했다. 하라스기 중학교 학부모회 임원 회의가 끝난 뒤, 잠깐 차라도 마시자는 이야기가 나와서 본부 임원 넷이서 학교 근처의 패밀리 레스토랑을 찾았다.

"네?"

나머지 세 사람이 모두 스스무를 보았다.

"무슨 뜻이에요?"

1학년 회계인 스미다 류지가 물었다.

"여자한테 반항하려 해도 소용없다는 뜻이야."

"…혹시 이케가야 씨 얘기에요?"

2학년 서기인 미즈시마가 조심스레 실명을 거론했다. 이케가야, 1학년 서기인 이케가야 요시오 이야기였다.

"맞아요."

스스무는 눈을 치켜뜨며 고개를 끄덕였다.

"이쓰키 회장님이 말하는 대로 따르면 되는데, 그런 사소한 일로 괜히 시간이나 잡아먹고. 회장님이 꽤 화가 난 눈치더라고요."

"그런 것 같아 보였어요."

2학년 회계인 이노우에가 고개를 끄덕였다.

"커피 타고 간식거리 준비하는 게 뭐가 어렵다고."

스스무의 말에 모두 "그러게요…" 하고 고개를 끄덕였다. 다음 달에 있을 시의 학부모회 총회에서는 매번 순번을 정해 시내 초중등학교에서 한 학교씩 다과 당번을 맡는다. 다음 달은 하라스기 중학교 차례인데, 그에 대해 이케가야 요시오가 이의를 제기한 것이다.

"왜 남자만 해야 하죠? 부당한 거 아닌가요?"

다과 당번으로 두 학교에서 다섯 명씩 남성이 차출된다. 오랜 관례였다.

"요즘 시대에 이런 일을 강요하는 건 이상하죠. 학부모회는 학교 교육과 밀접하게 관련된 단체 아닙니까. 솔선해 성별 고정관념을 탈피하는 활동을 해야죠."

이케가야의 말에 분위기는 싸늘해졌고, 이쓰키 미에코 회장은 노골적으로 불쾌한 낯을 했다.

"이케가야 씨."

나선 건 스스무였다.

"이 시점에 그런 소리를 한들 무슨 의미가 있나요. 젠더 문제는 물론 여기 계신 분들도 다 인지하고 계십니다. 하지만 이건 그냥 다과 준비잖아요."

"그냥 다과 준비가 아니죠. 이런 부분에서부터 개선하지 않으면 달라지는 게 없다고요. 나쁜 관례는 이야기가 나온 시점에 바꿔야 합니다."

이쓰키 회장이 들으란 듯 한숨을 내쉬었다. 이 상황을 어떻게든 수습해야 한다고 생각한 스스무는 다른 세 사람을 제 편으로 만들기 위해 큼큼, 헛기침을 했다.

"이케가야 씨. '남성'이라는 단어 하나를 바꾸려면 시내 모든 초중등학교에 연락해 찬반 투표를 해야 합니다. 얼마나 번거로운 일인 줄 아십니까? 애초에 시간이 없습니다."

스스무가 말했다.

"맞아요. 아무리 사소한 일이라도 투표로 정해야 합니다. 지금까지의 규칙을 바꾸는 일이니까요."

미즈시마가 거들었다.

"그러니까요. 그러려면 새 총회를 열어야 하겠죠? 그 총회에서 다과는 누가 담당하나요? 아직 결론이 나지 않았으니 결국 우리가 준비해야 한다고요."

이노우에의 말에 모두가 웃음을 터뜨렸다.

"이번만 참고 넘어가시죠. 이케가야 씨."

스스무는 환하게 웃으며 이케가야에게 말을 걸었다. 이케가야는 스스무의 얼굴을 빤히 바라보더니 "역시 전

반대입니다" 하고 말했다. 분위기가 싸해졌다. 성가신 사람이 임원이 됐네. 그 자리의 모두가 그렇게 생각했을 테고, 스스무도 예외는 아니었다. 사람이 이렇게까지 배려해서 둥글게 말했으면 분위기를 파악할 줄도 알아야지. 이쓰키 회장은 무표정한 얼굴로 아무도 없는 정면을 응시하고 있었다.

"이케가야 씨, 말이 다과 준비지 그냥 페트병을 돌리기만 하면 돼요. 간식도 시판 과자를 종이 접시에 옮겨 담기만 하면 되고요."

스스무는 조금이라도 분위기를 누그러뜨리기 위해 일부러 쾌활하게 말했다.

"아뇨, 저는 업무 내용이 아니라 이 프린트에 적힌 여남 역할을 지적하는 겁니다. 일부러 남성 한정이라 할 필요 있나요? 각 학교에서 다섯 명씩이라고만 해도 되잖아요. 그런데 왜 굳이 남성 한정이라고 명기하느냐는 말이죠. 이상하잖아요. 찬반 투표에 부쳐야 한다면 그래야 한다고 생각합니다. 이야기가 나온 시점에 바꾸지 않으면, 다음 사람들에게 문제를 떠넘기는 거나 마찬가지에요."

"하아…."

이쓰키 회장이 들으란 듯 한숨을 내쉬었다. 스스무는 이쓰키 회장에게 동의한다는 표정을 지은 뒤, 미즈시마와 이노우에, 스미다에게 눈짓을 했다.

"그럼 다수결로 정할까요?"

스스무가 제안했다.

"그 방법밖에 없겠네요. 다수결로 정하죠."

이쓰키 회장이 즉각 동의했고, 이케가야를 제외한 모두가 고개를 끄덕였다.

"그럼 이번 학부모 총회의 다과 당번을 정할 때, 각 학교에서 남성 다섯 명을 차출하는 식으로 진행하는 것에 동의하는 분은 손을 들어 주세요."

짜증스러운 목소리로 회장이 말했다. 시비를 거는 투였다. 스스무가 제일 먼저 손을 들었고, 그 뒤를 이어 미즈시마와 이노우에, 스미다도 손을 들었다. 마지막으로 저도요, 하고 이쓰키 회장이 손을 들었다.

"다섯 명이네요. 그럼 이번 학부모회 총회에서 다과 준비를 하고 싶지 않은 사람은 손을 들어 주세요."

이쓰키 회장의 말에도 이케가야는 손을 들지 않았다.

"이케가야 씨?"

회장이 의아한 듯 이케가야를 불렀다.

"저는 다과 준비를 하기 싫은 게 아닙니다. 남자만 하는 게 싫은 거죠."

모두가 질렸다는 듯 '후우'인지, '하아'인지 알 수 없는 한숨을 내쉬었다.

"그럼 학부모 총회에서 남자만 다과 준비를 하는 데 반대하는 분은 손을 들어 주세요."

회장이 다시 말하자 그제야 이케가야가 손을 들었다.

"오 대 일로 이번 학부모회 총회에서는 남성 다섯 분이 다과 준비를 해 주시는 것으로 결정됐습니다. 이상입니다. 잘 부탁드리겠습니다."

스스무가 박수를 치자 미즈타니, 이노우에, 스미다도 따라했다.

"이케가야 씨, 괜찮으신 거죠?"

스스무는 다정한 말씨로 못을 박았다. 이케가야는 말없이 시선을 떨구고 있었다.

"…계속 이럴 거라면 학부모회 같은 건 필요 없지 않나요?"

이케가야가 중얼거렸다. 스스무는 화들짝 놀라 이케가야를 보았다. 다른 임원들도 대체 무슨 소리를 하는 거냐는 표정으로 이케가야를 응시했다.

"해마다 임원을 선출하는 게 보통 일이 아니죠. 모두가 기피하는 학부모회가 존속하는 의미가 있을까요…?"

"저기, 이케가야 씨. 지금은 다음 달 총회 이야기 중이잖아요. 좀 진정하세…."

사태를 수습하기 위해 스스무가 황급히 말했지만, 더욱 커진 이쓰키 회장의 한숨이 말을 끊었다. 모두의 시선이 회장에게 쏠렸다.

"이런 일이 있을 줄 알았으면 회장직을 맡지 않았을 겁니다. 여러분이 도와주신다고 해서 승낙한 건데 말이죠. 시간 조정이 자유로운 일이라고 한가한 건 아니라고요."

스스무는 저도 모르게 고개를 숙였다. 이케가야를 제외한 세 임원들도 송구스럽다는 양 고개를 떨궜다. 이번 분기 학부모회 회장은 아무도 나서지 않아서, 마지막에는 선생님까지 함께 고개를 숙이며 부탁한 끝에 이쓰키 씨가 맡아 주었다. 생명보험 외판원이라 스케줄을 조정하면 평일에도 시간을 낼 수 있다는 이유에서였다. 그렇다고 해도 어쨌거나 고마운 존재였다. 그러한 경위를 아는 스스무는 이케가야의 배려 없는 언행을 그냥 넘길 수가 없었다.

"애초에 모임을 평일에 하는 것부터 문제가 있죠. 일하는 아버지도 많은데요. 그래서 임원을 하겠다는 사람이 없는 거 아닐까요?"

이케가야는 분위기를 무시하고 말을 이었다.

"죄송하지만 오늘 학부모회 임원 모임은 이쯤에서 끝내죠."

이쓰키 회장은 불쾌한 기색을 노골적으로 드러내며 말하더니 아무에게도 눈길을 주지 않고 그대로 나가 버렸다.

회장이 떠나고 험악한 분위기가 감도는 회의실에서 스스무는 이케가야에게 말했다.

"이케가야 씨, 이번 총회 다과 준비할 때 안 와도 됩니다."

이케가야는 스스무의 얼굴을 물끄러미 바라보더니 깊은 한숨을 내쉬며 고개를 절레절레 저었다. 그러고는 모기만 한 소리로 잘 부탁드린다고 말한 뒤 홀로 회의실을 나갔다.

싫다고 해서 빼 줬는데도 불퉁한 이케가야의 태도에 스스무는 솔직히 부아가 치밀었다.

"이케가야 씨, 완전 발끈한 것 같았죠? 학부모회의 존재까지 들먹여서 깜짝 놀랐어요."

미즈시마가 말했다.

"그러게 말이에요. 이쓰키 회장님이 안쓰럽더라고요."

이노우에도 고개를 끄덕였다.

"다과 준비 때문에 찬반 투표를 하자니, 별일도 아닌데 왜 성가시게 구는지 모르겠다니까."

미즈시마가 진저리가 난다는 양 고개를 저었다.

"하지만 이케가야 씨 말도 일리가 있다고 생각했어요. 차는 남자가 타야 한다는 고릿적 방식은 이제 끝내는 게 낫지 않을까요."

스미다가 말했다. 정확한 나이는 몰랐지만 아직 30대인 것 같았다. 외모도 스스무보다 훨씬 젊어 보였다.

"스미다 씨는 말은 그렇게 해도 처가가 하는 이발소 물려받았잖아요. 부인 위하느라 결혼한 뒤에 일부러 미용사 면허도 땄다면서요. 다과 준비에 비할 게 아니죠. 부인을 그렇게 잘 모시고…. 남자의 모범, 남편의 모범이라니까."

이노우에가 웃으며 말했다.

"허, 그랬구나. 스미다 씨, 내조의 왕이었네."

미즈시마가 놀리듯 말했다.

"아뇨, 미용사 면허를 딴 건 아내를 위해서가 아니고요. 원래 미용 일에 생각이 있었는데 상황이 딱 맞았다고나 할까…."

스미다는 끝까지 말을 잇지 못했다.

"뭐, 처가의 가업을 잇는 거랑 학부모회 총회에서 다과 준비하는 건 전혀 다른 일이니까요."

스스무는 생긋 웃으며 이노우에와 미즈시마를 제지했다.

"남녀평등도 중요하지만, 남자가 여자를 챙겨 주는 거라고 생각하면, 다과 준비쯤이야 별일 아니지 않나? 이케가야 씨는 왜 그렇게 발끈하는지 모르겠네."

그것이 스스무의 본심이었다. 여자가 여자일 수 있는 건 남자 덕이다. 여자의 면을 세워 주면 기분 좋게 밖에서 일하고 월급을 가져온다. 그것이 전통적인 여남의 역할 분담 아닌가.

스스무의 아내는 의사다. 내과라 응급 호출은 거의 없지만, 건강을 해치는 일이 없도록 남편인 자신이 잘 챙겨야 한다고 생각했다.

"이케가야 씨는 돌봄 교사로 일한다고 했나?"

이노우에가 물었다.

"맞아요. 예전에는 교사였다고 들었어요. 부인도 교사고."

미즈시마였다. 다들 남의 집 일을 어떻게 그렇게 잘 아는 걸까.

"교사들은 보수적이던데, 가끔 저런 별종도 있더라고요."

이케가야가 계속 교사로 일했다면 입학식이나 졸업식 때 으레 하는 국가 제창에서 기립하지 않고 완고하게 앉아 있을 것 같았다.*

"보수적?"

스미다가 의아한 낯으로 물었다.

"교사들을 보면 새로운 것보다 익숙한 걸 좋아하는 편이잖아요. 이케가야 씨는 그 반대네. 진보적이라고 해야 하나."

"아, 그런 뜻이군요. 디저트 주문해도 되나요?"

스미다는 그렇게 말하며 초콜릿 파르페를 주문했다. 미즈시마가 젊다 젊어, 하고 웃었다.

이번 학부모회 총회의 다과 준비는 여기 있는 네 명에, 나머지 한 사람은 린과 같은 반인 아이 아빠에게 부탁해야겠다고 스스무는 생각했다. 스스무의 큰딸인 린은 중학교 3학년이고, 큰아들 렌은 1학년이다. 렌과 이케가야의 둘째인 슌타는 같은 반이라고 들었다. 그다지 친하지는 않은 것 같지만, 다음 수업 참관에서 주시해야겠다고 생각했다.

"린 왔니?"

---

* 일본의 국가 기미가요에는 제국주의, 천황 숭배 사상이 반영된 것으로 해석될 여지가 있다. 그런 까닭에 일부 교사나 학생들은 입학식이나 졸업식의 국가 제창시에 국기를 향해 기립해 제창하는 것을 거부하기도 한다.

스스무는 다행히 린이 집에 오는 시간 전에 귀가할 수 있었다. 아이가 학교에서 돌아왔을 때 집에 아무도 없는 상황은 가급적 피하고 싶었다. 가족을 배웅하고 맞이한다. 그것이 아버지이자 남편인 자신의 본분이다.

"레어치즈케이크 만들었는데 먹을래?"

"네, 먹을래요."

옷을 갈아입고 손을 씻고 오라고 말했다. 3학년인 린은 올여름 배구부를 은퇴하고 고등학교 입시에 전념하기로 했다.

아이들이 초등학생일 때, 중학교 입시를 시킬 것인지를 두고 아내와 상의한 적이 있다. 공립 중고등학교를 나와 국립대학을 졸업한 아내는 중학교까지는 공립에 보내고 싶어 했다. 다양한 가정환경, 경제 환경에서 자란 아이들과 함께 지내며 편견 없는 아이로 키우고 싶다는 이유에서였다. 지방 출신인 스스무도 대학까지 공립학교를 다녔기에 아내의 의견에 찬성했다.

린은 현내에서 가장 성적이 좋은 공립 명문고에 지원할 작정이었다. 성적은 1학년 때부터 늘 1등급을 유지하고 있다. 지금까지 세 번쯤 사회 과목에서 2등급이 나왔지만, 3학년이 되어서는 늘 1등급이었다. 만일의 경우에 대비해 사립 고등학교 한 곳과 유명 대학 부속고등학교

두 곳에 함께 지원할 예정이었다.

"아빠, 이거 진짜 맛있어!"

"그렇지?"

"가게 내도 되겠어."

"그럼."

스스무가 진지하게 고개를 끄덕이자, 린은 "조금만 칭찬해 주면 저런다니까!" 하고 깔깔거렸다.

"학원 가기 전에 뭐 좀 먹고 갈 거지?"

"응."

린은 6시 반부터 9시 반까지 학원에서 수업을 듣는다. 수업 전에 밥을 먹으면 졸음이 쏟아져서 곤란하지만, 아무것도 안 먹으면 허기가 져 집중이 안 된다고 해서 주먹밥을 하나 먹여서 보낸다. 집에 온 뒤에는 탄수화물 없이 야채와 단백질만 먹는다. 체중을 신경 쓰는 모양이었다.

얼마 전까지만 해도 작은 여자아이였는데, 눈 깜짝할 새에 소녀가 되었다. 나도 나이를 먹었겠지, 스스무는 그렇게 생각했다. 린이 다니는 학원은 집에서 조금 멀어서 자전거로 다녀야 했지만 여자애라 별로 걱정은 안 됐다.

린은 손이 거의 안 가는 아이였다. 공부하라고 잔소리하지 않아도 스스로 예습을 했고, 시험 전에는 계획을 세워 공부했다. 방도 늘 깨끗하게 정리 정돈할 줄 알았고,

아마 고등학교 입시도 별문제 없을 것이다. 스스무는 곁에서 서포트할 뿐이다.

린과 교대하듯 렌이 돌아왔다.

"왔니?"

렌은 미술부다. 다녀왔습니다, 혼잣말처럼 말하더니 그대로 2층으로 올라갔다.

"손 씻고 양치질부터 해야지."

아직 어리게만 보이는 가냘픈 뒷모습을 향해 말했다. 3월생이라 학교에 빨리 들어간 렌은 키도, 체중도 평균을 밑돌았다. 초등학생이라 해도 믿을 것이다. 피부가 희고 선이 고운 생김새라 이따금 린은 농담 반 진담 반으로 자니즈에 들어가는 게 어떠냐고 했다.

조금 지나 아내 지즈루가 귀가했다.

"어서 와."

"별일 없었지?"

지즈루는 스스무보다 한 살 연하다. 흔히들 '한 살 차이는 궁합도 안 본다'고 하는데, 그 말대로 스스무는 아내와 원만한 결혼 생활을 보내고 있다.

"저녁 금방 차리니까 잠깐만 기다려요."

"고마워. 그런데 끈적거리니까 먼저 샤워 좀 할게."

지즈루는 손으로 부채질을 하며 욕실로 갔다. 목욕물

을 받아 두길 잘했다.

　오늘 저녁은 회과육(돼지고기를 삶아 야채와 함께 볶은 중국요리-옮긴이), 두부와 버섯, 미역을 넣은 된장국, 양상추와 새싹 채소, 방울토마토가 들어간 샐러드, 토란과 당근이 들어간 곤약 조림이다. 서양식, 중식, 일본식이 뒤죽박죽 섞인 식단이라 생각하며 쓴웃음을 지었다. 스스무는 요리를 좋아했다. 맛있게 완성된 음식을 가족들이 깨끗이 비웠을 때의 만족감은 무엇에도 비할 바가 못 되었고, 빈 그릇을 설거지하는 것도 즐거웠다. 집을 지을 때 식기세척기를 들일까 고민했지만, 안 들이기를 잘했다고 생각한다. 그릇을 하나씩 정성스럽게 닦아서 건조대에 올려놓을 때의 상쾌함이란.

　"아, 시원하다."

　순식간에 샤워를 마치고 나온 지즈루가 목에 두른 수건으로 젖은 머리를 닦으며 배고프다고 말했다.

　스스무가 2층을 향해 "렌, 저녁 먹어" 하고 불렀다. 네, 하는 대답과 동시에 계단을 내려오는 소리가 났다.

　"여기 맥주."

　지즈루 앞에 놓인 잔에 맥주를 따르자, 아내는 "먼저 마실게" 하고 반색하며 단숨에 들이켰다.

　"맛있다. 목욕하고 나서 마시는 맥주를 위해 일한다고

해도 과언이 아니라니까."

지즈루는 그렇게 말하며 웃었다. 렌은 자리에 앉아 잘 먹겠습니다, 하고 손을 모았다. 지즈루는 맥주를 좋아했지만 따로 술상을 차리라 하지 않고 반주를 해 줘서 고마웠다.

"당신도 한잔하지?"

"아니, 난 린 오는 거 보고 마실게."

"아, 린은 아직 학원이구나. 깜빡했네."

지즈루가 혀를 쏙 내밀며 말했다.

"렌, 피망도 먹어야지."

스스무가 회과육에 든 피망을 골라내는 렌을 타일렀다.

"중학생이나 돼서 피망도 못 먹어?"

지즈루가 놀렸지만 렌의 접시 가장자리에는 남긴 피망이 놓여 있었다.

"아, 맞다. 너희 반에 이케가야 슌타라고 있지?"

낮에 있었던 일을 떠올리고 스스무는 렌에게 물었다.

"있어."

"친해?"

"얘기해 본 적 거의 없어."

스스무는 그렇겠지, 하고 생각했다.

"슌타는 무슨 부인데?"

"농구부일 거야."

"키가 큰가 보다."

"아마도?"

"아마도라니."

지즈루가 웃으며 대화에 끼었다.

"그런 거 왜 물어봐?"

렌이 퉁명스레 물었다.

"오늘 학부모회 모임에서 순타 아버님을 만났거든. 그러고 보니 너랑 같은 반이었구나 해서."

"흐음."

렌은 관심 없다는 양 대꾸하더니 텔레비전을 켰다. 식사 중에 텔레비전을 보는 건 그다지 바람직하지 않았지만, 스마트폰 보는 걸 금지했으니 이 정도는 양보해도 되겠지.

텔레비전 화면에 아키바 가요코 총리가 나왔다. 금방 채널을 돌리려는 렌에게 잠깐 그대로 두라고 말한 뒤 뉴스를 시청했다.

"이거 아직도 안 끝났네."

아내가 진저리를 내며 말했다. 텔레비전에서는 장관의 뇌물 사건을 야당이 추궁하는 영상이 흘러나오고 있었다.

"이런 일에 시간을 쓰다니, 진짜 어이가 없다니까."

이어진 뉴스는 아키바 총리의 남편이 공비를 개인 여행에 사용했다는 의혹을 제기하고 있었다.

"이것도 정말 안 끝나네. 끈질겨."

지즈루는 못 들어 주겠다는 듯 고개를 저었다.

"정말 시간 낭비네."

스스무는 어처구니가 없어서 분노로 온몸이 부들부들 떨렸다. 이런 아무래도 좋은 일을 대체 언제까지 물고 늘어질 작정이지. 야당은 일본이 어떻게 되어도 상관없단 말인가. 처리해야 할 과제가 산더미처럼 쌓여 있는데.

"와, 다음은 이건가. 지긋지긋해. 아하하."

지즈루는 어처구니가 없으면 웃음이 나오는 모양이었다. 다음 뉴스는 야마모토 료마 사건이었다. 총리 담당 기자인 가스가 리쓰코가 기자를 지망하는 야마모토 료마에게 약물을 사용해 강간했다는 혐의로 고발된 사건. 텔레비전 화면에는 그 재판과 관련된 속보가 나오고 있었다.

"이런 쓸데없는 일이나 보도하고, 나라 꼴이 어떻게 되려고 이러는지."

지즈루는 비아냥거리듯 웃었다.

"애초에 저 료마라는 남자 옷차림이 가슴하고 고간을 강조하는 복장이었다며. 자기가 유혹해 놓고 강간당했다고 난리를 치다니, 정말 부끄러운 줄도 모르는 남자야. 같은 남자로서 창피해. 애초에 기자가 되려고 가스가 씨한테 접근한 거잖아. 몸을 요구할 거란 건 예상한 바 아냐?"

말해 놓고 아차 싶었다. 렌이 있는 걸 깜빡했다. 중학생에게는 적절하지 않은 화제였다. 렌은 지루하다는 듯묵묵히 젓가락질을 하고 있었다. 부모의 대화에는 관심없는 눈치였다.

얼마 전에 은행에 갔을 때, 비치되어 있던 주간지에 료마의 인터뷰 기사가 실려 있었다. 가스가가 거의 의식이 없는 료마를 벗겨 놓고 하반신을 주무른 뒤에 강간했다고 한다.

범행 과정이 상세히 적혀 있는 걸 읽다 보니 속을 게우고 싶어졌다. 약물로 의식이 없었다면서 어떻게 그렇게 자세히 기억하지? 애초에 남편과 자식이 있는 가스가가 왜 그런 짓을 할 필요가 있지? 료마는 가스가의 손자뻘이었다. 사회적 지위가 있는 여자가 그런 어린애를 상대할 리가 없잖아. 더 볼 필요도 없는 일이었다.

아키바 총리와도 친분이 있는 가스가가 관련된 일이라 야당은 기다렸다는 듯 공격을 퍼붓고 있었다. SNS에서 남성을 중심으로 '료마를 응원하는 모임'이 결성된 뒤로는 데모까지 일어났다.

공비 유용도, 료마의 허언증도, 모두 아키바 총리의 발목을 잡기 위한 함정이다. 이런 짓을 대체 언제까지 계속할 작정일까. 스스무는 부아가 치밀었다.

"이제 채널 돌려도 돼?"

렌이 불만스러운 표정으로 리모컨을 집었다.

"그래, 마음대로 해. 이런 쓰레기 같은 뉴스 보는 시간도 아깝다."

스스무가 대답하자 렌이 얼른 채널을 돌렸다. 린이 귀가하기 전까지 맥주는 마시지 않을 작정이었지만, 부아가 치밀어서 술을 마시지 않고는 참을 수가 없었다. 스스무가 냉장고에서 맥주를 꺼내자 아내는 짐짓 눈을 동그랗게 뜨며 스스무를 보고는 마셔 마셔, 하고 웃었다.

스스무는 오늘 학부모회 모임을 떠올렸다. 돌봄 교사라는 이케가야 요시오. 바로 그 이케가야 같은 남자들이 눈에 핏발을 세우며 총리의 남편을 규탄하고, 매스큘리스트masculist**인 척하며 료마의 자작극에 '여남평등!'을 외치는 것이다.

** 남성 입장을 근간으로 하는 남녀평등주의자. 원문에는 페미니스트라고 되어 있으나, 페미니스트라는 말에는 '여성의(Femini-)'라는 의미가 포함되어 있으므로 작가의 의도를 살리기 위해 '남성의 입장에서 남녀평등을 주장하는 사람들을 가리키는 용어'인 매스큘리스트로 고쳤다.

오늘 이케가야의 그 태도는 뭐지. 유치하게 굴고 싶지 않아서 분위기를 잘 수습하려 했는데, 마지막까지 완고하게 반항하다니.

"진짜 짜증 나. 망할…."

무심코 흘러나온 욕설에 앗, 하고 입을 막았다. 렌을 힐끗 보니 텔레비전에 푹 빠져 스스무의 말을 듣지 못한 것 같았다. 아이들 앞에서는 언행에 신경을 써야 한다.

"당신 왜 그래? 평소와 다르게 짜증이 많네. 무슨 일 있었어?"

장난스런 얼굴에 살짝 진지한 빛을 내보이며 지즈루가 물었다. 취기도 돌았겠다 스스무는 "사실…" 하고 오늘 학부모회 모임 이야기를 꺼냈다. 이름을 말하지 않으면 렌은 누구를 말하는 건지 모르겠지.

"잘 먹었습니다."

렌이 자리에서 일어났다. 조림은 손도 안 대고 그대로 남겼다.

"조림 맛있는데 왜 안 먹니?"

스스무가 그렇게 물어도 렌은 배가 부르다고만 말하고 2층으로 올라갔다. 린은 뭐든 잘 먹는데 렌은 편식이 심하고 입도 짧았다.

렌이 2층 자기 방문을 닫는 소리가 희미하게 들렸다.

스스무는 기다렸다는 양 이름을 거론하며 이야기했다.

"요새 그런 사람 많더라. '패션 매스큘리스트'라고 하나? 소수자의 편이라 주장하며 현 체제를 비판하고 싶어서 안달 난 사람."

지즈루는 동정하듯 말했다.

"정말 황당하다니까. 그냥 페트병 하나 나눠 주는 일을 왜 걸고넘어지는지 몰라. 어린애가 따로 없어. 아니, 애는 말이라도 잘 듣지. 아무튼 그런 쓸데없는 일로 다른 사람들에게 민폐 끼치고 회장님 시간 뺏고. 고작해야 중학교 학부모회 모임인데 아주 일장 연설을 하더라고. 그렇게 자기주장을 하고 싶으면 다른 데서 하면 될 거 아냐. 이쓰키 회장님 보기 민망해서 죽는 줄 알았어. 회장직 맡아 달라고 다 같이 사정사정해서 어렵게 모셨는데, 학부모회가 없어도 되는 거 아니냐는 소리나 하고. 그럼 자기는 본부 임원 왜 한다고 했대? 일관성이 하나도 없잖아. 정말 민폐가 이만저만이 아니야."

"부인이 교사라면서? 어떤 사람일까. 남편하고 비슷한 타입인가? 국가 제창할 때도 안 일어나는?"

그렇게 말하며 웃는 지즈루를 보고 역시 이심전심이라 생각했다. 금슬 좋은 부부는 서로 생각도 닮아 간다고 하지 않던가.

스스무는 이케가야의 부인이 어떤 사람인지는 몰랐지만, 부부니까 분명 비슷한 사고방식을 가졌으리라 생각했다. 어쩌면 부인에게 선동당한 건지도 모른다. 좌우지간 생각이 너무 유치했다.

"여자하고 남자는 엄연히 다른데 말이야. 그걸 왜 모르지."

지즈루가 어깨를 으쓱했다. 스스무도 힘주어 고개를 끄덕였다.

"의대 입시 부정 사건 말이야. 여남 차별이라고들 하는데, 여자하고 남자는 다른 생물이니 어쩔 수 없잖아. 여자가 기초학력이 훨씬 높으니 합격자가 많은 건 당연하지. 남자는 여자보다 정신연령이 낮잖아. 의사란 국시 합격이 끝이 아냐. 그 뒤로도 공부해야 한다고, 그야말로 평생. 남자는 그런 거 못하잖아. 합격하면 그걸로 끝인 줄 알고, 향상심이 없다고. 그리고 현장에서도 여자를 좋아해. 남의사 앞에서 맨살을 보이는 걸 꺼리는 여성도 많거든. 게다가 결혼해서 아이가 생기면 남자는 집에 들어앉는 사람이 많잖아. 그런 면에서도 여자를 많이 뽑는 건 합리적이라고."

지즈루의 말이 옳다고 생각했다. 자고로 무슨 일이든 여자가 우선이고, 남자는 그 뒤를 따르는 법이다. 지금까

69

지 오래도록 이어져 온 인간사의 법칙이다.

고대에는 여남이 역전되어 있었다고 한다. 단지 체력에 차이가 있다는 이유만으로 남자는 폭력으로 여자를 지배했고, 세계 곳곳에서 전쟁이 일어났다. 이대로는 인류가 멸망할지도 모른다고 우려한 신들이 여자에게 권력을 주었다고 한다. 티끌만큼의 오류도 없는 올바른 신화이자 역사라고 스스무는 생각했다.

애초에 여자가 능력을 발휘할 수 있는 건 남자 덕이다. 남자가 밥상을 차려 주기에 여자가 빛나는 것이다. 집안일을 하지 않는 여자나 육아를 돕지 않는 여자를 대역 죄인 취급하는 게 요즘의 풍조지만, 그렇다면 남자가 여자만큼 벌어 올 수 있냐고 말해 주고 싶다.

"이케가야 씨는 요주의 인물이네. 당신 고생했어."

무의식적으로 얼굴을 찌푸리고 있었던 모양이다. 지즈루가 자기 잔을 스스무의 잔에 부딪치며 시선을 맞춰 왔다.

"와인 한 병 딸까?"

웃는 얼굴로 말하는 지즈루가 사랑스럽고 자랑스러웠다. 스스무는 일어나서 아껴 두었던 브루고뉴 와인을 꺼냈다.

"가끔은 사치 부려도 되겠지."

스스무가 와인 병을 들며 말하자 지즈루가 "좋지" 하고 손으로 오케이 사인을 보냈다. 스스무는 식탁을 치우고 재빨리 치즈를 잘라 내어놓았다. 가끔은 부부끼리 집에서 마시는 것도 좋지.

발단은 오늘 이케가야의 언행이었지만, 스스무는 점차 지금까지 억눌러 왔던 요즘 풍조에 대한 불만을 차례차례 분출했다.

"'싱글 파더에게 지원을!' 귀에 딱지가 앉을 만큼 듣는 소리인데, 싱글 파더가 되는 길을 택한 건 본인이잖아? 자기가 실패한 걸 왜 사회와 제도 탓을 하지? 후안무치가 따로 없다니까. 전부 자기 책임이잖아."

내 말이, 하고 지즈루가 고개를 끄덕였다.

"애초에 일본은 섬나라라 억지로 영미권 정서에 맞출 필요가 없어. 여남평등은 무슨. 여자는 밖에서 돈을 벌고, 남자는 가정을 지킨다. 얼마나 완벽해. 생각을 해 보라고, 남성의 정계 진출이 어쩌고 하지만, 의원들이 죄다 남자면 일본은 망하는 거야. 남자가 무슨 정치냐고. 단세포들끼리 국회에서 패싸움이나 하겠지."

취기가 올랐는지 지즈루는 평소보다 말수가 많았다.

"자기는 다시 간호사로 일하고 싶다는 생각 안 해?"

자기라고 부르는 걸 보니 지즈루도 상당히 취한 것

같았다. 들어오자마자 목욕은 했으니 잠들면 침대로 옮겨 놓기만 하면 되겠지.

스스무는 과거 간호사로 일했다. 의사인 지즈루와 연애 끝에 결혼했고, 그걸 계기로 간호사를 그만뒀다. 아무 미련도 없었다. 지즈루를 위해 살자고 결심했다.

"다시 간호사라니, 그럴 생각 추호도 없어. 자기가 열심히 벌어다 줘서 생활에 부족한 것도 없는걸. 빛나는 자기를 보는 게 내 행복이야."

스스무도 지즈루를 따라 젊었을 때처럼 '자기'라고 불러 봤다. 배 속이 간질간질했다.

"SNS에서 해시태그를 달고 남성해방운동을 외치는 게 유행인 모양인데, 실제로 요즘 젊은이들은 남성해방 같은 건 아무래도 좋다고 생각할걸. 머리 좋은 요즘 애들은 괜히 반항해서 제 무덤 파는 짓은 안 하거든."

"당신 말이 맞아. 렌도 분명 좋은 남편이 될 거야."

"그렇지. 린은 거물이 될 것 같아. 변호사가 되고 싶다고 하던데."

"정말? 의사가 아니라? 뭐, 나도 평범한 페이 닥터니까."

"무슨 소리야. 자기는 평범한 페이 닥터가 아니라 최고의 내과의야."

스스무는 진심으로 그렇게 말했다.

"자기야, 나 왠지 기분이 좋네. 오늘 밤 어때?"

지즈루의 말에 스스무는 흠칫하며 아내를 보았다. 오랜만의 권유였다. 벽시계를 힐끗 보았다. 8시 반. 린이 돌아오려면 아직 시간이 좀 남았다. 스스무는 지즈루의 눈을 보며 살며시 고개를 끄덕였다.

"아, 그런데 나 아직 안 씻었는데…."

"괜찮아, 난 자기 냄새 좋아."

술기운에 뺨이 발그레해진 지즈루가 사랑스러웠다. 스스무는 지즈루에게 이끌려 계단을 올라갔다. 렌의 방에서는 음악 소리가 흘러나오고 있었다. 이어폰을 안 끼고 스마트폰 스피커로 틀어 놓은 모양이었다.

침실에서 지즈루는 속옷만 입고 스스무의 셔츠 버튼을 풀었다. 아내의 손이 바지에 닿은 순간 스스무는 쑥스러워졌다. 이제 젊지 않으니 불은 꺼 달라고 해야지.

스스무의 옷을 벗기고 침대에 쓰러뜨린 지즈루는 스마트폰 라이트로 남편의 하반신을 비추며, 마치 돋보기로 들여다보듯 뚫어져라 바라보았다.

"어머, 벌써 이렇게 됐네."

"…부끄럽게 왜 그래."

저도 모르게 아래로 향하는 손을 지즈루는 찰싹 쳐

냈다.

"남자는 진짜 웃기는 생물이야. 이런 부자연스러운 게 몸 한가운데 달려 있다니, 가엾어."

아내는 그렇게 말하며 스스무의 하반신을 주물렀다. 잠자리에서 지즈루는 가학적인 성향을 드러낸다. 흔들고, 잡아당기고, 말로 공격한다.

"…으, 이제 그만해… 못 참겠어…."

스스무의 애원하는 목소리에 지즈루가 기다렸다는 듯 올라탔다.

"…스스무, 지금 기분이 어때?"

허리를 흔들며 지즈루가 물었다.

"…기분 좋아, 너무. 아아, 이런…."

"먼저 가도 돼."

지즈루가 다정한 목소리로 말했다. 부부 관계에 연기는 필요하다. 아내가 생각하는 남편의 역할을 다하는 것이야말로 남자가 할 일이다.

스스무는 지즈루를 만족시키는 포인트를 속속들이 꿰고 있었다. 애원하듯 절절한 표정, 부끄러워하는 몸짓, 더는 못 견디겠다는 듯한 조용한 재촉. 기술적인 부분보다는 아내가 좋아하는 남자의 태도를 연기하는 게 무엇보다 중요하다. 여자에게 주도권을 쥐여 주고, 여자의 이상을 충족시키는 섹스를 하면 바깥에서 일할 기운도 나고 집에서도 늘 기분 좋은 상태다.

스스무는 절묘한 각도로 몸을 비틀며 얼마 전 읽은 "남자들이여, 섹스할 때 연기는 이제 그만!"이라는 남성지 특집 기사를 떠올렸다. 은행 대기 시간에 읽은 주간지였다.

"스스무, 어때? 느낌이 와?"

"앗, 거기만은 제발… 하… 지즈루….""

숨넘어가듯 신음을 내뱉던 스스무는 주간지의 내용을 떠올리고 웃음이 나올 것만 같았다. 연기를 그만두면 뭘 어쩌겠다는 건가. 그런 남자들은 혼자서 자위나 하라지.

여자의 자존심을 세워 주기 위한 섹스. 남자를 밑에 깔고 의기양양해하는 여자라니, 귀엽지 않은가. 이런 걸로 기분이 좋아진다면 연기 따위 얼마든지 할 수 있다. 관계 중에 연기를 안 하는 남자가 세상에 존재한단 말인가.

렌의 방에서 희미하게 흘러나오는 음악 소리가 들렸다. 인기 드라마의 주제가였다. 스스무는 노래가 꽤 좋다고 생각했다.

"아아, 너무 좋아… 지즈루… 살려 줘… 아아, 끝내 줘….""

스스무는 옆방에서 흘러나오는 노래 가사를 머릿속

으로 흥얼거리며 입으로는 신음 소리를 냈다. 그러는 한
편으론 내일 저녁 반찬은 뭘 해 먹을지 생각했다. 계속
고기 반찬이었으니까 생선으로 해야겠다. 물론 그러는
와중에도 남편의 의무를 다하기 위해 아내가 좋아하는
자지러지는 교성을 계속 흘렸다.

3

세상에 이런 일이! 설마 A의 뒷자리에 앉게 될 줄은 몰랐다. 게다가 창가 차리. 운이 좋았다고밖에 할 말이 없다. 반대로 A가 내 뒷자리였다면 이렇게 기뻐할 수는 없었겠지. A가 내 뒷모습을 보고 있다고 생각하면 손바닥이 땀으로 흥건해지고, 긴장이 될 게 틀림없었다. 정말로 그랬다면 아마 실신했을지도 모를 일이다.

하지만 하느님은 올바른 판단을 내리셨다!

A의 뒷모습을 이토록 가까이서 볼 수 있다니 너무나 행복하다. 넓은 어깨, 조금 구부정한 등, 단정하게 정돈된 목덜미, 때로 창밖을 보는 A의 옆모습.

프린트를 돌릴 때 뒤돌아보는 순간은 더없이 행복한 시간이다. 이따금 손끝이 스치거나 하는 순간은 마치 전류가 흐르듯 충격이 온몸을 꿰뚫었다.

아아, 평생 이 자리에 앉을 수 있다면. 하느님, 제발 제 소원을 이뤄 주세요.

스미다 류지

"얘, 네 손님이다."

장인은 그렇게 말하며 류지의 등을 팔꿈치로 찔렀다. 순간 비틀거렸다.

"엇, 미안! 괜찮아?"

"괜찮아, 괜찮아."

탓짱이 웃으며 손을 흔들었다. 탓짱은 첫째 마히루의 친구인 노노카의 아버지다. 노노카와 마히루는 같은 테니스부였다.

류지는 지금 탓짱의 머리를 자르는 중이었다. 가위를 든 사람을 놀라게 하다니, 제정신이냐고.

"…류짱도 고생이 많네."

탓짱은 류지가 일하는 이발소 SUMIDA의 사정을 잘 알고 있었다.

"저기."

장인은 턱을 까닥하며 입구를 가리켰다. 남자아이가 서 있었다. 마히루와 같은 체육복을 입은 걸 보면 같은 중학교겠지. 마히루도 그랬지만, 부 활동을 하고 돌아가는 아이들은 그대로 체육복을 입고 나오는 경우가 많았고, 대부분은 샤워를 할 때까지 그 차림새였다.

"어서 와. 커트만 할 거지?"

"네."

"조금만 기다려 줄래?"

남학생은 고개를 끄덕이고 의자에 앉아 스마트폰을 만지작거리기 시작했다. 장인이 보란 듯이 남학생의 옆 자리를 닦기 시작했지만, 아이는 스마트폰에 정신이 팔려 알아채지 못했다. 애초에 류지의 손님을 골탕 먹이려고 옆의 의자를 청소한다는 걸 누가 상상이나 하겠는가.

"…보통이 아니시네."

그러나 눈치 빠른 탓짱은 알아챈 듯했다. 어처구니없다는 듯 눈을 동그랗게 뜨며 류지를 보았다.

"그렇지?"

류지는 웃으며 말했다.

장인, 스미다 쇼헤이가 류지를 대하는 태도는 노골적이었다. 소위 서구婿舅(사위와 장인 - 옮긴이) 갈등이 뭔지를 몸소 보여 주는 장인이었다.

이곳은 1층이 이발소 SUMIDA였고, 2층은 처부모, 3층에 류지 부부가 살고 있었다. 아내인 에리, 중학교 1학년인 마히루, 초등학교 4학년인 둘째 딸까지 네 식구다.

집을 지은 건 마히루가 3살 때였다. 에리는 큰딸이었고, 그녀의 오빠는 이미 장가를 든 상태였으므로 집을 짓는 김에 처부모와 동거하게 되었다.

장녀와 결혼했으니, 언젠가는 처부모와 함께 살게 되겠거니 각오는 하고 있었다. 그래서인지 의외로 순순히 받아들일 수 있었다. 함께 살면 아이들도 봐줄 테고, 1층에는 이발소를 열 계획이었기에 미용사인 장인과 같이 일하는 것도 재밌지 않을까 생각했다. 에리의 친정이 원조 스미다 이발소였다.

장모는 직업을 여러 차례 바꾸었고 대부분은 파트타임으로 일했던 모양이지만, 장인이 알뜰하게 벌어서 아이들을 키워 냈다고 들었다. '기둥각시'라는 말을 누가 지었는지는 몰라도 참 잘 지었다 싶다.

류지가 미용사 면허를 따려고 한 건 에리와 사귀고 나서였다. 에리와의 결혼을 의식하게 되었을 즈음, 에리는 "오빠하고 내가 가게를 물려받지 않아서 아빠가 서운한가 봐"라고 했다.

에리가 그토록 꿈꿔 왔던 경찰관이 되어 순경으로 일하기 시작했을 무렵이었다. 당시 류지는 상고를 졸업하고 신용금고에서 일하고 있었다. 결혼 퇴사는 창구직 남직원들의 관례였기에, 결혼하면 퇴직할 작정이었다.

"미용사? 멋지다."

진심이었다. 고등학교를 졸업하면 미용 전문학교에

진학하고 싶었지만, 여자인 누나가 고등학교를 졸업하고 바로 취업했기에 진학하겠다는 말은 꺼낼 수 없었다. 그게 아니더라도 남자는 가방끈이 길어 봤자 쓸데없다는 풍조가 남아 있던 시대였다.

"나, 미용사가 될 거야."

그렇게 말했을 때 본 에리의 환한 미소를 류지는 잊지 못한다.

얼마 전 학부모회 모임에서 회계 이노우에 씨가 류지를 두고 부인을 위해 가업인 이발소를 이었다는 소리를 했을 때, 류지는 저도 모르게 아니라고 말했지만, 역시 에리를 위해서였을 것이다.

"하아, 기분 좋다."

스팀 타월을 대자 탓짱이 탄성을 흘렸다. 쉐이빙 크림, 면도, 스팀 타월, 마무리.

"아, 죽었다 다시 살아난 기분이야. 피부도 탱탱해졌고."

탓짱이 말했다. 아닌 게 아니라 안색이 투 톤쯤 밝아졌다.

"지금까지 이발소 여러 군데 다녔는데, 류짱만큼 실력 있는 사람이 없더라."

"고마워."

거울 너머로 탓짱에게 웃어 보인 순간, 거울 가장자리에서 류지를 노려보는 장인의 모습을 발견하고 저도 모르게 웃음을 지웠다. 늙은이의 질투심만큼 추한 게 없다.

"시원하다. 고마워."

"나야말로 늘 찾아 줘서 고맙지. 다음에 또 점심 같이 먹자."

"좋지. 연락할게."

탓짱은 그렇게 말하고 가게를 나가기 전에 장인을 힐끗 보며 눈썹을 치켜떴다. 머리 위로 '못 말리는 노인네'라는 말풍선이 보이는 것 같았다.

"오래 기다렸죠. 이쪽으로 앉아요."

남학생에게 말을 걸자 고개를 들고 의자에 앉았다.

"하라스기 중학교 다니니?"

"네."

"우리 딸도 하라스기 중학교 다니는데. 1학년이야."

"알아요. 같은 반이에요."

"아, 그렇구나. 마히루랑 친하게 지내 주렴. 이름 물어봐도 되니?"

"신도예요."

마히루의 반 친구가 와 줬다는 사실에 류지는 기분이 좋아졌다. 그런 걸 쑥스러워할 나이가 아니던가.

"머리는 어떻게 자를까?"

"끝부분은 짧게 밀어 주시고 윗부분은 좀 길게 남겨
주세요."

"오케이."

류지가 거울 너머로 신도와 눈빛을 교환하는 동안, 그
뒤로 장인이 류지를 매섭게 쏘아보며 지나갔다. 한 편의
콩트가 따로 없었다.

신도의 커트가 끝난 건 7시가 다 되어서였다. 이제 이
발소 문을 닫을 시간이다. 커트를 하는 동안 장인은 일부
러 옆자리 거울을 닦거나, 보란 듯이 타월을 너는 등 부
산스럽게 뒷정리를 하더니, 이제는 느긋하게 신문을 보
고 있었다. 류지는 혼자 뒷정리를 했다.

하루 매상을 확인하려는데 장인이 불쑥 뒤에서 얼굴
을 내밀었다.

"얼마야?"

"아버님 손님은 두 분이서 8600엔이에요."

"그걸 누가 몰라? 넌 얼만데?"

류지는 작게 한숨을 내쉬며 지금 계산하려던 참이었
다고만 말했다. 매일 한 글자도 달라지지 않는 대화였다.

"아이고, 왜 이런 사위를 봤을까. 내 팔자야."

짐짓 고개를 절레절레 내저으며 장인은 2층으로 올라

갔다.

원래가 밝은 성격에 사소한 일은 신경 쓰지 않는 류지였지만, 장인의 태도는 정말이지 진저리가 났다. 장모는 집안일에 무관심해서 도움이 되지 않았다.

처부모는 집을 합칠 때 살던 집을 팔았다. 그 과정에서 분명 꽤 큰돈이 들어왔을 터였지만, 이 집을 지을 때 돈 한 푼 보태지 않았다. 물론 류지 부부에게 집세도 내지 않았고, 광열비는 모두 에리가 냈다.

이발소 SUMIDA의 매상도 처음에는 반씩 나눴지만, 10명 중 8명은 류지의 손님이라 각자 번 만큼 가져가기로 했다. 그때도 한바탕했지만, 부조리한 요구를 딱 잘라 거절하길 잘했다고 지금도 생각한다.

동거를 결심했을 때에는 이런 사람인 줄 몰랐는데, 장인은 무척 심술궂은 성미였다.

"당신이 좀 뭐라고 해. 내가 말해 봤자 집안만 시끄러워질 텐데."

"참, 아버지도 왜 그러시는지 모르겠네."

"나한테만 그러는 거면 참겠는데, 손님이 왔을 때 일부러 싫은 소리를 하거나 큰소리를 내고, 오늘만 해도 가위 들고 있는데 쿡 찌르는 거야. 손님 다치기라도 하면 어쩌려고 그래, 영업 방해가 따로 없다니까."

이야기를 하다 보니 다시 짜증이 솟구쳤다.

"계속 그러시면 아버님 손님들도 발길 끊을 거야. 온통 신경이 곤두서서 가게 분위기도 나빠지고."

"맞아. 요새 할아버지 엄청 무서워. 가게 앞에서 친구랑 이야기하고 있었더니 시끄러우니까 저리 가라고 혼났어. 진짜 짜증 나."

4학년인 도모카가 입을 삐죽였다.

"뭐야, 애한테까지 화풀이하는 거야?"

"아버지도 여러모로 쌓인 게 많을 거야. 넓은 마음으로 이해해 줘. 당신도, 도모카도."

딸인 에리는 심각하게 받아들이는 것 같지 않았다. 경부보인 에리는 생활 안전과에서 근무했다. 집에서는 일 이야기를 전혀 안 해서 자세한 건 모르지만, 요즘 바빠서 눈 밑에 다크서클이 짙었다.

저녁은 늘 8시가 지나서 먹는다. 양배추와 숙주를 넣은 야채 볶음에 구운 돼지고기를 곁들인 반찬과 버섯 콩소메 스프. 메뉴는 늘 15분 안에 만들 수 있는 간단한 요리들로 채워졌다. 가게를 정리하고 들어온 류지가 후다닥 만들기 때문이다.

"이런 집 싫어."

중학교 1학년인 마히루가 말했다. 여름방학이 지난 뒤로 돌연 여성스러워졌다.

"갑자기 무슨 소리니."

"할아버지는 심술만 부리고, 할머니는 아무것도 안 하고, 엄마는 일에만 신경 쓰고, 아빠는 늘 불평불만이고. 다들 바보 같아."

"마히루."

"다들 좀 서로를 배려하면서 살면 어디 덧나?"

노인네처럼 말하는 마히루는 반장이었다. 성실하다기 보다는 어딘가 달관한 듯한 묘한 관록이 느껴졌다.

"그러고 보니 오늘 너희 반 친구가 머리 자르러 왔더라."

"누구?"

"신도라는 애."

마히루는 윽, 하고 얼굴을 찡그렸다.

"표정이 그게 뭐니. 일부러 와 줬는데."

"나는 걔 별로야. 뭔가 불쾌해."

"마히루, 친구한테 그런 소리 하는 거 아니야."

"아니, 걔가 학교 끝나고 내 책상하고 의자 만진단 말이야."

"우리 마히루, 인기 많네?"

에리가 웃었다.

"뭐? 무슨 소리야. 그게 문제가 아니잖아."

"아하하, 뭘 그렇게 흥분해. 남자앤데 뭐 어때."

"남자 여자가 무슨 상관이야!"

"상처 안 받게 잘 피해 다녀 봐."

"어떻게 피해. 엄마, 그러고도 경찰 맞아? 이러니까 스토킹 범죄가 사라지지 않는 거야."

"남자 스토커는 별문제 없지."

그 말에 마히루는 어처구니없다는 양 깊이 한숨을 내쉬었다. 뉴스에 나올 만한 살인 사건은 흔치 않았지만, 스토킹 피해 상담은 날마다 있는 모양이었다.

체격과 체력 차이를 무기로 남성이 여성에게 사건을 일으키는 일은 전 세계적으로 금지되어 있었다. 사건의 심각성과는 상관없이 14살 이상은 이유를 막론하고 종신형에 처해졌다. 지구 규모의 이 법률 덕에 남성의 폭력은 근절되었다. 체격, 체력 차이만으로 누군가의 우위에 서는 건 세상에서 가장 부끄러운 일이다.

"마히루는 장래 희망이 뭐니?"

에리가 물었다.

"엄마처럼 경찰관?"

도모카가 그렇게 대답하자 "경찰관은 무슨!" 하고 마

히루는 힘주어 고개를 저었다.

"난 죽어도 경찰관하고 교사는 안 될 거야."

"왜?"

"일방적으로 권력을 휘두르는 직종만큼은 피하고 싶어."

마히루는 그렇게 내뱉었다.

"난 경찰이 되고 싶어. 나쁜 사람을 권총으로 쏴 버리고 싶어."

도모카가 말했다.

"그런 소리 하는 거 아니다."

류지의 말을 덮듯 도모카가 "빵빵빵!" 하고 손가락을 권총 모양으로 만들어 소리쳤다.

두 딸이 태어났을 때, 장인은 이제 스미다 집안은 걱정 없다고 뛸 듯이 기뻐했다. 장하다며 몇 번이고 어깨를 두드렸다. 성별은 정자의 염색체로 정해진다고 한다.

그 시절의 장인은 자상했다. 동거하고 같은 이발소에서 일하게 된 뒤부터 서서히 관계가 삐걱거렸다.

"아주 무서운 딸들을 낳았네."

류지는 아내를 보며 웃었다. 아들이 하나 있었으면 좋겠다고 생각하면서.

장 보는 시간은 대부분 밤이었다. 가게를 닫고 저녁을 먹은 뒤에 다음 날 먹을 반찬거리를 사러 나간다.

"거기, 스미다 씨 사위 맞지?"

돌아보자 가와바타가 서 있었다. 장인의 단골손님으로, 같은 동네 주민이었다.

"장 보러 나왔나?"

슈퍼에 장 보러 왔지 뭐 하러 왔겠냐고 생각하며 네, 하고 대답했다. 가와바타는 류지의 장바구니를 노골적으로 들여다보았다. 류지가 "그럼…" 하고 떠나려는데 "스미다네 사위" 하고 불러 세웠다. 그 호칭에 불쾌감을 느끼면서도 류지는 웃는 낯으로 "네?" 하고 대꾸했다.

"스미다 씨한테 얘기 많이 들었네. 노인네를 너무 괴롭히지 말게나. 불쌍하잖아."

얼굴이 확 달아올랐다.

"…무슨 말씀이시죠?"

류지는 애써 냉정하게 말했다.

"돈 문제도 그렇고…."

"돈이요?"

"그리고 밥도 안 차려 준다면서. 하는 김에 젓가락만 하나 더 놓으면 되는 거 아닌가? 신경 좀 쓰라고. 내가 안 쓰러워서 그래. 이렇게 부탁하네."

그렇게 말하며 가와바타는 손을 모으고 고개를 숙였다.

"아버님이 무슨 말씀을 하셨는지는 모르겠지만, 돈도, 식사 문제도 다 충분히 상의해서 정한 일입니다. 두 분이 불편하실 일이 없다고요."

흥분하지 말고 차분하게, 머릿속으로는 그렇게 생각했지만 말투는 이미 거칠어져 있었다.

"뭘 그렇게 흥분을 하나. 내 전할 말은 다 전했으니 잘 부탁하네."

농담처럼 말하더니 가와바타는 자리를 떴다.

"망할 영감탱이."

저도 모르게 중얼거렸다. 근처에 있던 젊은 남자가 흠칫한 얼굴로 류지를 보았다. 류지는 개의치 않고 다시 망할 영감탱이라고 말했다. 이것도 큰 소리로 외치고 싶은 걸 참은 거다.

장인이 단골손님이나 이웃들에게 있는 소리 없는 소리를 떠들고 다니는 건 알고 있었지만, 그들로부터 한 소리 들은 건 처음이었다. 분명 우리 사위는 좀스럽고 밥도 안 차려 준다고 하소연했겠지.

생활공간이 모두 분리된 이세대 주택을 원한 건 처부모 쪽이었다. 시끄러운 생활은 싫고, 좋아하는 걸 원하는 시간에 먹고 싶으며, 무엇보다 부부 단둘이서 유유자적하게 살고 싶다고. 그래 놓고 이제 와서 뭐라는 거람.

류지도 허물없는 친구나 단골손님에게 장인에 대한 불만을 털어놓을 때가 있지만, 그들이 장인에게 뭐라고 하는 건 상상도 할 수 없었다. 다들 상식 있는 사람들이니까.

"정말, 영감탱이들은 최악이라니까."

카트를 밀며 중얼거렸다.

"언제 죽으려는지 몰라."

제 입에서 나온 말에 놀라 류지는 주변을 둘러보았다. 아무도 못 들은 것 같아서 안도했다.

류지는 생선 코너에서 전갱이와 바지락을 대충 둘러보며 자문했다. 장인어른이 죽기를 바라는 건가. 지금까지 그런 생각을 해 본 적이 없었는데, 자연스럽게 입에서 흘러나왔다는 건 마음 깊숙한 곳에서 그렇게 생각했다는 걸까.

여전히 에리를 사랑했다. 결혼 당시의 설렘은 없더라도, 애정은 전혀 변하지 않았다. 사랑하는 아내의 부모니까 당연히 감사하는 마음을 가지고 잘 모셔야 한다고 생각하며 지금까지 살아왔다. 그게 사위의 본분이라고 생각하면서.

사위라는 건 대체 뭘까. 불현듯 그런 생각이 들었다.

성도 처가 쪽 성을 따르고, 무상으로 처부모를 돌본다. 여자 쪽이 며느리로 들어가는 경우, 대부분은 양녀가 된다. 친자식으로 간주되어 법적으로 상속의 권리를 가졌다. 사위와 대우가 달라도 너무 달랐다. 불공평하기 짝이 없었다. 결국 이 사회에서 우대받는 건 여자들뿐이었다.

멍하니 그런 생각을 하며 식재료를 장바구니에 넣었다. 통로 끝에 카트를 세워 두고 이야기를 나누는 남자둘이 낯익었다. 도모카 친구의 아빠인 것 같았지만, 확실하지 않아서 그대로 지나쳤다.

"당신들!"

나이 지긋한 여성의 호통 소리에 류지는 저도 모르게 돌아봤다.

"남자가 밤에 집을 비우고 어딜 싸돌아다니는 거지? 처자식을 두고 이런 데서 수다나 떨고 말이야! 길 막지 말고 비켜!"

여자는 기관총처럼 쏘아붙이더니 두 사람 사이를 비집고 들어가 카트를 힘껏 내리쳤다.

"가족을 위해 정성껏 밥을 차리라고! 보아하니 다 만들어 놓은 반찬이나 사다가 내놓는 게 다겠지."

그렇게 말하고 여자는 사라졌다. 근처에 있던 사람들이 놀란 표정을 지었다. 두 남자도 눈이 동그래졌다.

류지는 무척 기분이 상했다. 70대 후반일까. 그 나잇대 여자들은 여러모로 문제가 많다. 소위 '꼰대'라고 불리며 SNS에서 자주 거론되는 트러블메이커들이다.

아마 외로워서겠지. 계산대에 줄을 서며 류지는 그런 생각을 했다. 평소에 아무도 상대해 주지 않으니까 저러는 것이다. 그리고 저런 여자들이 트집을 잡는 건 자기보다 젊은 남자들뿐이다. 아까 이야기를 나누던 사람이 아빠가 아니라 엄마들이었다면 아무 소리도 못 했을 것이다.

긴 연휴가 끝나고 탓짱과 둘이서 오랜만에 술자리를 가졌을 때의 일이 불쑥 떠올랐다. 마히루와 노노카는 어릴 때부터 피아노를 배웠다. 중학교 합창 대회를 앞두고 있던 때라, 둘 다 반에서 반주를 하기로 되어 있었다.

합창곡도 최근에는 다양해졌다는 이야기를 하는데 옆자리의 나이 지긋한 여자가 대화에 불쑥 끼어들었다. 동서고금의 합창곡을 늘어놓으며, 노래할 때의 주의점을 혼자서 내리 떠드는 게 아닌가. 처음에는 어처구니가 없어서 상대를 바라볼 뿐이었지만, 류지는 이내 불쾌감이 솟아오르는 걸 느꼈다. 왜 멋대로 남의 이야기를 훔쳐 듣고, 부탁도 안 했는데 대화에 끼어드는 걸까. 탓짱도 부글부글 끓는 표정으로 여자를 쏘아보았다.

"어머, 미안. 내가 방해했나?"

여자는 깔깔거리며 웃더니 이쪽을 보며 눈치를 살폈다. 서비스업 종사자의 본능인지, 류지는 조건반사적으로 아니에요, 하고 웃음으로 답했다. 그걸 본 여자는 "합창곡 같은 것도 공부 좀 해 뒤! 인생은 배움의 연속이라지 않아? 앞으로는 남자도 배워야 해!"라는 말을 남기고 생글생글 손을 흔들며 사라졌다.

류지는 후회했다. 왜 웃으며 대답했을까. 무시하면 좋았을걸. "류짱은 너무 착해서 탈이야"라는 탓짱의 말에 쥐구멍에라도 들어가고 싶었다.

그 여자는 류지 일행이 둘 다 남자라 멋대로 이야기에 끼어들어도 된다고 생각한 것이다. 나이 어린 남자라면 응당 나이 많은 여자의 이야기를 감사히 경청하리라 생각한 것이겠지. 지식 자랑을 실컷 했으니 본인은 만족스러울 것이다.

"너, 고객 대하는 태도가 그게 뭐야? 웃지도 않고 뻣뻣하게. 여기서 제일 높은 사람 데려와, 당장!"

류지가 선 계산대 줄의 여자 손님이 남자 계산원에게 호통을 치기 시작했다. 아까와는 다른 여자였다. 류지 앞에 선 남자가 질렸다는 표정으로 다른 줄로 옮겨 갔다.

그녀가 구체적으로 무엇에 불평하는 건지는 알 수 없었다. 애시당초 구체적인 이유가 존재하기나 할까.

"돈을 쓰는 고객한테 감사하다는 말도 제대로 못해? 모기만 한 소리로 중얼거리는데 들리겠냐고! 아, 기분 잡쳤네! 망할 놈!"

류지의 어머니보다 조금 연상일까. 위아래로 트레이닝복을 걸치고 맨발에 샌들을 신은 차림새였다.

"죄송합니다."

계산원은 창백한 낯빛으로 사과했다.

"점장 어디 있냐고!"

"죄송합니다. 잠시만 기다려 주십시오."

금방이라도 울 것 같은 표정이었다. 류지는 스마트폰을 꺼내 여자를 촬영했다.

"거기 너! 뭘 멋대로 찍는 거야!"

여자가 류지에게 다가왔다. 그녀가 스마트폰으로 손을 뻗으려던 순간 점장이 나타났다. 50대 남자였다.

"점장 무라야마입니다. 무슨 일이십니까?"

"당신이 제일 높은 사람이야? 남자잖아, 여자 점장은 없어?"

"제가 점장입니다."

"그래, 그건 그렇고. 당신네 슈퍼, 직원 교육을 대체 어떻게 시키는 거야?"

젊은 계산원은 불안한 표정으로 점장을 보더니 애원

하듯 얼굴을 가렸다. 류지는 점장이 어떻게 나올지 지켜 보았나. 어느 쪽이지? 기도하는 마음으로 계속해서 영상 을 찍었다. 적이야, 아군이야? 당신은 어느 쪽이지?

"이 직원 말이야, 내가 매상을 올려 줬는데 감사하다 는 말도 제대로 안 해. 상품도 정중하게 안 다루고. 이거 봐, 이 닭고기. 트레이가 찌그러졌잖아. 이 남자 때문이 야. 이거 어떻게 할 거야?"

"고객님, 계산은 아직 안 하신 거죠?"

"그래. 이 남자가 꾸물거려서 아직 못 했어. 하지만 이 런 상품은 필요 없어. 닭고기가 뭉개졌잖아."

"고객님, 죄송합니다."

여자는 흡족한 듯 콧평수를 넓히며 고개를 끄덕였다. 뭔가 서비스라도 줄 거라고 생각한 걸까.

"오늘은 이만 돌아가 주십시오."

점장은 그렇게 말하며 고개를 숙였다.

"뭐라고? 지금 그게 고객을 대하는 태도야?"

"돌아가 주십시오."

류지는 쾌재를 부르고 싶었다. 그의 기대는 완벽하게 들어맞았다.

"이래서 남자 점장은 못쓴다니까! 이런 슈퍼 다시는 오나 봐라!"

"네, 찾아 주지 않으셔도 됩니다. 저희 점포에서는 직원 교육도 철저하게 하고 있고, 저도 저희 직원들을 믿습니다. 돌아가 주십시오."

여자는 악을 쓰며 장바구니에 든 상품을 뒤집어엎었다. 몇몇 손님이 류지처럼 스마트폰을 들이댔다.

"확 망해 버려라!"

여자는 그렇게 내뱉고 슈퍼를 나갔다. 박수라도 치고 싶은 기분이었다. 실제로 몇몇 사람은 작게 박수를 쳤다. 류지는 촬영을 멈추고 계산원, 점장과 함께 떨어진 상품을 주웠다. 고맙다는 인사에 "제가 고맙죠" 하고 큰 소리로 대답했다. 앞으로도 이 슈퍼를 애용해야겠다고 생각했다.

슈퍼에서 찍은 동영상은 류지의 보물이 되었다. 그 여자의 신경을 긁기 위해 찍은 동영상이었지만, 힘들 때 보려고 삭제하지 않고 두었다. 점장의 의연한 태도에 '아직 이 세상도 살 만하구나' 생각했다. 그런 상사가 있다면 일하기도 즐겁겠지.

그나저나 베이비부머 세대 여자들은 정말 경악스러운 존재다. 인터넷에서도 그런 꼰대들의 말이 자주 물의를 일으켰다.

젊은 남자를 따먹으려면 일단 지식이야. 좋아할 만한 화제를 꺼내서 정성껏 가르쳐 주면 반은 넘어온 거야. 결정타로 자연스럽게 허벅지를 만져 주면 돼. 가랑이 쪽이 성감대야. 티 내지 말고 자연스럽게.

그런 성추행, 직장 내 괴롭힘으로 분류되는 행동들을 당당하게 인터넷에 올리는 정신 상태도 이해가 가지 않았지만, 가르쳐 주겠다는 태도 자체도 거슬렸다. 이런 게 흔히들 말하는 승인 욕구, '우먼스플레인'이라는 걸까. 애초에 젊은 남자가 자기 어머니보다 나이 많은 여자를 이성으로 볼 거라고 진심으로 생각한다는 점에 류지는 경악했다. 자의식과잉도 정도가 있지. 소름 끼쳤다.

"어서 오세요오."

장인이 명랑하게 인사를 건넸다. 장인과 비슷한 또래의 여성이었다. 아직 가게 오픈 5분 전이었지만, 장인의 손님이니 상관없겠지. 이발소지만 당연히 여성들도 찾았다. 장인은 솜털 제거 기술이 좋아서 그 목적으로 찾는 손님들도 많았다.

"뒷머리가 길었는데 시원하게 밀어 줄래? 그리고 얼굴 솜털 제거도 부탁해."

장인이 여성에게 커트 보를 씌우려 팔을 앞으로 뻗자,

손님은 장인의 팔을 붙잡았다. 슬쩍 보니 장인의 팔을 자기 입에 가져다 대고 쪽, 하는 소리를 내며 입을 맞추는 게 아닌가. 류지는 흠칫했다.

"쇼헤이 씨 팔은 근육질이라 멋지단 말이야. 자, 다시 쪽."

그렇게 말하며 다시 장인의 팔에 입을 맞췄다. 류지는 눈을 크게 뜨고 그 광경을 뚫어져라 바라보았다.

"아유, 이러지 마요."

장인은 웃는 얼굴로 스킨십을 슬쩍 피했다. 그러는 동안 류지도 손님이 찾아와 일을 시작했다. 일하는 중간 옆을 슬쩍 볼 때마다 손님과 장인의 거리가 너무 가까운 게 신경 쓰였지만, 장인은 시종일관 웃는 낯이었다. 어찌나 친밀해 보이는지 과거에 장인과 무슨 사이였나, 의심이 갈 정도였다.

"쇼헤이, 오늘도 고마워. 머리가 아주 멋지게 됐네."

"매번 고마워요."

"또 올게."

여자 손님은 그렇게 말하며 장인을 껴안았다. 장인은 생글거리며 포옹을 받아들이고 손님을 배웅했다. 입구에서 한동안 고개를 숙이던 장인이 손님의 모습이 멀어지자마자 "망할 할망구" 하고 중얼거린 것을 류지는 놓치지 않았다.

장인에게 말을 걸어 볼까도 생각했지만, 그 후의 장인은 류지에게 빈정거리거나 류지의 손님을 보고 혀를 차는 등 평소와 전혀 다를 바 없이 심술궂게 행동했기에, 결국은 그대로 넘어갔다.

오늘은 예약 손님은 적었지만 당일 손님이 많아서 정신이 없었다. 꼭 이런 바쁜 날에 전화통에 불이 난다. 한가하면 전화나 좀 받지. 신문을 읽는 장인을 힐끗거리며 류지는 손님에게 양해를 구하고 전화를 받았다.

"네, SUMIDA 이발소입니다."

"안녕하세요. 주식회사 오노우에 아키코 상점이라고 합니다만, 사장님 계신가요?"

"무슨 일이신가요?"

영업 전화라면 빨리 용건을 말하라고. 목소리가 살짝 뾰족해졌다.

"저기, 죄송합니다만 사장님과 통화할 수 있을까요?"

"접니다."

이발소를 꾸려 나가는 건 류지였다.

"네? 이상하네? 사장님 성함이 스미다 후사코 씨로 되어 있는데요…."

장모의 이름이었다. 이발소는 일단 합동 회사였고, 대

표는 여자가 맡는 게 좋겠다고 해서 편의상 장모의 명의
를 쓰고 있었다.

"안 계십니다."

그렇게만 대답하고 류지는 전화를 끊었다.

"누구야?"

신문을 읽던 장인이 고개를 들며 물었다. 전화는 받지
도 않으면서 무슨 전화인지는 궁금한 모양이다. 류지는
"영업 전화에요"라고만 대답했다.

하아, 손님 모르게 한숨을 내쉬었다. 여러모로 속이
편치 않았다. 장모를 대표로 한 것도, 남자하고는 할 이야
기가 없다는 투로 말하던 사람도 마음에 들지 않았다. 대
표이사 직함을 가진 장모는 지금쯤 파친코에서 놀고 있
겠지.

"이제 샴푸할게요."

웃는 얼굴로 말하며 류지는 누구를 향해서일지 모를,
형언할 수 없는 짜증을 느꼈다.

4

"안녕."

"…아, 안녕."

"미안한데 여기 좀 알려 줄래?"

뒤로 돌아앉은 A는 수학 교과서를 펼치며 말했다. 어제 숙제였던 부분이다.

"이거, 이 응용문제. 여기, y를 x의 식으로 나타내라는 게 무슨 말인지 모르겠어. 말하자면 고양이를 개로 나타내라는 거잖아. 그걸 어떻게 하냐고!"

그렇게 말하며 웃는 A를 보니 나도 덩달아 웃음이 났다. 고양이를 개로 나타내라니, 대단한 표현력이다.

"이 문제는 이 표를 보고 식을 만들면 돼. $y = ax^2$ 라는 함수

공식이 있거든, 그 공식에 대입하면 돼."

A는 오, 하고 방금 처음 들은 것처럼 고개를 끄덕였다. 내가 웃자 웃지 말라며 어깨를 밀었다. 미안하다고 말하며 식을 만들었다.

"아하, 그런 거구나."

A는 이해했는지 다른 문제를 풀었다. 숫자가 가지런히 적힌 A의 노트는 무척 아름다웠다.

"응, 그렇게 하면 돼."

"살았다. 알려 줘서 고마워."

A는 긴 다리의 방향을 바꿔 앞으로 돌아앉았다.

창문 밖을 보았다. 교정의 은행나무가 노랗게 물들어 가고 있었다. 교정 너머에는 수많은 집들이 있다. 저 집마다 누군가가 살고 있겠지. 이토록 많은 사람들 중에서 A라는 한 사람을 좋아하게 됐다.

A를 좋아하는 마음이 흘러넘쳐서 자칫하면 울 것 같았다. A를 생각하기만 해도 가슴이 뛰며 심장이 튀어나올 것 같았다.

높고 푸르른 하늘, 학교 종소리, 친구들의 웃음소리. 눈에 먼지가 들어간 척 셔츠 소매로 살짝 눈가를 훔쳤다.

이케가야 요시오

"있어! 붙었어!"

요시오는 한손에 스마트폰을 들고 거실에서 혼자 파이팅 포즈를 취했다. 여름에 본 교원 채용 시험. 오늘 10시에 홈페이지에 합격자 발표가 올라왔다. 현재 시각은 10시 19분. 10시 정각은 접속이 몰릴 것 같아서 10시 반에 들어가 보려 했는데 그때까지 기다릴 수가 없었다.

합격! 내년부터 교사 복귀다!

물론 아내 유우코도 아는 일이다. 채용 시험을 보겠다고 말했을 때, "그래? 붙으면 좋겠네" 하고 가볍게 대꾸했을 뿐, 그 이후로 구체적인 이야기는 하지 않았다. 아이들에게도 말했지만 별 관심 없다는 양 그래? 하고 넘겼다.

가족들하고는 차차 상의하면 되겠지. 지금은 일단 합격의 기쁨이 컸다. 요시오는 아이들에게 전하고 싶은 말이 많았다. 특히 남자아이들에게는 자기 힘으로 살아가는 일의 숭고함을 가르치고 싶었다.

요시오가 중학생일 때는 장래 희망이 '남편'인 아이들이 한 반에 절반은 됐다. 지금도 '멋진 부인과 결혼하고 싶다'는 남자 중학생들이 꽤 있는 모양이었다.

고스케와 슌타의 장래 희망은 무엇일까. 어떤 직업이

든 좋다. 주부가 되고 싶다면 그래도 좋다. 하지만 나처럼 뭔가를 포기하고 주부가 되지는 않기를. 요시오는 그렇게 생각했다.

아케치 초등학교 방과 후 돌봄 교실. 아오는 색칠 공부를 좋아하는 것 같았다. 오늘은 '드래곤볼' 색칠 도안을 가져왔다. 아오에게 건네자 집중해서 색연필로 섬세하게 칠했다. 점점 실력이 향상되는 게 눈에 보였다.

오늘은 요시오가 야외 당번인 날이라 아오에게도 나가겠느냐고 물어봤다. 색칠 공부에 푹 빠져서 밖에는 안 나간다고 할 줄 알았는데, 예상과 달리 고개를 끄덕였다. 다지마와 같이 있기 싫은 건지도 모른다고 혼자 멋대로 생각했다.

10월. 좋을 계절이다. 운동장에 불어오는 바람이 기분 좋았다. 어제는 갑자기 쌀쌀해져서 겨울옷을 꺼내야 겠다고 마음이 급했는데, 오늘은 다시 여름으로 돌아간 듯 더웠다.

아이들은 흩어져 있었다. 남자는 축구, 여자는 피구를 하는 아이가 많았다. 요즘 아케치 초등학교 여학생들 사이에서는 피구가 유행했다. 아오는 철봉에서 거꾸로 매달리기 연습을 하고 있었다.

"팔 힘만 쓰지 말고 엉덩이를 올리고 배를 철봉에 붙여 봐."

요시오의 조언 덕분인지 자세가 조금 나아졌다. 아오는 끈질기게 몇 번이고 도전했다. 분명 머지않아 성공할 것이다.

어?

요시오가 뒤돌아 아오를 보았다. 방금 뭔가를 본 것 같은데. 아오는 팔에 힘을 주고 다리를 흔들었다. 보였다. 지금 분명히 봤다. 요시오는 긴팔 셔츠 틈으로 보이는 아오의 팔을 다시금 보았다. 심호흡을 하며 마음을 가라앉혔다.

"아오? 그 팔 어쩌다 그런 거니?"

아오의 팔에는 멍이 있었다. 아오는 요시오의 질문을 무시하고 다리를 구르며 몸을 올렸다. 요시오는 그런 아오를 뚫어져라 바라봤다. 바짓자락이 펄럭이며 종아리가 보였다. 종아리에도 멍이 있었다. 종아리의 멍은 노란 걸 보니 훨씬 이전에 생긴 것 같았다.

"어디 부딪혔니?"

아오는 아무것도 대답하지 않았다.

"누가 때리기라도 했어?"

아오는 요시오의 얼굴을 빤히 바라보며 아빠, 라고 말

했다. 그러고는 다시 거꾸로 오르기 연습을 시작했다.

요시오는 심호흡을 했다. 침착해, 냉정해지라고.

돌봄 교사가 알아챘을 정도면 학교 선생님들은 이미 알고 있겠지. 그렇다면 뭔가 조치를 취했을 것임이 틀림없었다.

아오가 지금까지 없던 기세로 다리를 움직였다. 요시오는 순간적으로 아오의 허리에 손을 대고 부드럽게 밀었다. "아얏"이라는 자그마한 외침과 함께 아오의 몸이 한 바퀴 돌았다.

"거꾸로 오르기 성공."

"그래, 해냈네."

허리를 건드렸을 때 거의 힘을 안 줬으니 아플 리가 없는데.

좀 보여 달라고 허락을 구한 뒤에 요시오는 아오의 셔츠를 살짝 걷었다. 등에서 허리에 걸쳐 빨갛고 가느다란 선이 남아 있었다. 바지를 내리고 확인하고 싶었지만 그럴 수는 없었다.

"여기 만지면 아프니?"

아오는 아무 대답도 하지 않고 "거꾸로 오르기 성공"이라고 다시 말했다. 잘했네, 하고 요시오도 고개를 끄덕였다.

요시오는 아오의 아버지란 남자를 향한 분노로 온몸의 혈관이 터질 것만 같았다. 당장이라도 달려가 멱살을 잡고 어떻게 된 일이냐고 따져 묻고 싶었다.

"아오야."

아오의 이름을 부르자 타오르는 분노가 수그러들었다. 곧이어 오열이 터져 나올 것 같은 슬픔에 휩싸였다. 어떻게 이런 작은 아이에게 손찌검을 할 수 있는 거지. 어떻게 이렇게 멍이 들 정도로 때릴 수 있는 거지.

눈물이 나올 것 같아서 요시오는 저도 모르게 하늘을 올려다보았다. 오늘도 하늘은 푸르고 아름다웠다. 이 푸른 하늘 아래에서 작은 소녀가 상처받고 있다. 절대로 있어서는 안 될 일이다.

돌봄 교실로 돌아오는 길에 요시오는 교무실에 들러 2학년 2반 아오의 담임과 이야기를 했다. 20대 남교사인 시라이시 선생도 오늘 아오의 팔에 생긴 멍 자국을 알고 있었다.

"팔에만 있는 줄 알았어요. 아오는 아무 말도 안 해서…. 아빠라고 했다고요. 알겠습니다. 알려 주셔서 감사해요. 오늘은 아버지가 데리러 오는 날인가요?"

"네, 평소에도 거의 아버지가 데리러 오세요. 가끔 할아버지가 오시기도 하고요."

"알겠습니다. 교장 선생님께 말씀드릴게요."

요시오도 시라이시와 함께 교장실로 갔다.

"네? 아직 아동상담소에 연락을 안 하셨다고요?"

시라이시는 불쾌감을 드러내며 교장에게 따졌다. 이미 아오의 멍 자국 이야기는 보고한 모양이었다.

"정말 아빠라고 한 게 맞나요? 아오는 ADHD 증상이 있는 아이잖아요, 혼자 넘어지거나 어디 부딪힌 건 아니고요?"

"교장 선생님, 아이의 팔에 난 멍 자국을 보셨나요? 보고도 그렇게 말씀하시는 겁니까?"

사태의 심각성을 모르는 듯한 교장의 말투에 요시오는 격하게 반발했다. 머리카락에 구불거리는 컬을 넣은 교장은 그제야 일어나더니 "귀찮은 일에 말려드는 건 싫은데" 하고 중얼거렸다.

"이 사태를 방치하면 일이 더 복잡해질 겁니다!"

시라이시가 언성을 높이며 말하자 교장은 농담이에요 농담. 농담도 못하나, 하고 웃었다.

그 후에 시라이시는 돌봄 교실로 가서 아오를 데려갔다. 아오는 순순히 뒤를 따랐다. 시라이시가 제 편이라는 걸 아는 건지도 모르겠다.

아마 아오는 이대로 아동상담소로 가게 될 것이다. 교

장이 아버지에게 연락하기로 했지만, 곧 귀가 시간이니 길이 엇갈려 그대로 이쪽으로 올 가능성도 있었다. 만일 아버지가 찾아오면 바로 교무실에 연락하기로 했다.

"뭐야? 무슨 일 있었어?"

최대한 아무 일도 없었던 듯 아오의 물건을 정리하는데 눈치 빠른 다지마가 뭔가 낌새를 챈 것 같았다.

"혹시 학대당한 거야?"

요시오는 놀란 얼굴로 다지마를 보았다.

"역시 그랬구나. 이케가야 씨는 무슨 일 있으면 금방 얼굴에 표가 나거든."

마음에 안 드는 인간이다. 어찌 되었든 같은 돌봄 교사인 다지마에게는 이야기를 해야겠지. 요시오는 간략하게 사정을 설명했다.

"그 아빠라면 그럴 수도 있겠네."

팔짱을 끼며 알겠다는 얼굴로 고개를 끄덕이는 다지마를 보며, 요시오는 당신이 그걸 어떻게 아는데, 하고 따져 묻고 싶었다. 거기까지 생각하고 번뜩 정신이 들었다. 아오를 그렇게 만든 아버지라는 사람에게는 화가 났지만, 마음 한구석에서는 싱글 파더인 그의 편을 들고 있는 게 아닌가.

"늦어서 죄송합니다! 간자키 아오 아빠입니다."

인터폰 너머로 헐떡거리는 소리가 들렸다. 이미 다른 아이들은 모두 보호자가 와서 데려간 뒤라, 교실에는 아무도 없었다. 요시오는 잠시 기다리라고 대답한 뒤 바로 교무실에 연락했다. 아마 교실 출입구에 다른 교사가 대기하고 있을 것이다.

"어떻게 되려나? 경찰에 연행되는 건가?"

끝나자마자 퇴근하던 평소와 달리 끝까지 남아 있던 다지마가 유쾌하다는 듯 말했다. 체력, 체격 차를 무기로 남자가 여자에게 손을 댔을 경우에는 즉각 체포당하지만, 상대가 친자식일 경우에 한해 법은 판단을 보류했다. 훈육이라는 제멋대로인 명목이 통하는 상황이었다.

"다지마 씨, 되게 기분 좋아 보이네요."

요시오가 대꾸하자 다지마는 "누가 그런다고 그래요!" 하고 언성을 높이며 쏘아붙이더니 표정을 싹 바꾸었다."

학대 혐의를 받는 부모와 보호된 아동은 한동안 격리된다. 여기서부터는 아동상담소의 관할이지만, 좌우지간 아오가 안전한 곳에서 지냈으면 하는 바람이었다.

"그래도 뭐, 한동안은 조용하게 지내겠네요. 잘됐어."

다지마는 아오가 돌봄 교실에 오지 않는 걸 은근히 기뻐하고 있었다. 정말로 마음에 안 드는 인간이라고 요시오는 새삼 생각했다.

요시오가 집에 돌아왔을 때, 다른 가족들은 이미 귀가해 있었다.

"아 배고파. 저녁 뭐 먹어?"

고스케가 물었다. 슌타는 게임에 푹 빠져 있었다. 유우코는 차를 마시며 식탁에 앉아 신문을 읽고 있었다.

오늘은 교원 채용 시험 합격 축하로 초밥이나 배달시킬까 했지만, 아오를 생각하자 그럴 마음도 들지 않았다. 하지만 저녁 찬거리가 없었다.

"가끔은 외식이나 할까?"

"좋아요."

"뭐 먹고 싶어?"

"고기?"

"저녁에 고기? 소화 안 되게."

유우코가 볼멘소리를 했지만 아이들은 들은 척도 안 했다.

일단 차를 몰고 나가기로 했다. 맛있다고 소문난 고깃집은 쉬는 날이었고, 무제한 리필로 유명한 프랜차이즈 고깃집도 만석이었다.

"회전 초밥이나 먹자. 난 초밥 먹고 싶어."

요시오의 심정을 아는지 모르는지 유우코가 우겼고, 결국 회전 초밥집으로 낙찰됐다. 일반 초밥집에 아이 둘을 데리고 들어가기는 꺼려졌다. 고스케와 슌타 둘이서 한 달 치 식비를 탕진할 것이다.

4인용 테이블 자리. 레일 쪽에 앉는 건 거의 유우코와 고스케였다. 두 사람이 먼저 주문한 뒤에 요시오와 슌타가 주문하는 순서였다.

요시오는 팔을 뻗어 화면을 터치해 맥주를 주문했다.

"맥주? 술은 왜 마셔? 집에 갈 때 운전은 누가 하라고."

유우코가 의아하다는 듯한 표정으로 요시오를 보았다.

"축하주. 교원 채용 시험 붙었어. 이따가 운전 부탁해."

"뭐야, 나도 한잔하려고 했는데. 뭐 그건 그렇고, 시험 붙었구나. 잘됐네."

"아빠 이제 일하는 거야?"

"정말? 선생님 되는 거야?"

고스케와 슌타가 고개를 들며 물었다.

"언제부터?"

"내년 봄부터."

오오, 아이들은 감탄사를 터뜨렸다.

"당신이 일하면 밥이랑 청소는 누가 해?"

"집안일은 전부 반씩 분담해야지."

"뭐라고? 그게 말이 돼?"

유우코가 언짢은 듯 말했을 때 주문한 맥주가 나왔다.

"건배!"

요시오가 잔을 들고 외치자 어느샌가 콜라를 주문한 고스케와 슌타도 잔을 들었다.

"아빠, 축하해요."

고스케와 슌타가 축하한다고 말하며 잔을 부딪쳤다.

"나도 껴 줘야지."

유우코가 찻잔을 들며 말했다. 네 식구가 건배한 뒤 요시오는 단번에 잔을 반쯤 비웠다. 오랜만에 마시는 맥주였다. 속이 시원해지는 느낌이 상쾌했다.

초밥을 먹으며 요시오의 뇌리에 아오와 그 아버지가 몇 번이나 떠올랐다. 그때마다 내가 할 수 있는 일은 없으니 어쩔 수 없다고 스스로를 납득시키며 그 일에 너무 신경 쓰지 않으려 했다.

"앞으로 바빠질 테니까 고스케하고 슌타도 집안일 도와야 한다?"

요시오의 말에 두 아들은 웃기만 할 뿐 확실하게 대답하지 않았지만, 분명히 알아줄 것이다. 문제는 아내였다. 요시오가 일을 시작하면 사소한 일에도 감정을 드러내며 가족들에게 화풀이를 할 게 뻔했다. 그 모습을 상상하자 기분이 한없이 가라앉았지만 어쩔 수 없었다.

거기까지 생각했을 때, 요즘 '어쩔 수 없다'는 말로 상황을 정리하는 일이 많아졌다는 사실을 깨달았다. 복잡한 일은 모두 '어쩔 수 없다'는 라벨이 붙은 서랍에 넣어버린다. 나이를 먹어서인지도 모르지만 좋은 태도는 아니라고 반성했다.

쉬지 않고 초밥을 주문해 제대로 씹지도 않고 삼키는 아이들을 눈부시게 바라보며, 참 많이 컸다고 새삼 생각했다. 감상에 젖을 틈도 없이, 테이블 위에 하나둘 산처럼 쌓이는 접시를 보며 이만큼 먹었으니 쑥쑥 클 법도 하다며 쓴웃음을 지었다.

"회전 초밥집으로 오길 잘했네. 파산할 뻔했어."

요시오가 너스레를 떨자 고스케는 아직 더 먹을 수 있다고 대꾸했고, 슌타는 라면을 먹겠다며 화면을 터치했다. 유우코는 초밥을 먹다 말고 케이크를 먹고 있었다.

요시오는 이렇게 네 식구 모두 건강해서 다행이라 여기며, 일단 내년 일은 내년에 생각하자고 다짐했다.

간자키 아오가 그 뒤로 어떻게 되었는지는 알 수 없었다. 시라이시에게 물어봤지만 그 역시 아는 게 없는 것 같았다. 교장은 뭔가 알고 있을지도 모르지만, 아마 외부에 누설하지는 않을 것이다.

아오는 할아버지를 좋아했으니 할아버지와 함께 살면 좋을 테지만, 제삼자가 이러쿵저러쿵할 일은 아니겠지. 좌우지간 아오의 안전이 제일이었다.

"싱글 파더란 건 자업자득이잖아. 그런데 아이를 학대해 놓고 한 부모 가정에 냉담한 사회가 어쩌고, 보조금 달라고 떼쓰고, 정말 어이가 없어. 모두 본인이 택한 길인데 스스로 책임져야지."

아오 일이 있은 뒤, 매번 똑같은 소리를 염불처럼 외는 다지마에게 요시오는 진저리가 났다. 다지마는 아내와 똑같았다. 유우코는 싱글 파더라는 말이 나올 때마다 자업자득이라고 했다. 경제적 능력이 없으면 이혼을 하지 말았어야지. 심술궂은 얼굴로 그렇게 내뱉었다. 그걸 들을 때마다 요시오는 상상을 초월하는 스트레스를 받았다.

"그 아빠도 이혼을 안 했으면 될 일 아냐. 부인이 남자 생겨서 집 나갔다고 하던데, 사실은 그 아빠가 내쫓은 거래요. 그래서 집 대출금도 결국 전부 혼자 떠안게 됐고. 여자 바람피우는 게 뭐 큰일이라고. 애초에 남자가 제대로 구실을 못 했으니까 부인이 밖으로 나돈 거 아냐. 부인이 있었으면 풀타임으로 일할 일도 없었을 테고. 자기가 바쁘고 여유가 없으니까 아이한테 손찌검을 한 거 아니겠어요? 전부 자기 책임이라고. 안 그래요?"

또 시작이다. 그놈의 자기 책임론. 이혼도, 가난도, 병도, 태어난 환경도, 신체적 장애도, 능력도, 질병에 걸리는 것도 모두 자기 책임이라는 폭력적인 주장. 인간이 제 이익만을 추구하며 어려운 처지의 사람에게 손을 내밀지 않으면 사회 전체가 경제적으로 쇠퇴하게 된다는 걸 모르는 걸까.

다지마의 논리에 따르면 본인이 남성인 것도, 유색인종인 것도 모두 자기 책임이 된다.

애초에 남자가 여자에게 부양받는 걸 전제로 하는 것도 이해할 수 없었고, 부인이 있으면 풀타임으로 일하지 않아도 된다는 사고방식도 이상했다.

"그럼 대머리도 자기 책임이겠네요."

머리숱이 실종되어 가고 있는 다지마에게 그렇게 말해 주고 싶었지만 꾹 참고 "우리 와이프하고 말이 잘 통할 것 같네요"라고만 대꾸했다. 다지마는 싫은 내색도 없이 "그래요?"라며 고개를 끄덕였다.

일상은 정신없이 흘러갔다. 건강검진을 하러 병원을 찾은 요시오는 딸뻘의 젊은 의사에게 문진을 받았다.

"중성지방 수치가 좀 높네요. 평소에 운동은 하세요?"

"아뇨, 딱히."

"직업은… 아르바이트 같은 거 하세요?"

아르바이트 같은 거라니, 말하는 투가 저게 뭔가.

"아뇨."

그렇게 대답하자 의사는 딱히 더 묻지는 않고 "담배
는 안 피우시죠?"라고 질문을 이어 갔다. 대답하지 않자
반쯤 웃음 섞인 목소리로 "아이 친구 아빠들이랑 자주 만
나시나요?" 하고 물었다.

"아뇨. 안 만나는데요."

"아, 그러시구나. 점심에 패밀리 레스토랑에서 죽치고
있는 아빠들 많잖아요. 별로 보기 안 좋더라고요. 하하."

하나도 우습지 않은데 왜 웃는지 이해할 수 없었다.

"이케가야 씨는 전업주부신가요? 집안일하는 중에 간
식으로 과자 같은 거 자주 드세요?"

"아뇨."

전업주부냐는 질문과 간식으로 과자를 먹느냐는 질
문 모두에 요시오는 아니라고 대답했다.

"지방을 줄이고 운동하세요. 이상입니다."

의사는 그렇게 말하더니 의자를 획 돌려 책상을 마주
했다. 하나로 묶은 긴 머리가 날아와서 요시오는 순간적
으로 몸을 젖혔다. 의사는 요시오에게는 눈길도 주지 않

119

았다.

저게 무슨 의사란 말인가. 요시오는 콧김을 내뿜으며 자전거 페달을 밟았다. 아르바이트나 전업주부를 무시하는 태도. 당연하다는 듯 남자를 멸시하는 말투. 요시오는 아이 친구 아빠 중에 딱히 친하게 지내는 사람이 없어서 함께 식사한 적은 없지만, 아빠들이 패밀리 레스토랑에 모여 점심을 먹는 게 뭐가 나쁜가.

아빠들은 집안일과 육아를 모두 떠맡고 있다. 청소기만 돌리면 청소가 끝난다고 생각하는 건가. 욕실, 세면대, 화장실 곰팡이와 물때 제거, 창문과 새시 청소, 마당 청소, 선반 위 먼지 털기 등 끝이 없다.

빨래도 세탁기를 돌린 뒤 널고 개면 끝이 아니다. 계절에 맞춰 옷 정리도 해야 하고, 세탁소에 옷을 맡기고, 이불을 햇볕에 말리고, 커튼을 세탁하는 등 끝이 없다. 식사 준비도 영양 밸런스를 생각해서 날마다 장을 보고 조리하는 것도 보통 일이 아니다.

아이들을 돌보는 일도 마찬가지다. 학교 준비물 챙기기. 수업료나 급식비를 금액에 맞춰 준비하기. 학원 일정을 조정하거나 일이 생겼을 때 다른 날로 옮기기. 예방접종. 아프거나 다쳤을 때 병원에 데리고 가기. 금방 작아지는 실내화나 신발, 몸에 맞는 옷이나 속옷 사 두기. 도시락 싸기. 갖가지 일들을 동시에 생각하며 움직이지 않으면 그 모든 일들을 처리할 수 없다. 나열하자면 끝이 없다. 아이 친구 아빠들과의 식사 모임도 엄연한 정보 교환의 장이다.

여자가 이런 일을 할 수 있겠는가. 요시오는 그렇게 생각했다. 일에만 집중할 수 있는 환경에서 8시간 근무하는 게 훨씬 마음 편할 것이다.

요시오는 페달을 밟던 발을 멈추고 하늘을 올려다보았다. 화창한 가을 하늘에 양털 구름이 펼쳐져 있었다. 요즈음 아침저녁으로 기온이 뚝 떨어졌다. 그토록 무더웠던 여름도 지나고 나니 순간의 환상 같았다.

묘한 여운에 젖은 마음 반, 초조한 마음 반이었다.

슌타가 다니는 중학교에서 운동회가, 고스케가 다니는 고등학교에서는 문화제가 열렸다. 릴레이 선수로 출전한 슌타는 요시오의 상상보다 훨씬 발이 빨랐다. 다른 아이들을 제치고 선두에 섰을 때는 저도 모르게 환성을 질렀다. 유우코는 모처럼의 쉬는 날에는 좀 자게 두라며 결국 슌타가 활약하는 모습을 보러 오지 않았다. 이제까지 두 아들의 운동회나 발표회에 유우코는 거의 참석하지 않았다. 교사라는 직업의 특성상 입학식이나 졸업식

참석이 어려운 건 이해했지만, 쉬는 날에도 억지로 이유를 달아서 거절하는 건 납득이 가지 않았다. 아버지가 참석하는 걸로 충분하지 않느냐, 어머니가 나설 자리가 아니라고 했다.

고스케의 고등학교 문화제에는 슌타와 둘이 갔다. 반항기라 해도 형이 어떤 고등학교를 다니는지는 궁금한 모양이었다. 고스케네 반에서는 전통 찻집을 준비했는데, 전통 조리복 차림으로 차와 경단을 나르는 아들을 볼 수 있어서 좋았다. 요시오는 고등학생들이 뿜어내는 젊음의 열기에 압도되어, 그리움과 희미한 부러움으로 살짝 가슴이 아렸다. 내 인생도 벌써 반이 지났구나, 문득 그런 생각이 들었다.

11월을 앞둔 어느 날, 연락도 없이 10시 넘어 귀가한 유우코가 뜬금없이 "망했어" 하고 말했다.

"진짜 망했다고…."

"저녁은?"

유우코는 아무 대답도 없이 중학생처럼 망했다는 말만 되풀이했다. 곧 쉰을 바라보는 나이라고는 믿기지 않을 만큼 형편없는 어휘력이었다.

"…큰일 났어."

낯빛이 새하얗게 질려 있었다. 심상치 않은 아내의 모습을 보자 요시오의 가슴에 불길한 예감이 몰려왔다. 옛날에도 이런 유우코를 본 적이 있었다. 그게 언제였더라.

"무슨 일 있었어?"

"…나, 체포될지도 몰라."

유우코는 그렇게 말하며 무릎을 꿇었다.

그 후 유우코가 털어놓은 이야기는 가관이었다. 요시오는 경악스러운 나머지 말도 나오지 않았다. 도저히 믿을 수 없는 이야기였다. 이게 사실이라면 그런 인간과 결혼한 녀석을 저주해 죽이고 싶었다. 물론 요시오 본인이 죽겠지만.

"장난으로 그런 건데 고발하는 게 말이 돼?"

"장난이라고? 신입 교사의 옷을 찢고, 얼음물을 끼얹고, 바지를 벗기고, 노트북을 숨기고, 억지로 키스를 강요한 게 장난이야?"

왕따, 직장 내 괴롭힘, 성추행, 정신적 폭력…. 요시오가 가장 증오하는 갖가지 괴롭힘의 종합 세트.

"시끄러워! 큰소리 내지 마! 내가 분명히 사과도 했다고! 사과했는데 교장한테 찌른 거라고!"

요시오는 눈앞에 있는 여자를 멍하니 바라보았다. 아내가 너무나도 낯설게 느껴졌다. 사과했으면 당연히 용서해 줄 거라고 생각한 걸까. 용서를 할지 안 할지를 정하는 건 피해자뿐이다.

"애초에 먼저 시비를 건 게 누군데. 여자는 우대받고 있다, 여자만 생리휴가를 쓰는 건 이상하다, 남자도 하반신에 생리적인 문제가 있다, 여남 차별이다! 그딴 헛소리를 지껄였다고. 월경하고 하반신 문제를 같은 선상에 두는 게 말이 돼? 남자가 생리의 고통을 알기나 하냐고!"

"…그건 좀 황당한 소리긴 한데."

"그렇지!"

여남은 신체 구조가 다르다. 체격, 체력 차이를 감안한 여성 우대는 당연한 처사다. 그것과 여남 차별 문제를 엮는 건 온당치 않다.

하지만 그렇다고 사람을 괴롭혀도 되는 건 아니다. 성추행이나 직장 내 괴롭힘은 말할 것도 없다.

"그 남교사는 지금 어쩌고 있어? 학교에 나오기는 해?"

"…병가 냈어. 심신 쇠약 상태래. 지난주까지 멀쩡하게 출근했으면서, 내 참 어이가 없어서."

"잘리기 전에 사표를 내."

"내가 왜 관둬야 하는데! 그놈도 처음에는 좋아했단 말이야."

꽥꽥거리며 적반하장으로 나오는 여자를 싸늘한 눈빛으로 바라보던 요시오는 올해 여남평등 순위에서 일본이 사상 최하위인 121위를 차지했다는 사실을 떠올렸다.

내가 살고 싶은 대로 살고 싶다. 이 순간, 요시오는 진지하게 그런 생각을 했다. 앞으로 남은 인생이 지금까지 살아온 인생보다 짧다. 불만을 가진 채 남은 인생을 살아가도 좋은 건가. 함께 있으면 울화만 쌓이는 사람과 앞으로 계속 살아야 하나.

"정말, 어쩌라는 거야! 언론에서 냄새 맡고 뉴스에라도 나오면 정말 큰일이라고! 이래서 내가 남자들을 싫어하는 거야!"

그렇게 말하며 머리를 싸안는 아내의 얼굴을 보고 요시오는 옛일을 떠올렸다. 유우코와 사귀기 시작했을 무렵이었다. 운전 중 좁은 골목으로 들어섰을 때, 지나가던 행인과 사이드미러가 부딪친 일이 있었다.

조수석에 있던 요시오는 바로 내려서 남성에게 사과했다. 다행히 서행 중이었기에 팔을 살짝 긁혔을 뿐 크게 다치지는 않았다. 남자도 괜찮다며 가던 길을 갔다.

"저 남자 뭐야? 왜 차가 지나가는데 안 비켜? 계속 걸어가면 당연히 접촉 사고가 나지. 난 잘못 없어. 괜히 새 차에 흠집만 났네."

남자에게 사과도 하지 않고 유우코는 불평을 내뱉었다. 그때도 지금과 똑같은 얼굴이었다. 마음 한구석에서는 자기가 잘못한 줄 알고 전전긍긍하고 있으면서, 여자인 자신이 남자에게 큰소리로 쏘아붙이면 자연스레 문제가 해결되어 저지른 죄도 사라질 거라 여기는, 착각 섞인 자신에 찬 비굴한 얼굴.

그때 왜 눈치채지 못했을까. 유우코는 예전부터 이런 사람이었다. 이혼하고 싶다. 갑작스레 그런 생각이 들었다. 아니, 갑자기가 아니다. 언제나 요시오의 머릿속에는 그 두 글자가 존재했다. 그저 보고도 못 본 척을 했을 뿐이다.

꽥꽥거리는 아내를 바라보며 요시오는 냉정하게 이 집을 나갈 계획을 세우기 시작했다.

5

나는 다른 아이들과 조금 다르다. 남자들은 대부분 여자를 좋아한다.

1학년 학생들 중에도 사귀는 커플이 꽤 있다. 모두 남녀 커플이다. 같이 집에 가거나, 가끔 손을 잡은 모습을 본 적이 있다.

저번 '학교 활동' 시간에 LGBTQ에 대한 강의를 들었다. 강사 선생님은 태어났을 때의 성별은 남성이었지만, 초등학교 저학년 때부터 자신의 성별에 위화감을 느꼈다고 했다. 그 사실을 아무에게도 말할 수 없었던 중고등학교 시절은 지옥 같았다고 했다. 대학생 때 부모님에게 털어놓고, 그때부터 여성으로 살아가기로 한 모양이다.

LGBTQ의 G는 게이의 G다. 게이란 자신을 남성으로 인식하면서, 남성에게 성적으로 끌리는 성적 지향을 말한다. 분명 나는 여기에 해당할 것이다.

통계에 따르면 인구 13명 중 하나가 LGBTQ라고 한다. 우리 반은 모두 36명이니, 2~3명은 그런 사람이 있겠지. 하지만 아무도 그런 티를 내지 않는다. 게이인 친구도 있을까. 있다면 누구일까.

A와 당당히 손을 잡고 함께 집에 가는 모습을 상상했다. 서로 좋아하는 사이가 되어 언젠가 키스를 나누고 싶다.

거기까지 생각하다 머릿속의 파렴치한 상상에 울고 싶어졌다. 그런 더러운 생각을 하면 천벌을 받을 것이다.

A의 머리카락을 쓰다듬고, 귓볼을 만지고, 날렵하고 단단한 등에 입을 맞추고…. 아아, 또 상상했다. 왜 나는 이런 생각만 하는 걸까. 누가 머릿속을 엿보기라도 하면 어쩌지. 창피해서 당장이라도 사라지고 싶다.

나카바야시 스스무

3층을 눈앞에 두고 스스무는 허벅지가 쑤시는 걸 느꼈다. 숨도 찼다. 운동 부족이다. 헬스장에라도 다닐까 진지하게 생각했다.

"나카바야시 씨, 안녕하세요."

계단 중간에서 숨을 돌리고 있는데 뒤에서 누가 인사를 건넸다.

"아, 스미다 씨. 지난번에는 고생 많았어요."

"저는 한 일도 없는데요, 뭘."

지난주에 학부모 총회의 다과 준비를 하며 얼굴을 봤다. 페트병에 든 음료를 책상에 놓고, 개별 포장된 과자를 종이 접시에 담아서 놓기만 하면 되는 쉬운 일이었다. 하나도 어려울 것 없는 일이라 눈 깜짝할 새에 끝났다.

"4층까지 계단으로 올라가면 숨이 차죠. 애들은 어떻게 매일 이런 계단을 오르내리는지 몰라요. 역시 젊어서 그런가."

말은 그렇게 하면서도 스미다는 가벼운 걸음으로 계단을 올랐다. 스스무도 기합을 넣고 뒤를 따랐다.

"그럼 저는 먼저 들어가 볼게요."

스미다는 꾸벅 인사하고 계단 옆 1반 교실로 들어갔

다. 오늘은 1, 2학년 수업 참관일이었다. 수험생인 3학년
은 다음 달에 별도로 수업 참관과 설명회가 열린다. 오늘
은 번거롭게 두 아이의 교실을 오갈 필요 없이 렌의 반만
들여다보면 돼서 다행이었다.

렌은 3반이다. 스스무는 숨을 고르며 3반이 자리한 복
도 끝을 향해 천천히 걸어갔다. 복도 벽에는 그림이 붙어
있었다. 미술 과제일까. 주제는 자유인지, 정물을 그린 그
림이 있는가 하면 애니메이션 캐릭터 그림이나 풍경화도
있었다. 스스무는 렌의 그림을 찾았다.

〈무제- 나카바야시 렌〉

추상화였다. 옅은 하늘색을 베이스로 분홍색과 노란
색 물방울무늬가 곳곳에 들어가 있었다. '물의 세계'라는
제목을 붙였어도 좋지 않았을까. 스스무는 그런 생각을
했다. 당장이라도 인어가 노닐 것 같은 환상적인 분위기
였다.

학생들 중에서도 렌의 그림 실력은 군계일학으로 뛰
어났다. 스스무는 어깨가 으쓱해졌다. 미술부인 렌은 초
등학생 때도 미술 교실에 다녔다.

교실에서는 막 수업이 시작되려던 참이었다. 허리를

숙이고 교실로 들어갔다. 다들 아버지고 어머니는 한 명 밖에 없었다. 초등학교에 비해 중학생 수업 참관은 참석하는 보호자 수가 적다. 초등학교 때는 부모가 학교에 올 일이 많아서 아이와 아이 아빠 이름, 얼굴을 대충 파악하고 있었지만, 하라스기 중학교는 세 곳의 초등학교에서 진학한 아이들이 모여 있었기 때문에 다른 초등학교 출신 학생이나 부모 얼굴은 거의 모르다시피 했다.

교실을 한 바퀴 둘러보고 금방 렌을 찾았다. 작은 체구에 살짝 갈색 빛이 도는 머리카락. 고개를 숙이고 턱을 괴고 있는 모습. 수학 시간이다. 중학교 1학년 수학인데 꽤 난이도가 높았다. 아마 고등학교 수학은 들어도 이해하지 못할 것이다.

"아, 안녕하세요."

인사를 건네는 목소리에 고개를 돌리자 늦게 들어온 이케가야가 스스무의 옆자리에 서 있었다. 스스무는 짧게 인사만 건넸다. 당신이 떼를 썼던 학부모 총회의 다과 준비는 별 탈 없이 끝났다고 말해 주고 싶었다. 음료수 하나 놓는 일로 여남평등, 남성의 권리 운운하면 대체 무슨 일을 할 수 있겠어요, 라고.

"…방정식이네."

이케가야가 혼잣말처럼 중얼거리더니, 수학은 어렵단

말이야, 하고 말을 이었다. 딱히 누구 들으라고 하는 소리 같지는 않아서 스스무는 무시했다.

"아, 슌타 뒷자리가 렌이네요."

이번에는 고개를 기울여 귓속말하듯 스스무에게 말했다. 렌의 앞자리 아이가 이케가야의 아들 슌타인 모양이다.

"그렇군요. 저는 애들 얼굴 잘 구별이 안 가던데. 이케가야 씨는 잘 아시네요."

"입학식 때 렌이 신입생 대표였잖아요. 똑똑해 보이는 아이라 인상에 남았거든요."

"말씀 감사합니다."

스스무는 감사 인사를 했다. 입학식에서 렌은 신입생을 대표해 선서했다. 2년 전에는 누나인 린도 그 자리에서 대표로 선서를 했었다. 어디 내놔도 부끄럽지 않은 두 아이였다.

"네. 그럼 이 문제를 누가 앞에 나와서 풀어 볼까요? 음, 누구한테 부탁할까. 아, 지금 눈을 피한 이케가야."

수학 교사의 말에 교실은 웃음바다가 되었다. 이케가야 슌타는 머리를 긁적이며 앞으로 나왔다. 반 친구들이 웃는 얼굴로 주목했다. 슌타는 칠판 앞에서 잠시 생각한 뒤에 문제를 풀었다. 자리로 돌아오는 길에 많은 학생들이 눈으로 슌타를 좇았다.

"…간신히 풀었네."

이케가야가 쓴웃음을 지으며 중얼거렸다.

이케가야의 아들 슌타는 이 반의 인기인인 모양이다. 생긴 것도 나쁘지 않고, 말수는 적은 것 같지만 성실해 보이는 인상이었다. 농구부라고 했으니 운동신경도 좋겠지. 눈에 띄는 걸 좋아하는 출싹대는 성격이 아니라서 자연스레 눈길이 가는 아이였다. 여학생들에게도 인기가 많겠지.

"요즘 반항기라 힘들어요."

이케가야의 말에 스스무는 "그러시군요" 하고 무난하게 대답했다. 렌은 반항기 같은 건 없었다. 중학생이 된 뒤로 말수가 줄기는 했지만, 원래 먼저 나서서 이야기하는 성격도 아니었다. 누나인 린도 이렇다 할 반항기는 없었다. 린은 어릴 때부터 자기 생각을 스스럼없이 말하는 성격이라 삐뚤어질 것도 없었다.

별일 없이 진행되던 수학 시간은 원만하게 끝났다. 이 다음에는 보호자들의 간담회가 마련되어 있었고 아이들은 귀가하기로 되어 있었다. 보호자들은 일단 복도로 나와 조회가 끝날 때까지 기다렸다.

"저는 먼저 가 보겠습니다."

이케가야는 그렇게 말하고 종종걸음으로 사라졌다. 간담회에는 참석하지 않는 모양이다.

조회가 끝나고 아이들이 교실에서 나왔다. 말을 걸었더니 잔뜩 인상을 쓰는 아들을 보고 스스무는 웃음이 나왔다. 부모와 이야기하는 모습을 친구들에게 보이고 싶지 않은 것이리라. 어른의 계단을 오르기 시작했구나. 기쁘기도 하고 쓸쓸하기도 한 심정이었다.

간담회가 시작되기 전까지 교실 벽에 붙은 반 학생들의 자기 소개서를 읽었다.

이름: 나카바야시 렌

잘하는 과목: 과학, 미술

좋아하는 일: 만화 읽기, 그림 그리기

장래 희망: 남편

올해 목표: 공부 열심히 하기

스스무는 고개를 끄덕이며 읽었다. 장래 희망에 "남편"이라고 적은 게 왠지 어린애 같아서 살짝 걱정이 됐지만, 동시에 순진하고 착한 아이로 자랐다는 생각에 눈물이 핑 돌았다.

렌 말고 장래 희망에 "남편"이라고 적은 건 론도라는

아이 한 명뿐이었다. 그 아이에 대해서는 조금 들은 이야기가 있었다. 렌과 다른 초등학교였지만 유명인이라 소문이 들려왔다. 여자를 쥐락펴락한다고 할까, 여자를 사로잡는 능력이 뛰어나다고 했다. 지난 반년 동안 사귄 여자만 해도 벌써 다섯이라고 했다. 론도는 '좋아하는 일'에 "여자와 이야기하기" "여자를 즐겁게 하기"라고 당당하게 적어 놓았는데, 다른 의미로 솔직한 모습에 호감이 갔다.

여자아이의 꿈은 유튜버처럼 동영상 업로더나 게임 크리에이터, 회사 사장, 변호사, 의사가 많았다. 남자아이의 경우 공무원, 가게 점원, 카페 점원, 축구 선수, 간호사, 수공예 전문가 등이 많았다.

이케가야 슌타의 자기 소개서를 찾았다. 저기 있네. 렌과 마찬가지로 오늘 보았을 때보다 앳된 인상의 사진이 붙어 있었다. 이 또래의 아이들은 날마다 성장해 변화가 크다.

이름: 이케가야 슌타

잘하는 과목: 체육

좋아하는 일: 농구

장래 희망: 하루하루를 즐기는 어른이 되고 싶다.

올해 목표: 수학 공부를 열심히 하기

야무진 아이라는 생각이 들었다. "하루하루를 즐기는 어른이 되고 싶다"라니, 멋진 꿈 아닌가. 아버지는 그 모양이지만 아들은 괜찮은 아이 같았다.

선생님이 돌아와 보호자들은 저마다 아이의 자리에 앉았다. 렌의 책상 서랍은 깔끔하게 정돈되어 있었다. 애초에 물건은 휴대용 티슈 하나뿐이었다. 교과서는 가지고 다녔고, 다른 물건들은 교실 뒤쪽 사물함에 넣어 놓았다.

고개를 들어 앞자리 이케가야 슌타의 책상 서랍을 들여다보았다. 서랍을 꽉 채운 교과서와 프린트가 밖으로 삐져나와 있었다. 무심코 웃음이 났다.

간담회의 주된 화제는 인터넷 이용에 대한 이야기였다. SNS의 사용 방식, 폭력적이고 성적인 이미지와 동영상에 대처하는 방법이 적힌 프린트를 받았다. 학교 측에서는 특히 남학생은 SNS를 계기로 성적인 사건에 휘말리는 일이 많다며 당부의 말을 전했다.

아닌 게 아니라 요즘음 소년이 SNS에서 만난 성인 여성에게 몹쓸 짓을 당하는 사건이 빈번히 발생했다. 실제로 상대 여성을 만나 성관계를 맺고 사진이나 동영상을 찍히거나, 또는 감언이설에 넘어가 자기 나체 사진을 찍어 보내기도 했는데, 결국 그런 사진이며 영상들의 종착지는 정해져 있다. 온라인 포르노 사이트. 한번 인터넷에 올라간 파일은 눈 깜짝할 새에 전 세계로 퍼져 나간다. 설령 원래 데이터를 삭제하더라도 인터넷에 한번 퍼지기 시작하면 파일을 완전히 없애기란 불가능했다.

세상 참 무서워졌다고 새삼 생각했지만, 렌과는 상관 없는 이야기일 것이다. 그런 수법에 걸려들 정도로 어리석은 아이는 아니니까. 하지만 생김새가 귀여워서 여자들의 표적이 될지도 모르겠다. 집에 가면 조심하라고 한 마디 해 줘야겠다 생각했다.

간담회가 끝나고 스스무는 느긋하게 학교를 둘러보았다. 렌은 지금쯤 미술부 활동 중이겠지. 미술실을 들여다보고픈 충동에 휩싸였지만 렌이 질색할 것 같아서 꾹 참았다. 체육관 앞을 지나가자 공을 치는 경쾌한 소리가 들렸다. 배구부일까, 농구부일까. 그리움에 휩싸였다.

스스무는 중학교 때 탁구부였다. 약소부라 탁구부인지 공치기 놀이부인지 모르겠다고 모두에게 놀림받았지만, 부 활동은 무척 즐거웠다. 고등학교에는 탁구부가 없었기 때문에 여자 배구부의 매니저가 되었다. 강한 팀이라 선수들을 서포트하는 일에도 자부심을 느꼈다.

운동장에서는 야구부, 소프트볼부, 축구부가 활기차게 달리고 있었다. 취주악부일까, 트럼펫 소리가 운동장에 닿

왔다. 해가 저물어 가는 푸른 하늘. 아이들의 목소리.

아아, 평화롭다. 이 아이들 모두가 행복하길! 스스무
는 마음으로 응원을 보냈다.

"이제 오니?"

부 활동을 마친 렌이 돌아왔다. 먼저 돌아온 린은 2층
자기 방에 있었다.

"다녀왔습니다."

"오늘 너 수업하는 거 봐서 좋았어."

스스무의 말에 렌은 말없이 고개를 끄덕였다.

"오늘 학원 가는 날이지? 배고플 텐데 주먹밥 먹을
래?"

"응."

"옷 갈아입고 내려와."

렌은 살며시 고개를 끄덕이는 시늉을 하더니 2층으로
올라갔다.

스스무는 린과 렌이 먹을 주먹밥을 만들었다. 오늘은
둘 다 학원에 가는 날이지만, 같은 학원은 아니었다. 린은
입시 학원, 렌은 개별 지도형 학원이었다.

우당탕 소리를 내며 린이 내려왔다.

"뭐가 내 거야?"

"노란색 그릇 주먹밥이 매실 장아찌야."

린은 매실 장아찌, 렌은 다시마 조림이다.

"오늘 시험이라 일찍 나가야 해. 다녀오겠습니다."

주먹밥을 순식간에 먹어 치운 린이 부산스레 나갔다.

교복을 갈아입은 렌이 내려와 텔레비전을 켰다. 해외 드라마 시리즈였다. 스스무로서는 도통 뭐가 재밌는지 모르겠는 이 드라마를 렌은 예전부터 좋아해서 다양한 시리즈를 봤다.

"주먹밥 만들었으니까 먹고 가."

"응."

"하나로 되겠어? 두 개 먹을래?"

"하나면 돼요."

렌은 그렇게 말하고는 텔레비전 화면에서 눈을 떼지 않은 채 테이블에 놓인 구움 과자를 먹기 시작했다.

"보리차 줄까?"

"응."

너무 오냐오냐하는 것 같다고 생각하면서도 스스무는 살뜰하게 유리컵에 보리차를 따라 렌 앞에 두었다. 저체중으로 태어나 잔병치레가 잦았던 아이다. 초등학교 저학년 때까지만 해도 몸이 안 좋아서 결석하는 일도 많았다. 빠른 연생이라 덩치는 아직 동급생들보다 작았지만, 그래도 입학식 때에 비하면 키도 크고 몸무게도 늘었다. 렌이 먹는 모습을 보기만 해도 흐뭇했다. 팔불출 아빠라는 건 스스무 본인도 자각하고 있었다.

"간담회에서 SNS 이용에 대한 이야기가 나왔어. 사건에 말려들 수도 있으니까 충분히 조심해서 사용하라고."

"응, 알아요."

렌은 텔레비전을 보며 대답했다.

"바래다줄까?"

주먹밥을 다 먹은 렌에게 말을 걸자 "왜?"라는 답이 돌아왔다.

"아니, 추울 것 같아서."

"누나는?"

"자전거 타고 갔지."

"나도 자전거 타고 갈래."

아무렴 그렇겠지 생각하며 그래, 하고 고개를 끄덕였다.

"다녀오겠습니다."

"잘 다녀와."

현관에서 말한 뒤 그대로 같이 밖으로 나가 렌을 배웅했다. 바깥은 이미 컴컴했다. 해가 짧아졌다. 얼마 전까지만 해도 여름이었는데, 계절은 순식간에 가을을 지나 겨울 문턱에 접어들고 있었다.

불어온 바람에 발밑의 낙엽이 바스락거렸다. 작아지는 렌의 뒷모습을 바라보며 스스무는 알 수 없는 감상에 젖었다.

"뭔가 오늘은 유난히 센티멘털하네."

크게 기지개를 켜며 혼잣말을 했다. 짙은 남색 하늘에 별 하나가 빛나고 있었다.

렌이 나가고 얼마 지나지 않아 지즈루가 귀가했다. 둘이서 먼저 저녁을 먹었다.

"지즈루, 맥주 마실래?"

"오늘은 날이 쌀쌀해서 맥주는 됐고, 매실주 남은 거 있어?"

"있어."

여름 전에 담가 놓은 매실주. 탄산수에 타서 여름에 자주 마셨지만 아직 조금 남아 있었다.

"따뜻한 물 좀 타서 마실까."

"좋지."

오늘은 정신이 없어서 저녁은 간단히 전골을 준비했다. 닭고기, 새우, 두부, 배추, 파, 송이버섯. 아이들이 좋아하는 돼지고기는 샤브샤브용으로 냉장고에 준비해 두었다.

"당신도 마실래?"

"애들 집에 오는 거 보고."

스스무의 말에 지즈루는 흡족한 얼굴로 웃었다.

텔레비전 뉴스를 틀어 놓고 부부가 함께 전골을 먹었다. 여성 교사가 남자 아동에게 성적인 행위를 했다는 뉴스였다. 역겨운 뉴스였지만, 교사라 해도 어차피 샐러리 우먼이다. 교사를 성직聖職이라 생각하는 게 오히려 이상하다. 스트레스가 쌓였던 걸까.

그러고 보니 이케가야 씨의 부인도 교사라고 했지. 그 성격에 이런 뉴스를 보고 들으면 아마 핏줄이 터질 것처럼 격노할 게 틀림없겠지.

이어서 야마모토 료마 사건이 뉴스로 나왔다. 아직도 끈질기게 보도하는 건가. 놀라울 따름이었다. 달리 눈길을 끌 뉴스가 없는 거겠지. 정말이지 평화로운 나라다.

"어휴, 좀 즐거운 뉴스는 없나?"

중얼거리며 고개를 젓는 지즈루를 보고 스스무는 화제를 전환하고자 오늘 렌의 수업 참관에 간 이야기를 했다.

"장래 희망이 남편이라고? 생각이 좀 어린 거 아냐?"

지즈루가 난감한 듯 웃으며 살짝 인상을 썼다.

"응, 그래도 뭐 어때. 귀엽잖아."

"당신은 렌한테 너무 무르다니까."

"당신은 아닌 것처럼 말하네?"

스스무는 그렇게 말하며 지즈루가 오늘 사 온 슈크림에 눈길을 주었다. 렌이 좋아하는 간식이다.

"렌 주려고 산 게 아니라, 평소에는 일찌감치 품절됐는데 오늘은 남아 있는 걸 보고 산 거야."

변명하듯 둘러대는 아내의 모습에 스스무는 웃음을 터뜨렸다. 지즈루도 같이 웃었다.

"린도, 렌도 아주 잘 자랐어. 다 당신 덕분이야."

"가족을 위해서 일하는 엄마를 보고 배운 거지."

서로 공치사를 하며 다시 웃었다.

할 일이 있다며 지즈루는 식사를 마친 뒤 바로 씻고 나와 서재로 들어갔다. 스스무는 자잘한 집안일을 마친 뒤 린에게 받은 학교 프린트를 훑어봤다. 학부모 상담 일정에 관한 프린트였다. 중학교 3학년 겨울, 고등학교 입시가 본격적으로 시작되는 시기다.

스스무는 내년에 쉰을 맞이하는 나이지만, 열다섯이었을 때를 똑똑히 기억한다. 공부가 잘 안 돼서 심야 라디오 방송만 듣던 나날. 오자키 유타카尾崎豊(1980년대를 대표하는 일본의 전설적 싱어송라이터-옮긴이)의 〈열다섯의 밤15の夜〉을 카세트테이프가 닳을 때까지 반복해서 들으며 어른들은 다 쓰레기라고 씩씩거렸다. 그로부터 벌써

35년이 지나 버렸나. 스스무는 감상에 젖었다.

간호사가 되어 의사인 지즈루와 만나 결혼해, 두 아이의 아빠가 되었다. 그 아이가 벌써 고등학교 입시를 앞두고 있다니…. 세월이 흐르는 게 참 빨랐다. 거기까지 생각하다 오늘의 자신은 너무 감상적이라 느끼고 고개를 저었다. 나도 참 행복한 남자야, 하는 생각에 갑자기 코끝이 찡해졌다.

"다녀왔습니다. 아, 배고파."

린이 학원에서 돌아왔다.

"오늘 저녁 뭐야?"

야채 전골이라고 대답하자 불만스럽게 "진짜?" 하고 대꾸한다.

"다이어트 메뉴잖아."

스스무의 말에 린은 입을 삐죽였다.

"거짓말이야, 샤브샤브 해 놨어."

"와."

전골냄비를 불에 올리고 샤브샤브용 돼지고기를 넣었다. 곧 렌도 귀가할 것이다.

"우동 먹을래?"

"응."

저녁에는 탄수화물을 안 먹겠다더니 우동은 괜찮은 모양이다.

린이 저녁을 다 먹어 갈 즈음에 시계를 보았다. 10시 15분. 렌의 학원 수업 시간은 9시 20분까지다. 지금까지는 아무리 늦어도 10시 전에는 돌아왔다.

스스무는 스마트폰을 꺼냈다. 학원에서는 카드로 출결을 관리했는데, 카드를 찍고 나오면 부모의 스마트폰으로 하원했다는 알림이 온다. 오늘 하원 시간은 9시 27분이었다. 자전거를 타고 갔으니 이미 도착하고도 남을 시간이었다. 렌에게 전화를 했지만 전화가 온 줄 모르는 건지 한동안 통화 연결음이 울리다 음성 사서함으로 연결됐다.

"렌이 늦네."

"친구하고 노는 거 아냐?"

스마트폰을 들여다보며 린이 대답했다.

"그런가….."

"너무 걱정하지 마."

그래, 하고 고개를 끄덕이면서도 걱정되는 마음을 완전히 떨칠 수가 없었다. 조금 더 기다려 보자고 생각하며 스스무는 주방을 정리했다.

"나 먼저 씻을게."

린은 폴짝폴짝 뛰어 욕실로 들어갔다. 스스무는 더는
참지 못하고 학원에 전화를 걸었다.

"글로스 개별 지도 학원입니다."

"안녕하세요, 나카바야시 렌의 아빠인데요."

"아, 렌 아버님이시군요. 어쩐 일십니까?"

"저기, 렌이 아직 집에 안 와서….'

뒷말을 이으려 했지만 울컥 눈물이 쏟아져서 목이
멨다.

"네? 아이들은 10시 전에 다 나갔는데, 아직 귀가하지
않았나요?"

"9시 27분에 학원에서 나왔다고 알림은 받았는데, 혹
시나 해서 전화 드렸습니다. 학원에서 나온 걸 확인했으
니 됐습니다. 늦은 시간 죄송합니다."

"분명히 학원에서 나가기는 했는데…. 다른 아이면 몰
라도 렌은 친구와 딴 길로 샐 아이도 아닌데 좀 걱정되네
요. 혹시, 무슨 일 생기면 제 개인 전화로 연락 주시겠습
니까. 학원은 이미 끝나서요."

학원 선생님은 그렇게 말하며 개인 휴대전화번호를
알려 줬다. 스스무는 인사를 한 뒤 전화를 끊었다. 다시
렌에게 전화를 걸었다. 그때 어렴풋이 소리가 들려와 스
스무는 2층으로 올라갔다. 렌의 방에서 벨이 울리고 있었

다. 스마트폰을 놓고 간 것이다.

"렌 아직 안 왔어?"

욕실에서 나온 린이 물었다. 시간은 10시 45분이었다.

"스마트폰도 안 들고 갔어."

스스무의 말에 린이 원래 렌은 학원에 스마트폰을 가져가지 않는다고 대꾸했다.

"지즈루."

안절부절못하며 스스무는 아내의 서재를 노크했다.

"왜?"

책상 앞에 앉아 있던 아내가 돌아봤다.

"렌이 아직 안 들어왔어."

"뭐? 너무 늦는 거 아냐?"

"학원에서는 진작 나왔대. 나가서 좀 찾아봐야겠어."

스스무는 말이 끝나자마자 겉옷을 들고 자전거에 올라탔다. 주변을 살피며 학원으로 가는 길을 따라 페달을 밟았다.

"렌, 렌, 렌, 내 아들….."

이름을 부를 때마다 불안이 샘솟았다. 렌, 어디 있는 거니. 대체 뭐 하는 거야. 얼른 돌아와. 빨리 아빠한테 얼굴을 보여 주렴. 제발, 렌.

"렌, 렌, 렌!"

정신없이 움직이는 다리를 간신히 추슬러 좁은 골목까지 샅샅이 살펴봤다. 사람은 거의 없었고, 이따금 정장 차림의 남자나 취한 샐러리우먼의 모습이 보일 뿐이었다.

학원까지 갔다가 유턴해 다시 속도를 올렸다. 없어. 없다고. 어디에도 없어. 방향을 바꿔 찾아봤다. 렌, 렌아, 아들아, 내 아들. 스마트폰이 울렸다. 지즈루였다.

"렌은? 렌이 돌아왔어?"

"…아니."

"경찰에 신고하는 게 좋겠어."

심각한 목소리였다.

"…그래, 그래야지."

대답하면서도 경찰에 신고하면 렌이 정말 무슨 사건에 휘말리는 게 아닐까 하는 생각이 들었다. 그뿐만 아니라 다시는 렌을 못 볼 것 같은 예감마저 들었다.

"조금만 더 찾아보고, 그래도 못 찾으면 내가 경찰에 신고할게."

"…알았어, 그런데 서두르지 않아도 돼? 유괴당했을 가능성도 있잖아."

"괜찮아. 나한테 맡겨."

"부탁할게."

화난 투로 지즈루는 전화를 끊었다.

"렌! 렌! 어디 있니!"

비명처럼 렌의 이름을 부르자 눈물이 났다. 대체 어디에 있는 거니. 어쩌고 있는 거야. 무슨 일이 생긴 거니. 렌, 아빠한테 얼굴 좀 보여 줘.

"렌, 렌, 렌!"

이렇게 컴컴한 길을 밤에 혼자 다니게 해서 미안하다. 남자아이인데 이렇게 외진 길을…. 나 때문이다. 차로 데리러 갔어야 했는데. 미안하다, 렌. 미안해. 거기에 렌이 있는 것처럼 말하며 스스무는 아들을 찾았다.

시간은 11시 반. 자전거를 세웠다. 작은 공터의 담벼락에 기대 주저앉았다. 경찰에 전화를 해 보자. 지즈루가 말한 것처럼 유괴됐을 가능성도 있으니까.

스스무는 스마트폰을 꺼냈다. 스마트폰을 쥔 손이 덜덜 떨려서 좀처럼 조작할 수가 없었다.

그때 갑자기 저 멀리 골목에서 사람 실루엣이 나타났다. 스스무는 벌떡 일어나 뚫어져라 바라봤다.

"…렌? 렌이니?"

비틀거리는 걸음으로 자전거를 밀며 걸어오는 사람은 렌이 틀림없었다.

"렌!"

본능적으로 아이에게 달려갔다.

"…아빠? …여긴 어떻게…?"

힘없는 목소리였다.

"네가 늦어서 찾으러 나왔지."

렌의 가녀린 등에 손을 올렸다. 그 순간 강렬한 위화 감이 느껴졌다. 뭔가가 다르다. 뭔가가… 뭐지? 전등 아 래에서 새삼 렌을 보았다.

"…왜 그러니? …무슨 일이 있었어?"

렌의 얼굴에는 곳곳에 생채기가 나 있었다. 옷도 더러 워졌고, 목 부분이 찢어져 있었다. 평소의 렌이 아니었다. 눈앞에 있는 렌은 무척이나 단정치 못했다.

"…넘어졌니?"

고작 넘어졌다고 이렇게 될 리가 없다는 건 알고 있 었지만 입에서는 그런 말이 튀어나왔다. 렌은 고개를 끄 덕일 뿐이었다.

"렌!"

와락 아이를 끌어안았다. 렌이 중학생이 된 뒤로는 이 런 식으로 스킨십을 하지 않게 되었다. 한없이 가녀린 몸. 금방이라도 부러질 것 같은 팔다리. 자세히 보니 자전거 핸들도 이상한 방향으로 구부러져 있었다.

"…무슨 일이 있었는지 아빠한테 말해 줄래?"

렌은 스스무의 눈을 멍하니 바라보았다.

"무슨 일이 있었니?"

이윽고 렌이 말문을 열었다.

"자전거를 타고 가는데, 갑자기 덩치 큰 남자가 나타나서… 자전거를 밀쳤어… 바닥에 쓰러진 나를 질질 끌고… 공원 같은 데로 데려갔는데… 어떤 여자가 있었어… 여자가 남자한테 명령해서… 소리를 질렀더니… 날 때렸어… 화장실 같은 데에서… 여자가 사진을 찍었고… 뭔가… 많은 일이… 있었는데… 온몸이 아프고… 자전거도 망가지고… 늦어서 죄송해요…."

그래, 그랬구나. 스스무는 평소보다 더 맞장구를 치며 아들의 이야기를 들었다. 자신이 아닌 누군가의 어설픈 연극을 공중에서 내려다보는 듯한 기분이었다.

"…늦어서 미안하다."

그러자 렌은 이렇게 말했다.

"아빠, 나 걱정돼서 찾으러 온 거지… 너무 늦어서…."

그 순간, 쏟아지려는 오열을 스스무는 이를 악물고 삼켰다.

"어디 아픈 데는 없고?"

렌이 고개를 저었다.

머릿속에서 너무 많은 정보가 쏟아져서 스스무는 혼란스러웠다. 뭐부터 해야 하지? 병원에 가야 하나? 경찰에 신고도 해야 하는데…. 아니, 그전에 지즈루에게 연락해야지.

"엄마가 걱정하니까 지금 전화할게. 여기서 잠깐 기다려."

렌은 고개를 끄덕였다. 스스무는 렌에게서 조금 떨어진 곳에서 아내에게 전화를 걸었다. 통화 내용을 렌이 들으면 안 된다고 생각했다.

"렌 찾았어?"

뭐라 말하기도 전에 지즈루는 큰 소리로 외쳤다.

"지금 찾았어."

"다행이다! 정말 십년감수했어. 빨리 데려와."

"…근데, 문제가 좀 생겼어. 렌이 다쳤어."

"뭐라고? 무슨 소리야?"

새된 목소리의 대답이 돌아왔다. 스스무는 목소리를 낮추고 렌에게 들은 이야기와 자신의 억측을 함께 이야기했다. 지즈루는 한동안 말이 없었다.

"병원에 가 보려고."

침묵이 흐른 뒤 스스무는 그렇게 말했다. 간호사 시절, 남성 강간 피해자가 찾아왔다는 이야기를 신사과紳士科의 동료에게 들은 적이 있었다. 피해를 당했을 경우, 신속하게 병원을 찾아 적절한 진찰과 처치를 받는 게 무엇보다 중요하다고 들었다. 신사과란 남성 특유의 기관인 생식기를 주로 진료하는 과였는데, 성에 관한 상담도 맡고 있다.

"잠깐만, 당신 자전거잖아. 일단 집에 와서 차 가지고 가자. 우리 병원에 연락해 둘게."

아내의 말이 맞다. 스스무는 부탁한다고 말하고 전화를 끊었다.

"엄마 걱정하시죠?"

스스무에게 렌은 그렇게 물었다.

"그래, 너 찾았다고 하니까 천만다행이라고 하시더라. 집에 가자. 걸을 수 있겠니?"

"네."

"아니면 아빠 자전거 뒤에 탈래?"

집까지 도보로 25분은 족히 걸리는 거리였다.

"걸을래요."

스스무는 렌의 자전거와 자신의 자전거를 밀며 렌과 걸었다. 렌이 걷는 모습을 보니 가슴이 아렸다. 치밀어 오르는 분노와 슬픔을 억지로 삼키며 스스무는 가급적 평소의 표정과 말투를 유지하려 애썼다.

"시리우스다."

렌이 중얼거렸다. 밤하늘에는 한층 밝게 빛나는 시리

우스 별자리가 은색으로 빛나고 있었다.

"렌 왔니."

지즈루가 현관에서 기다리고 있었다.

"피곤하지? 얼른 들어와. 너 좋아하는 슈크림 사다 놨어."

전에 없이 밝고 들뜬 어조였다.

환한 거실에서 본 렌의 모습에 스스무는 다시 숨을 삼켰다. 옷은 더럽혀져 곳곳이 젖어 있었고, 목 부분 말고도 찢어진 부분이 많았다. 얼굴과 손등에도 생채기가 많았다. 왼쪽 눈 밑에서는 피가 흘렀다.

"피곤하겠지만 일단 병원부터 가자."

스스무가 말했다. 갈아입을 옷을 가져올 테니까 기다리라고 하자, 그 사이 지즈루가 나섰다.

"먼저 씻는 게 어떠니?"

스스무는 지즈루를 보았다. 씻으면 증거가 사라질 위험성이 있다. 이 상태 그대로 병원이나 경찰서에 가야 한다.

일단 스스무는 멍하니 서 있는 렌을 자리에 앉히고 따뜻한 코코아를 타 주었다. 그사이에 복도로 나가 지즈루에게 물었다.

"병원에 연락은 했지?"

154

스스무의 질문에 아내는 고개를 저었다.

"왜? 금방 병원에 데려가야 하잖아."

"뭐? 병원에 왜 데려가. 여자도 아니고, 임신 위험도 없으니까 괜찮아."

스스무는 경악한 표정으로 아내의 얼굴을 보았다.

"…설마 오늘 일을 없었던 일로 하려고?"

"당연하지! 이런 일이 알려지면 어쩌려고 그래."

"다친 데 치료도 해야 하고, 진찰을 받아야 진단서도 뗄 수 있고, 감염 가능성도 있잖아. 범인을 특정하기 위한 체액 채취도…."

"끔찍한 소리 하지 마!"

지즈루는 버럭 소리치며 스스무의 말을 잘랐다.

"…부탁이니까 좀 조용히 얘기해."

렌이 듣게 하고 싶지 않았다.

"범인을 찾아서 어쩌려고? 형사재판이라도 하려고? 당신, 진심으로 렌 걱정을 하기는 해? 남자한테 성폭행당했다는 사실이 알려지기라도 하면 장가는 다 간 거야. 우리 병원에 데려가면 동료들이 날 동정하는 척하면서 있는 소리 없는 소리 다 소문낼 게 뻔하다고. 렌도 얼굴 들고 학교 못 다녀. 비웃음거리가 될 뿐이라고."

"아니, 그래도…."

"잘 들어. 렌은 병원에도, 경찰서에도 안 갈 거야. 다친 데는 내가 치료하면 되고, 당신이 해도 되잖아. 간호사였으니 그 정도는 할 수 있겠지. 이 일은 우리 둘만의 비밀이야. 알았지?"

지즈루는 악귀 같은 표정을 하고 있었다. 이런 얼굴은 처음 봤다.

"알았어? 대답해! 이건 가장으로서 명령하는 거야!"

"…알았어. 제발 조용히 좀 말해."

"렌을 욕실로 들여보내. 지금 당장."

스스무는 심호흡을 하고 나서 거실로 나갔다. 렌은 아까와 같은 자세로 앉아 있었다.

"렌."

여러 차례 말을 걸자 렌이 고개를 들었다.

"더러워졌으니까 일단 씻자. 네가 괜찮으면 아빠도 같이 씻을게."

렌은 말없이 일어나 욕실로 들어갔다.

"렌, 몸이 찰 테니까 따뜻한 물에서 천천히 씻어."

지즈루가 밝은 목소리로 말했다.

스스무는 렌을 따라갔다. 스스무를 보고도 렌은 싫은 내색을 하지 않았다. 스스무는 주저앉아 렌의 손을 잡았다.

"오늘 일은 경찰에 신고하는 게 좋을 것 같은데… 렌

은 어떻게 생각하니?"

렌은 도리도리하듯 고개를 저었다.

스스무는 어쩌면 좋을지 혼란스러웠다. 생각이 정리되지 않았다. 물론 범인을 붙잡고 싶었지만, 그러자고 렌의 인생을 망쳐도 되는 걸까. 이런 일을 당한 게 알려지면, 학교는 고사하고 얼굴 들고 밖에 나가지도 못 할 것이다.

일단 피가 나는 왼쪽 눈 밑만 응급처치를 했다. 봉합할 정도는 아니었지만 어쩌면 흉이 질지도 모른다.

렌은 말없이 옷을 벗기 시작했다. 등에도 생채기가 나 있었다. 오른팔은 벌겋게 부어 있었고, 속옷은 입고 있지 않았다. 항문에서 허벅지 안쪽으로 피가 말라붙어 있었다. 갑자기 시야가 흐려지는 걸 느끼며 스스무는 입술을 꽉 깨물었다. 피 맛이 났다.

"혼자 들어갈게요."

렌은 그렇게 말하고 혼자 욕실로 들어갔다. 스스무는 렌이 걸쳤던 옷을 전부 비닐에 넣었다. 소독약과 연고, 파스를 준비해 렌이 나오기를 기다렸다.

상처에 물이 들어가 아픈지 렌은 금방 욕실에서 나왔다. 몸을 닦아 주고 치료를 했다. 렌은 그저 가만히 몸을 맡기고 있었다.

"배고프지. 돼지고기 전골 해 놨어."

"그냥 잘래요."

"그래. 오늘은 아빠랑 같이 잘까?"

"…괜찮아요."

스스무는 렌의 손을 잡고 네 잘못이 아니야, 라고 말했다.

"네 탓이 아냐. 너는 아무 잘못 없어. 알았지?"

렌은 생기 없는 표정으로 스스무를 바라보며 고개를 끄덕였다. 그리고 2층 자기 방으로 올라갔다.

스스무는 지즈루에게 렌의 상태를 이야기했다. 지즈루는 별일 없어서 다행이라고 했다.

"내일 일찍 나가야 하니까 그만 잘게."

그렇게 말하더니 렌의 뒤를 따르듯 지즈루는 2층으로 올라갔다.

스스무는 조용히 집을 나와 렌이 피해를 당한 공원으로 갔다. 심야의 공원은 어두컴컴했다. 아무도 없었다. 냄새나고 지저분한 콘크리트 재질의 공중화장실. 전등 아래에 죽은 벌레가 떨어져 있었다. 스스무는 화장실 문을 하나씩 열어 손전등으로 안을 확인했다.

장애인용 화장실 세면대 밑에 렌의 속옷이 떨어져 있었다. 찢어진 속옷은 더럽혀져 있었다.

"으윽… 욱…."

스스무는 그것을 품에 안고 오열했다.

어떻게 이런 일이⋯ 대체 왜 이런 일이 일어난 거지? 렌, 렌, 렌아⋯! 원통하고 괴로워서 감정이 주체되지 않았다.

체격과 체력 차이를 무기로 남성이 여성에게 폭력을 휘두르는 건 금지되어 있지만, 동성에 대한 폭력은 거의 방치된 것이나 마찬가지인 상황이라 소년성애자들은 법망을 교묘하게 빠져나가고 있었다.

"⋯젠장! 젠장! 젠장!"

스스무는 차가운 콘크리트 바닥을 주먹으로 내리쳤다. 장래 희망에 '남편'이라 적은 렌⋯.

토기가 치밀 정도의 분노와 형언할 수 없는 크나큰 슬픔이 스스무를 덮쳐 왔다.

6

학원이 끝나고 자전거를 타고 집에 가는데 덩치 큰 남자가 갑자기 튀어나왔다. 자전거를 밀치더니 나를 어깨에 짊어지고 공원으로 갔다. 기다리고 있던 여자와 함께 화장실로 날 데려갔다. 소리를 질렀다가 맞았다. 여자는 나에게 바지를 내리라고 했다. 나는 소리를 지르며 온몸으로 저항했지만 남자의 힘을 당할 수가 없었다.

여자가 남자에게 명령했고, 남자는 그대로 실행했다. 무아지경으로 반항했지만 정신을 차렸을 때에는 옷이 다 벗겨져 있었다. 여자가 나에게 스마트폰을 들이댔다. 남자가 웃으며 내 등을 눌렀다. 나는 쓰러졌다. 다음 순간, 엄청난 통증을 느꼈다. 불쏘시개로 몸을 꿰뚫는 것처럼 온몸이 뜨겁고 의식이 몽롱해졌다.

"고마워, 얘. 너 저 길을 자주 지나다니지? 계속 지켜봤어. 귀엽게 생겨서는, 완전 내 스타일이야."

떠나면서 여자가 말했고, 남자는 "오늘 좋았어" 하고 웃었다.

주섬주섬 옷을 주워 입고 나는 화장실에서 나왔다. 공원 가로등이 켜졌다 꺼졌다 하며 깜빡거렸다. 온몸이 욱신거리고 뜨거웠다. 도로 옆에 내 자전거가 쓰러진 채 방치되어 있었다.

내가 큰일을 당했다는 자각은 있었다. 하지만 언젠가 이런 일이 일어나지 않을까, 막연히 그런 생각을 한 것 같기도 하다. 아니, 생각했다는 걸 의식하지는 못 했다. 이런 일이 벌어지고서야, 그러한 불안이 내 안에 있었다는 걸 처음으로 깨달은 것이다.

내가 자초한 일일지도 모른다. 내가 A 생각만 해서 이런 일이 벌어진 게 아닐까. 이건 분명 내 탓이다.

더럽혀진 내가 계속 A를 좋아해도 되는 걸까. 나는 용서받을 수 있을까. 나는 대체 어떻게 해야 할까. 혼란스러워서 죽고만 싶었다.

스미다 류지

"아빠, 이거 어떻게 생각해?"

저녁 식사 후, 거실에 있던 마히루가 류지와 단둘이 되었을 때 스마트폰을 내밀었다. 트위터 화면이었다.

—토우야의 포 사이즈를 발표하겠습니다. 86, 69, 85, 10!

그렇게 적혀 있었다. 토우야는 아이들이 좋아하는 버추얼 남자 고등학생으로, 어린 팬들이 많았다. 대형 제과 회사의 마스코트 보이로 처음에는 인터넷에서만 활동했지만 텔레비전 광고에 등장하며 인기에 불이 붙었다.

토우야의 팬인 마히루도 노트, 책받침, 클리어파일 등 토우야 상품을 여러 개 갖고 있었다. 포 사이즈라는 건 가슴둘레, 허리둘레, 엉덩이둘레, 발기 전 성기의 길이를 뜻했다.

"이게 뭐야?"

류지가 묻자 마히루는 말없이 화면을 스크롤해 턱을 까닥했다. 어쩌다 이런 이야기가 나왔는지 흐름을 파악하라는 뜻인 듯했다.

―토우야의 생일이 다가왔네요. 토우야가 좋아하는 걸 사 주고 싶어요.

―선물 주면 아줌마랑 데이트해 줄래?(웃음)

―토우야가 좋아하는 무서운 놀이 기구 타자. 무서우면 나한테 안겨도 돼.

―어제 토우야가 아줌마에게 중요한 비밀을 알려 줬어요. 토우야를 좋아하는 팔로워 여러분에게도 특별히 알려 드릴게요.

이 트윗에 이어서 포 사이즈의 트윗을 올렸다고 한다.

"이 트윗을 올린 사람은 토우야 팬인 아줌마인데, 토우야와 아는 사이라는 설정이야."

대형 제과 회사의 사원이 '아줌마' 설정으로 트윗을 올리는 모양이었다.

"하긴 아줌마들이 할 법한 소리긴 하네. 이런 아줌마들 많아. 이게 왜? 무슨 문제 있어?"

류지의 말에 마히루는 인상을 잔뜩 찌푸리며 "뭐어어 어어?" 하고 버럭 소리를 질렀다.

"아빠 같은 사람이 있어서 사회가 이 모양인 거야! 토우야 입장에서 생각해 보라고! 같은 남자니까 알 거 아냐!"

류지는 토우야의 심정을 상상해 보았다. 하지만 어차

피 버추얼이다.

"생각해 봤어?"

"음, 딱히 별생각 안 드는데? 아빠가 젊었을 때는 그냥 걸어가기만 해도 포 사이즈를 물어보는 여자들이 있었어. 그게 잘나가는 남자라는 증거였고."

"황당하네! 뭐 그딴 시대가 다 있어! 어처구니없어서 말도 안 나와!"

마히루는 새빨간 얼굴로 씩씩거렸다.

"토우야는 고등학교 1학년이라고. 이 아줌마는 남자 고등학생을 성적으로 착취하는 거야."

"성적 착취?"

"몰라! 대형 제과 회사 직원이 아무렇지도 않게 이런 트윗을 하다니, 미친 거 아냐? '쇼타콤' 여자들을 옹호하는 거나 마찬가지잖아!"

쇼타콤이란 소년이나 어린 남자아이를 성애의 대상으로 보는 심리를 뜻하는데, 일반적으로는 그런 감정을 가진 여성을 가리킨다고 한다.

"이러니까 이놈의 여성 중심 사회가 사라지지 않는 거잖아!"

류지는 마히루의 얼굴을 빤히 바라보았다.

"…마히루 너 대단하다. 여자면서 여성 중심 사회를

날카롭게 비판하다니."

"뭐? 여자 남자가 무슨 상관이야! 잘못된 건 잘못된 거라고! 아빠 세대가 목소리를 안 내니까 세상이 안 바뀌는 거야. 남자한테 포 사이즈를 물어보는 아줌마는 죽어라! 죽어, 죽으라고!"

"…죽어… 죽어…."

"엄마한테 말해도 제대로 안 들어 줄 것 같아서 아빠한테 말한 건데, 아빠도 똑같네! 이 집구석은 뭐가 이래!"

마히루는 비명처럼 외치더니 제 방에 들어갔다.

욕실에서 나온 도모카가 눈을 빛내며 "혹시 언니랑 싸웠어?" 하고 물었다.

"싸우기는."

"그래?"

"왜 아쉬운 표정인데?"

류지의 말에 도모카는 눈을 깜빡이며 헤헤 웃었다.

류지는 토우야에 관한 일련의 트윗을 떠올렸다. 마히루의 말마따나 고등학생의 포 사이즈를 누구나 볼 수 있는 공간에서 폭로하는 건 문제가 있다. 게다가 트윗을 올리는 건 '아줌마'라는 설정이다. 류지가 싫어하는, 뻔뻔하고 착각이 심한 아줌마다. 그렇게 생각하면 성적 착취라는 것도 못 할 말은 아니다.

하지만 어차피 가상의 캐릭터다. 실재 인물이 아니다. 실제로 토우야의 포 사이즈를 알고 싶어 하는 사람은 많을 것이다. 회사 측 전략으로 잘못된 것은 아니지 않나. 이걸로 토우야가 마스코트를 맡은 가토 쇼콜라 네오의 매출도 상승할 테니.

그나저나 마히루는 대체 누구를 닮은 것일까. 류지는 사회의 여러 문제에 관심을 가지고 생각하는 딸이 대견했다.

SUMIDA 이발소. 오후 2시가 지나서야 겨우 점심을 먹을 짬이 생겼다. 평소에는 3층으로 올라가 전날 먹다 남은 음식을 먹었지만, 오늘은 아무것도 없었다. 류지는 장인에게 양해를 구하고 나와 편의점으로 향했다. 음식을 사서 집에서 먹을까 했지만, 기분 전환 겸 편의점의 취식 공간에서 먹기로 했다. 샌드위치와 커피, 스포츠 신문을 사서 자그마한 카운터 자리로 이동했다. 편의점에 들를 때는 반드시 스포츠 신문을 산다. 가게에 두면 여성 손님들이 좋아하기 때문이다.

3분 만에 샌드위치를 다 먹은 류지는 커피를 마시며 스포츠 신문을 펼쳤다. "아빠의 힘, 미남 선수, 세계에서 대활약!" 신문의 1면을 장식한 기사 제목이 보였다. 에어로빅 세계 대회에서 유부남 선수가 준우승을 했단다.

에어로빅 세계 대회에서 준우승을 거둔 다하라 신이치 선수
(29)는 아이치현에 거주하는 기혼 남성이다. 2살짜리 아들과
얼마 전 태어난 딸, 두 아이의 아빠다. 아이들은 누가 돌보냐는
기자의 질문에 "아내가 많이 도와줍니다. 고마울 따름이죠. 아
내 덕에 준우승한 거나 마찬가지입니다"라고 눈물을 글썽이며
대답했다.

"흐음….."
류지는 감탄을 흘렸다. 다하라 선수의 아내 사진까지
실려 있었다.
잘 모르는 스포츠였지만 유부남 선수가 세계 대회에
서 준우승까지 하다니, 대단하다고 생각했다.
다하라 선수의 전신사진도 실려 있었다. 환한 미소가
청량한 느낌을 주었다.

─우월한 물건도 세계 2위?

사진을 설명하는 캡션에 그렇게 적혀 있었다. 말마따
나 흑백 사진인데도 티가 날 정도로 우월한 물건인 것 같

167

았다.

어디를 봐도 에어로빅에 대한 내용은 없었다. 육아를 돕는 아내를 극찬하고, 다하라 선수의 외모와 근육질의 몸을 칭송한 뒤 덧붙이듯 그의 물건에 대해서도 장난스레 적어 놓았다.

―당당한 물건으로 아줌마 심사 위원들의 정신을 쏙 빼놓았다!

하반신만 찍은 사진도 있었다. 류지는 아무리 그래도 정도가 과하다고 생각했다. 물론 이 스포츠 신문은 원래 저속한 기사로 유명했고, 주요 독자층은 50대 이상의 중년 여성들이다.

신문을 넘기다 성인 코너가 눈에 들어왔다. 〈남자 다루는 법〉이라는 제목으로 '역전의 여왕'이라는 애칭을 가진 중년 여배우가 남자를 다루는 비법을 알려 주는 내용이었다. 오늘의 비법은 고환 공략 법이었는데, 읽어 보니 이런 짓을 당한 남자는 즉시 병원에 실려 가도 이상할 것 없는 기술들 천지였다. 이 기사를 곧이곧대로 믿고 남자에게 실천하는 여자도 많겠지. 정말이지 유해한 기사였다.

같은 코너에 실린 만화를 읽었다. 직장 탕비실에서 상사의 명령으로 속옷을 벗고 성기 사진을 찍힌 신입 남직원의 이야기였다. 처음에는 거부하던 신입이 어느샌가 여성 상사의 유능함과 박식함에 서서히 끌려 결국 불륜 관계가 된다는 스토리였다.

"말이 되냐."

류지는 혼잣말처럼 중얼거리며 웃었다. 여자들의 망상이 폭발하는 만화였다.

그라비아 아이돌의 선정적인 수영복 사진도 여럿 실려 있었다.

—E사이즈의 배우 지망생, 히카루!

—F사이즈의 동안 소년, 가즈야!

—레온 왕자의 경이로운 G사이즈! 기쁨의 눈물을 흘리는 여성 들!

진저리가 나서 신문을 접었다. 디저트로 푸딩을 먹은 뒤에 류지는 이발소로 돌아왔다.

"다녀왔습니다."

문을 열었지만 가게에는 아무도 없었다. 류지는 땅이 꺼져라 한숨을 내쉬었다. 자리를 비운 시간은 고작해야 20분이었다. 장인은 위험하게 가게 문 다 닫아 놓고 어딜 간 걸까.

　장인의 스케줄 표를 보았다. 예약 손님은 더 없는 모양이었다.

　그뿐만 아니라 오늘은 당일 손님도 없었다. 뭐, 이런 날도 있는 거지. 다음 예약은 4시였다. 아직 시간이 남았다. 화장실 청소라도 하려고 문을 연 순간, 류지는 외마디 비명을 내질렀다.

　"아버님!"

　바닥에 장인이 쓰러져 있었다.

　"아버님, 제 말 들리세요!"

　호흡은 있었지만 의식이 없었다. 류지는 서둘러 119에 연락했다. 쓰러진 사람을 일으켜도 되는지 판단이 서질 않았다. 일단 담요를 덮어 두고 구급차를 기다렸다. 그사이 장모에게 전화를 했지만 어디 있는 건지 받지 않았다.

　류지는 오늘 예약 손님에게 전화를 걸어 예약을 취소했다. 단골들이라 사정이 그렇다면 어쩔 수 없다며 걱정해 주었다.

　그러는 동안 구급차가 도착했다. 때마침 학교에서 돌아온 도모카가 놀란 얼굴로 무슨 일이냐고 물었다.

　"할아버지가 쓰러지셔서 병원 가 봐야 해. 아빠가 같이 구급차를 타고 갈 테니까 언니한테 그렇게 말해. 엄마한테는 아빠가 연락할게. 할머니 오시면 바로 아빠한테 연락하시라고 말씀드리고. 가게는 일단 닫고 갈 테니까 부탁한다, 도모카."

그렇게 말하고 머리에 손을 올리자 도모카는 진지한 표정으로 고개를 끄덕였다.

구급차로 병원까지 가는 동안 구급대원들은 심장마 사지를 했다. 류지는 구급대원들의 질문에 대답했다. 쓰러지고 나서 얼마나 지났느냐는 물음에, 오늘 편의점에 가서 점심을 먹고 온 걸 뼈저리게 후회했다.

진찰 결과 협심증으로 밝혀졌다. 장인은 화장실에서 나오다 가슴 통증을 느끼고 비틀거린 순간 균형을 잃고 쓰러졌고, 변기에 머리를 부딪쳐 뇌진탕을 일으킨 것 같았다.

류지는 장인이 협심증 약을 복용한다는 사실을 알고 있었지만, 거의 신경 쓰지 않았다. 통증이 상당했을 거라는 의사의 말에 그렇군요, 하고 고개를 끄덕일 뿐이었다.

아내인 에리와 옆 동네에 사는 형님이 달려왔다.

"자네가 고생이 많았겠어. 고마워."

형님의 말에 류지는 몸 둘 바를 몰라했다.

"어머님하고 연락 됐어?"

류지의 물음에 두 사람은 동시에 고개를 저었다.

"보나 마나 파친코에 있겠지. 여자들은 정말 문제라니까…."

형님이 작은 소리로 짓씹듯 말했다. 어린 시절부터 한량 같은 어머니 때문에 고생이 말이 아니었다는 이야기를 아내에게 들은 적이 있었다. 이발소를 운영하느라 바쁜 장인을 대신해 대부분의 집안일을 형님이 혼자 도맡았다고 한다. 자기는 오빠 손에 자란 거나 마찬가지라고, 아내는 그렇게 말했다.

의사가 다시 환자의 상태를 설명한 뒤 카테터 수술을 권했다. 처음에는 난색을 표하던 장인이었지만, 결국은 수술을 받기로 했다. 닷새간 입원이 필요하다고 했다.

"돈은 얼마나 든대?"

잠시 평소의 상태로 돌아온 장인이 물었다.

"건강보험 처리가 돼서 10만 엔만 부담하면 되나 봐."

에리가 대답했다.

"내 손님들은?"

"아버님 손님은 모레 한 분, 사흘 뒤에 한 분 있어요. 연락해서 사정을 말하고 취소하든지, 아니면 제가 대신 받든지 할게요."

류지는 그렇게 말했다.

"흥, 내 손님을 사위한테 뺏길 수는 없지. 내일 주소록 가져와라. 내가 전화해서 다른 날로 다시 예약을 잡을 테니."

"알겠습니다. 아버님을 찾는 손님들은 어쩔까요?"

장인의 손님은 예약 없이 찾아오는 사람이 많았다.

"사정을 말하고 양해를 구해."

"꼭 그날에 자르고 싶다는 손님은요?"

"하, 그런 손님이 있겠냐. 있으면 네가 알아서 해."

"알겠습니다."

병실에서 둘의 대화를 듣고 있던 형님이 크게 한숨을 내쉬며 말했다.

"아버지, 태도가 그게 뭐예요. 매제한테 고마워해도 모자랄 판에. 매제 없으면 우리 집은 안 돌아간다고요."

"하, 감사는 누가 해야 하는데."

고개를 홱 돌리는 장인을 보고 형님은 다시 한숨을 내쉬더니, 두 손을 모으고 류지에게 고개를 숙였다.

마히루와 도모카가 집에서 기다리고 있었다. 할아버지의 상태를 전하자 두 아이는 진지한 얼굴로 고개를 끄덕였다. 저녁은 이미 햄버거를 사 먹었다고 한다.

"둘이서 1240엔 나왔어."

그렇게 말하며 마히루는 류지에게 손을 내밀었다. 10엔

짜리 동전이 없어서 1300엔을 건넸다. 마히루는 야무진 성격이었다.

사 온 도시락을 에리와 함께 먹고 있는데 아래층에서 소리가 났다. 장모가 귀가한 모양이었다.

"엄마, 대체 어디 있었던 거야!"

에리의 추궁에 장모는 "어머, 사람 잡겠다" 하고 실실 웃었다.

"아빠 쓰러졌어. 협심증 수술 받기로 했어."

장모는 순간 놀란 듯했지만 씩 웃으며 말했다.

"수술받는 게 좋은 거지? 잘됐다, 얘."

"난 출근해야 하고 이 사람은 이발소 일로 바쁘니까 아빠 간병은 엄마가 해."

"그래, 알았어. 그 정도야 뭐."

그렇게 말하며 손을 팔랑팔랑 저었다.

더 이상 이야기한들 시간 낭비다. 장모는 거나하게 취해 있었다. 보나마나 낮에 파친코에서 놀다가 어디서 술을 마시고 들어온 거겠지. 식구들이 다 같이 전화를 하고, 메시지를 보냈는데도 전혀 신경도 쓰지 않았다.

이런 장모랑 사느라 장인도 고생이 많았겠지. 류지는 새삼 그런 생각을 했다.

혼자서 일하는 게 이토록 편할 줄이야!

장인이 없을 뿐인데, 류지는 스스로도 신기할 정도로 정신이 안정되고 기운이 솟는 걸 느꼈다. 무엇보다 안심하고 기분 좋게 손님들의 머리를 자를 수 있는 게 좋았다.

장인의 상태는 걱정됐지만, 그와는 별개로 류지는 혼자 가게를 꾸려 나가는 상황을 만끽하고 있었다.

"이야, 신수가 훤하네."

탓짱이 찾아왔다. 탓짱은 3주꼴로 커트와 염색을 하러 왔다.

"아버님이 안 계셔서 외로워."

류지가 우는 시늉을 하며 말하자, 탓짱은 그러지 말라며 배를 잡고 웃었다. 류지도 함께 웃었지만, 장난이 지나쳤나 하고 양심의 가책을 느꼈다.

이발을 하는 동안 탓짱과 마음 편히 이런저런 이야기를 나눌 수 있었다. 샴푸를 너무 많이 썼다, 한 손님에게 시간을 너무 많이 들였다, 쓸데없는 수다를 떨지 말라는 구박을 들을 일도 없어서 속이 시원했다.

"평소랑 표정이 너무 다르네. 독립하는 게 어때?"

이발을 끝낸 탓짱은 그런 말을 남기고 가게를 나섰다.

독립은 생각해 본 적도 없었고 어차피 실현 불가능한 이야기였지만, 스스로도 표정이 밝아진 건 자각하고 있었다. 입가에 미소가 감도는 게 느껴졌다.

류지는 오랜만에 일을 즐길 수 있었다. 아니, 지금까지도 나름대로 즐겁게 일했다고 생각했지만, 그런 건 즐거운 축에도 못 든다는 걸 오늘 알았다. 이것이 바로 자유! 자기해방! 그런 느낌이었다.

그래도 하루 일을 마치면 장인이 입원한 병원에 들렀다. 장모가 제대로 간병하는지 불안했고, 에리는 류지에게 맡기고 신경을 안 썼다. 아무리 금방 퇴원한다 해도, 한번 들여다볼 생각도 안 하는 것 같았다.

지금까지 에리는 장인에 대한 불만을 토로하는 류지에게 어쩔 수 없잖아. 당신이 이해해, 하고 장인을 감싸고는 했다. 부모를 극진히 여기는 줄 알았는데, 어쩌면 그게 아니었는지도 모르겠다. 귀찮은 일에 말려들지 않도록, 풍파가 일어나지 않도록 적당히 맞장구를 치며, 무사안일주의로 제일 편한 방법을 택했던 건지도 모른다.

류지의 친정은 차로 1시간 반 거리인 사이타마였다. 부모님 두 분 다 건강했지만 혹시라도 입원하게 되면 최대한 자주 들여다볼 것이다. 아무리 이럴 때 의지가 되는 건 아들이라고 해도, 이번 일로 에리의 새로운 일면을 발견한 것 같아서 류지는 속이 복잡했다.

"오늘은 얼마야?"

찾아갈 때마다 장인은 류지에게 그렇게 물었다. SUMIDA 이발소의 하루 매상액을 묻는 것이다.

"평소하고 비슷해요."

류지는 그때마다 똑같은 대답을 했다.

"흐음."

장인도 매번 콧방귀를 꼈다. 수술한 날에도, 재활 치료를 한 날에도 똑같은 대화를 나눴다.

퇴원 전날, 장인을 찾는 손님이 왔다.

"어머, 쇼헤이 없어?"

류지는 움찔했다. 전에 장인의 팔에 입을 맞추고, 돌아가는 길에 껴안았던 여자였다.

"퇴원이 내일이라, 아마 내일모레부터 나오실 겁니다."

류지는 장인의 상황을 설명하며 그렇게 말했다. 지금까지도 장인을 찾는 손님들이 몇몇 있었지만, 사정을 설명하면 다들 걱정하는 낯으로 퇴원한 뒤에 다시 오겠다며 돌아갔다.

"내일 외출해야 해서 오늘 꼭 잘라야 하는데. 그쪽이 잘라 주면 안 돼?"

"괜찮으시다면 제가 담당하겠습니다."

"난 아이하라 후미코라고 해. 잘 부탁해."

그렇게 말하며 아이하라는 손을 내밀었다. 류지도 손을 내밀어 악수를 했다. 예약 손님에게 취소 연락이 들어온 터라 때마침 시간도 비었다.

"염색도 같이 할 수 있을까? 흰머리가 여기저기 보여서."

"알겠습니다."

"쇼헤이, 심장이 안 좋았구나."

"네. 하지만 수술도 받았고 예후가 좋아서 지금보다 훨씬 건강해진 모습으로 다시 나오실 거예요."

류지의 말에 아이하라가 하하 웃었다.

"쇼헤이도 이제 나이가 있는데 억지로 가게에 나올 필요 있나. 실력도 자네가 더 좋지? 그만 은퇴해도 될 텐데."

"아…."

"전부터 자네한테 부탁하고 싶었는데 쇼헤이한테 미안해서…. 오늘은 타이밍이 잘 맞았네."

"…저기, 혹시 아버님 지인이세요?"

이상한 질문이라 생각하면서도 류지는 그렇게 물었다.

"지인? 재미있는 질문이네. 난 이 가게에 머리를 자르러 왔을 뿐이야."

"실례되는 질문이었다면 죄송합니다."

상당히 친해 보였는데, 장인과는 단순히 이발사와 손

님 관계인 것 같았다.

"이 부근도 요새는 빈집이 많아졌지. 전통 주택을 개조한 카페가 유행이라는데, 대부분 쇼와 중기에 지은 건물이라 목재 빛깔이나 만듦새가 멋지더라고. 빈집 중에 안 팔리고 남아 있는 건 쇼와 후기에 만들어진 주택이야. 구조도 불편한 데다 신선한 맛도 없지. 이도 저도 아냐. 리모델링하는 데도 돈이 들고."

아이하라는 부동산 업자인 것 같았다.

"어느 정도 기장으로 할까요?"

"뒷머리가 길었으니까 깔끔하게 다듬어 줘. 앞쪽은 보브 스타일로 하고."

"알겠습니다."

류지가 보기에 아이하라는 60대 후반 정도 된 것 같았다.

"아, 시원하다. 쇼트커트는 머리가 조금만 길어도 지저분해 보인다니까."

얇은 재질의 새빨간 스웨터, 고급스러운 소재의 그레이 팬츠 차림.

"그럼 염색 시작하겠습니다."

컬러를 정하고 염색을 시작했다. 염색을 하는 동안에도 아이하라는 쉬지 않고 떠들었다. 두 번의 이혼 경력에 자식은 셋, 손자도 둘이라고 했다. 물어보지도 않았는데 멋대로 고백을 시작했다. 결혼과 맞지 않는다며 호쾌하게 웃었다.

"쇼헤이가 자네한테 좀 심술 맞게 굴지?"

류지는 흠칫했다. 분명 가게에서 두 사람의 분위기를 보고 알아챈 것이리라. 류지는 긍정도, 부정도 하지 않고 그저 웃음으로 얼버무렸다.

"장인과 사위가 한 직장에서 일하다니, 처음부터 말이 안 돼. 남자란 원래 속 좁은 생물이잖아. 나이를 먹을수록 더더욱. 자네도 고생이 많겠지만 처가살이라는 게 원래 그런 건데 어쩌겠어."

대답할 말이 없어서 네에, 하고 억지웃음을 지었다.

"사위는 절대로 자기주장을 해선 안 돼. 사위뿐 아니라 모든 남자에게 해당되는 말이지. 좌우지간 여자가 하는 말을 들으면 만사 오케이야. 남자의 권리가 어쩌고, 유리 천장이 어쩌고 하며 난리를 치는 남자들도 있지만, 지금까지의 긴 역사가 있으니 하루아침에 바뀔 리가 없지. 스스로 벌어먹을 능력도 없으면서 남자란 참 입만 살았다니까."

류지가 아무 말도 하지 않는 걸 보고 아이하라는 말을 이었다.

"어머, 자네 얘긴 아냐. 이렇게 기술을 익혀서 제 밥벌이를 하고 있잖아, 장하지."

그런 말을 들어도 어째서인지 전혀 기쁘지 않았다.

"염색이 끝났으니 머리 감겨 드릴게요. 샴푸대로 모시겠습니다."

이발소의 샴푸대는 보통 머리를 숙이는 타입이 많지만, SUMIDA에서는 뒤로 젖히는 타입의 샴푸대도 들여놨다. 여성 손님이나 젊은이들이 선호하기 때문이다.

"고개를 뒤로 젖혀 주세요."

아이하라는 천천히 몸을 젖혔다.

"물 온도는 괜찮으세요?

"딱 좋아."

"압력은 어떠세요?

"기분 좋아."

황홀해하는 목소리가 돌아왔다. 류지는 샴푸 테크닉이 좋아서, 그의 손님들은 대부분 샴푸까지 받았다.

"힘 조절이 절묘하네. 실력 좋아. 아주 잘해."

하, 기분 좋다. 하. 아이하라는 크게 한숨을 내쉬었다.

"계속 받고 싶네. 하, 기분 좋아."

진심으로 기분 좋아 보이는 표정에 류지도 한층 더 성의껏 샴푸를 했다.

"그럼 일으키겠습니다. 편안하게 계세요."

아이하라의 머리를 일으키는 동시에 의자를 세웠다. 머리카락을 타월로 말렸다.

"아, 아주 좋았어. 시간이 멈췄으면 좋겠다는 생각이 들 정도로."

"감사합니다. 그럼 자리로 모시겠습니다."

그렇게 말하며 류지가 아이하라의 무릎 담요를 걷었을 때였다. 갑자기 가랑이를 꾹 쥐는 손길이 느껴졌다.

"자, 잠깐만용!"

너무 놀란 나머지 이상한 목소리가 나왔다. 저도 모르게 허리를 당겼다.

"뭐 하시는 겁니까!"

"아하하, 그냥 만지고 싶어서."

전혀 미안해하는 기색도 없었다.

"성추행입니다! 신고할 겁니다!"

류지는 마음속으로만 그렇게 외칠 뿐, 실제로는 "이러지 마세요" 하고 반쯤 웃으며 대꾸했다.

자리로 안내한 뒤 드라이를 했다. 좌석 옆쪽으로 이동하자 아이하라가 다시 손을 뻗었다. 슬쩍 몸을 피했다.

"이러지 마시라니까요."

"아하하. 반사 신경이 좋네."

그 뒤로도 조금이라도 류지와 가까워지면 아이하라는 기다렸다는 양 팔을 건드리거나 배를 쓰다듬었다. 고간이 아니니 뭐 상관없나. 류지는 그렇게 생각했다.

"예쁘게 잘 잘랐네. 고마워."

"감사합니다."

계산을 마치고 아이하라를 배웅하려는데, "자네는 스타일이 좋네" 하며 머리부터 발끝까지 진득하게 훑었다. 류지는 감사 인사를 했다.

"자네하고는 가능하겠어."

"네?"

"쇼헤이는 무리지만, 자네하고는 가능할 것 같아. 그럼 또 봐."

아이하라는 팔랑팔랑 손을 흔들며 떠났다.

자네하고는 가능할 것 같아. 그 말의 의미를 생각하며 류지는 좌석 주변을 정리하고 바닥에 흩어진 머리카락을 치웠다. 아, 알겠다!

"나하고는 잘 수 있을 것 같다는 소리군."

저도 모르게 혼잣말이 나왔다. 무례한 태도에 부아가 치밀었다.

"어이가 없네, 열 받아."

빗자루질을 하는 동작이 거칠어졌다. 얼마나 만만하

게 봤으면 저럴까. 애초에 자기가 뭔데 남을 평가해?

"그쪽이 좋아도 난 싫다고!"

큰 소리로 외치자 더욱 화가 치밀었다.

"그런 소리를 들으면 내가 기뻐할 줄 알았나 보지? 부탁도 안 했는데 멋대로 평가하고. 내가 물건이냐고! 웃기지 말라고 해!"

류지는 고간을 움켜쥐던 손길을 떠올리고 질겁했다.

"망할 할망구! 내가 미쳤냐!"

슬슬 예약 손님이 올 시간이었다. 류지는 찬물로 거칠게 얼굴을 닦은 뒤 뺨을 세게 두드렸다.

"아이하라 후미코? 아, 그 할망구⋯."

이발소에 아이하라가 왔다는 이야기를 하자마자 장인은 그렇게 중얼거렸다.

"⋯그 밝힘증 할망구. 그 여자가 허튼짓했지?"

입을 다물고 있자 재차 "그렇지?" 하고 물었다.

"여자란 말이야, 자기가 정의라고 생각하거든. 자기만의 규칙을 남자한테 강요하며 살아가지. 특히 할망구들은 당해 낼 재간이 없어."

장인은 천장을 올려다본 채 또렷한 목소리로 말했다. 류지는 내심 놀랐다. 장인이 이런 이야기를 하는 건 처음이었다. 장인의 얼굴을 쳐다보자 말이 너무 많았다고 생각했는지 흥, 하고 콧김을 내뿜었다.

"오늘은 얼마야?"

"평소랑 비슷해요."

류지의 대답에 장인은 한껏 흥, 하고 콧방귀를 꼈다.

"내일이 퇴원이네요."

"흥."

그로부터 류지가 무슨 말을 해도 장인은 '흥' 소리밖에 안 했지만, 불쾌한 기분은 들지 않았다. 오히려 유쾌했다.

이튿날, 장인은 예정대로 퇴원했다. 장모가 퇴원을 돕기로 했지만, 아마 지갑 하나만 달랑 들고 와서 중요한 일은 하나도 하지 않았을 것이다. 하나부터 열까지 장인이 혼자 알아서 했겠지.

장인은 입원 전과 전혀 다름없는 태도로 가게에 나왔다. 단골손님들이 하나둘 찾아와 장인을 격려했다.

바빠서 시비를 걸 시간도 없는지 한동안 SUMIDA 이발소는 평온했다. 이런 날이 언제까지고 이어졌으면 좋겠다고, 웃음이 많아진 장인을 보며 류지는 생각했다.

"아빠."

장인이 퇴원하고 일주일쯤 지난 어느 날, 학교에서 돌

아온 마히루가 굳은 표정으로 류지를 불렀다.

"왜?"

평소와 다른 딸아이의 목소리와 표정에 조리를 하던 류지는 손을 멈추고 돌아봤다.

"3반에 나카바야시 렌이라는 애가 있는데."

"아, 나카바야시 씨 아들이구나. 같은 학부모회라 잘 알지."

마히루는 류지의 눈을 뚫어져라 바라보았다.

"왜 그러니?"

범상치 않은 마히루의 모습에 류지는 긴장했다.

"…렌이 안 좋은 일을 당했대."

"뭐? 안 좋은 일이라니… 그게 무슨…."

마히루가 무슨 이야기를 하는지 금방 이해할 수 없어서 더듬거리며 되물었다.

"성폭행당했대."

말문이 턱 막혔다. 성폭행이라는 단어를 딸의 입으로 들었다는 사실에도 류지는 적잖이 충격을 받았다.

"…여자한테?"

류지는 스스로 확인하듯 중얼거렸다.

"아니, 남자인 것 같아."

"뭐?"

186

류지는 마히루를 바라보았다. 투명한 물기가 어른거리는 마히루의 눈에서는 금방이라도 커다란 눈물방울이 떨어질 것 같았다.

7

아무에게도 말하지 않았는데, 어찌 된 일인지 내 소문이 돌고 있었다.

"애기야, 이 귀여운 것."

"싫어요, 이러지 마세요."

"귀여운 게 죄란다."

복도를 걸어가는데 여자들이 들으란 양 일부러 괴상한 소리를 냈다. 그때마다 마음이 조금씩 갈려 나가는 것 같았다.

그 일이 있은 뒤 나는 일주일 동안 결석했다.

"렌, 괜찮아?"

일주일 뒤 학교에 나오자 A가 말을 걸었다.

"독감이었다면서? 많이 아팠겠다."

"아 응, 뭐."

학교에는 독감에 걸렸다고 했다. 가족들에겐 넘어진 걸로 하고 넘어갔다.

"너무 무리하지 마."

"고마워."

A의 뒷모습을 보면 마음이 가라앉으며 편안해졌다. 갈려 나간 마음이 다시 채워지고 술렁거리던 감정이 서서히 고요해진다. A 덕에 나는 살아 있는 것이며, A가 있어서 계속 살고 싶은 것이다.

하지만 이런 나를 A는 용서해 줄까. 더럽혀진 나를 싫어하지 않을까. 그런 생각을 하면 비명을 지르고 싶어진다.

이케가야 요시오

유우코는 집에서 계속 불퉁한 낯으로 지내고 있다. 기분 나쁜 티를 내면 모든 문제가 해결된다는 양, 기분 나쁜 티를 내면 가족들이 알아서 길 거라고 생각하는 양, 기분 나쁜 티를 내면 본인이 이기는 거라는 양.

신입 교사 괴롭힘 사건은 현재 학교에서 어떻게 처리할지 논의 중인 모양이었다. 괴롭힘에 가담한 교사는 유우코 말고도 둘이나 더 있었다. 그 사람들도 유우코처럼 남편과 자식이 있는 중년 여성이었다. 그 나이 먹고 아들 뻘인 신입 남교사를 괴롭히다니, 어이가 없어서 말문이 막혔다.

유우코의 어리석은 행동은 그뿐이 아니었다. 신입 남교사가 화장실에 들어가 있을 때 옆 칸에 들어가 도촬한 게 유우코였고, 동영상이 그 증거로 남아 있다고 했다. 게다가 놀랍게도 피해 당사자인 남교사에게 직접 그 동영상을 보냈다고 했다. 남교사는 그 동영상을 교장에게 보여 줬고, 그 일로 문제가 발각된 모양이었다.

유우코는 고발당했다고 했지만, 실제로는 학교 안에서 논의가 정체된 상황인 것 같았다. 유우코는 뭐든 과장되게 말하고는 했다. 아마 교장에게 이야기한 걸 '고발'이라 표현한 것이리라. 제 입장이 위태로워지면 과장되게 호들갑을 떠는 버릇은 예전 그대로였다.

당연하게도 교장은 일을 크게 만들고 싶지 않은 듯 피해 교사를 어떻게든 달래려 하는 것 같았다. 합의로 끝나면 가해자들은 기뻐하겠지.

요시오는 그렇게 일을 흐지부지 무마해서는 안 된다고, 교육위원회나 경찰에 신고해야 한다고 생각했다. 가해 교사들은 재판에 회부돼 면직을 당해야 마땅하다. 비열하기 짝이 없는 행위를 했으니 당연한 결과다. 요시오는 직접 제보할까도 생각했지만, 피해자 본인이 합의를 원할 수도 있어서 마음을 고쳐먹었다. 피해 사실을 밝히기 싫은 심정도 이해가 갔다.

요시오는 전날 먹다 남은 음식으로 점심을 먹으며 신문을 펼쳤다. 아내의 가정 폭력 특집 기사가 실려 있었다. 정신적 폭력의 예시로, 큰 소리로 호통치기, 무시하기, 협박하기, 비아냥거리기, 멸시하기, 복종하라고 강요하기 등이 있었다. 유우코의 경우, 거의 모든 항목이 해당되었다.

성적 폭력, 경제적 폭력에 대한 예시도 있었지만, 의외로 요시오는 그런 피해는 입은 적이 없었다. 유우코는 경제권을 요시오에게 넘기고, 한 달에 5만 엔, 보너스가 나오는 달에는 그 2배의 용돈만 주면 군말하지 않았다. 값비

싼 물건을 살 때만은 용돈과 별개로 돈을 요구했지만.

요시오도 유우코처럼 따로 용돈을 쓰고 싶었지만 그러면 가계를 꾸려 나가기 힘들었다. 주택 대출금, 수도, 광열비, 식비, 교육비, 약간의 저축. 매달 나가는 돈이 너무 많았다.

요시오는 술 담배를 하지 않았고 옷도 기성복 매장에서 저렴한 것으로 사 입었다. 취미라고는 독서밖에 없어서, 돌봄 교사로 일하기 전까지는 도서관에서 시간을 보냈다.

요시오는 매달 2만 엔씩 제 명의 통장에 적금을 부었다. 거의 돈을 쓰는 일이 없어서 실질적으로 이것이 요시오의 용돈이었다. 5년 전까지는 1만 엔이었지만, 노동에 걸맞은 돈이 아닌 것 같아 2만 엔으로 올린 것이다. 하지만 그 2만 엔을 챙기는 것에도 죄책감이 따라붙었다. 각종 집안일과 아이들을 챙기는 일을 혼자 도맡아 하고 있는데 왜 이런 감정을 느껴야 하는지.

얼마 전, 입주 도우미의 일당을 알고 놀랐다. 1만 8천엔이라고 한다. 한 달이면 54만 엔. 유우코의 월급보다 많다. 주부인 요시오는 그만큼 일하고 있는데 한 달에 2만엔이라니….

이혼은 모든 준비가 끝나면 아내에게 말할 작정이었

다. 주택 대출금을 아직 12년 더 갚아야 했지만, 이 집은 유우코의 명의라 요시오와는 상관없었다.

학자금 보험에 들었으니 고스케와 슌타의 학비는 크게 걱정하지 않아도 될 것이다. 요시오가 돌봄 교사로 일하며 번 돈은 그대로 모아 두었고 적금도 얼마간 있었다. 이사하면서 드는 돈, 새집 보증금, 최소한으로 필요한 가구며 전자 제품을 갖추는 돈… 돈 나갈 데가 한두 군데가 아니었지만 내년 봄부터는 복직할 수 있으니 어떻게든 되겠지.

신문을 덮고 광고지를 훑어보던 요시오는 인상을 찌푸렸다. 저도 모르게 한숨이 나왔다. 남성의 고간을 강조하는 모델의 사진이 들어가 있었다. 하반신에 부자연스러울 정도로 짙은 음영을 일부러 넣었다. 갱년기 여성용 비타민 선전에 왜 젊은 남자 모델을 써야 하는 거지? 요시오는 곧바로 광고지를 접어 폐지 봉투에 넣었다.

아오의 소식은 그 뒤로 듣지 못했다. 아동상담소에 있을 테지만, 자세한 정보는 들어오지 않았다.

"아오는 어떻게 지낼까요. 잘 지내야 할 텐데."

다지마는 조금이라도 시간이 비면 그렇게 물었다. 아오를 화젯거리로 입방아를 찧고 싶어서 안달이 난 눈치였다.

"그 아빠, 아오가 크면 호되게 당하는 거 아니에요? 요새 여자가 남자를 이용해서 남자를 공격하는 사건이 많잖아요."

다지마의 말에 요시오는 고개를 끄덕였다. 여자가 남자를 시켜 남자를 덮치게 하는 사건이 전국적으로 증가하고 있었다. 그런 식으로 폭력을 휘두르거나 성적으로 추행한다고 했다. 시내에서도 수상한 사람을 봤다는 제보가 늘어나서, 얼마 전에 학교에서 각별히 조심하라는 메일이 왔다.

"이케가야 씨의 아들이 하라스기 중학교에 다닌다고 했죠?"

"맞아요. 둘째가 하라스기 중학교 1학년이에요."

요시오의 대답에 다지마의 눈이 번뜩였다.

"그 사건 들었어요?"

"사건?"

"하라스기 중학교 남학생이 성폭행을 당했대요."

"네?"

요시오는 놀라서 다지마의 얼굴을 보았다.

"니시마치의 공원에서 남자한테 당했다나 봐요. 듣자하니 1학년이라던데."

다지마의 유쾌해 보이는 표정에 혐오감을 느꼈지만 지금은 그게 문제가 아니었다. 심장이 쿵쿵거렸다.

"몰랐어요?"

요시오는 고개를 저었다. 처음 듣는 이야기였다. 슌타도 그런 이야기는 한마디도 하지 않았다.

"뭐, 어디까지나 소문이니까."

다지마는 그렇게 말하며 웃었다. 왜 여기서 웃는 건지 이해할 수가 없었다.

"다지마 씨."

요시오가 새삼스레 이름을 부르자, 다지마는 "네?" 하고 눈을 크게 떴다.

"다지마 씨는 남성의 권리에 대해 지금까지 한 번도 생각해 보신 적이 없나요?"

순식간에 다지마의 표정이 바뀌었다.

"무슨 뜻이죠?"

"다지마 씨는 어떠한 상황에서도 늘 여자 편인 것 같아서요."

하, 하고 다지마가 헛웃음을 터뜨렸다.

"정말 이상한 소리를 하시네요. 누구 편이라니, 그런 생각은 해 본 적 없어요."

그러세요? 그러시군요, 하고 요시오는 알겠다는 얼굴

195

로 끄덕였다.

"저는 제가 마음 편히 살 수 있으면 돼요. 다들 그렇지 않나요? 일부러 여자 남자 편 갈라 싸울 필요가 있나요. 우리 와이프도 그러더라고요, 요즘 남자들은 남성의 권리 운운하며 너무 극성이라고. 그러면 괜히 분위기만 나빠지지 사회가 제대로 돌아가겠냐. 좀 더 관대해져야 하지 않겠느냐고요."

왜 여기서 다지마 씨 아내분 이야기가 나오죠? 아내분 의견이 궁금한 게 아닌데요.

속으로 그렇게 대꾸하며 요시오는 생긋 웃었다.

"그래요, 그 말이 다 맞네요."

"하라스기 중학교의 1학년 남학생이 사건에 휘말렸다는데, 뭐 아는 거 있니?"

학교에서 돌아온 슌타를 붙잡고 요시오는 다지마에게 들은 소문에 대해 물었다.

"그게 뭐예요."

슌타는 코웃음을 치며 말했다.

"처음 들었는데."

"그래?"

"누가 그런 소리를 해요? 정보 출처는 어디고요? 증

196

거는? 근거는? 그런 헛소문은 대체 왜 퍼뜨리는 거래요?"

눈 깜짝할 새에 슌타의 표정이 바뀌었다.

"설마 넌 아니지?"

요시오는 갑자기 불안해졌다.

"네? 무슨 소리예요, 갑자기."

"미안."

"미안하면 다예요?"

슌타는 그렇게 말하더니 들고 있던 스포츠 백을 테이블에 부딪치며 2층으로 올라갔다.

뒤이어 고스케가 학교에서 돌아왔다.

"다녀왔습니다. 아빠, 하라스기 중학교 학생이 폭행당했다는 얘기 들었어요?"

"어디서 그런 얘기를 들었니?"

"학교에 소문 쫙 퍼졌어요. '네 동생 하라스기 1학년 아냐?' 하고 물어보던데. 피해자가 1학년이라나 봐요."

흐음, 요시오는 관심 없는 척 대꾸하며 머릿속으로 생각했다. 고스케가 다니는 고등학교에까지 소문이 퍼진 건가. 만일 소문이 사실이라면 피해 학생은 얼마나 괴로울까. 슌타의 친구일 가능성도 있었다.

대체 여자가 주도하는 폭행 사건은 언제쯤에야 근절될까. 분노를 넘어서 역겨웠다.

"우리끼리 있어서 하는 소린데, 엄마랑 아빠, 이혼할 거예요?"

"뭐어?"

저도 모르게 괴상한 목소리가 튀어나왔다.

"가, 갑자기 왜…?"

"뭘 그렇게 놀라요. 딱 보면 알지. 엄마 무슨 일 있어요? 요새 심기가 아주 불편한 것 같던데. 우리한테까지 화풀이해서 짜증 나 죽겠어."

아이들은 부모를 유심히 보고 있구나. 고스케의 말에 요시오는 그런 생각을 했다.

"어? 엄마한테 그런 식으로 말하는 거 아니라는 말은 안 하네요?"

고스케가 농담처럼 말했다. 어머니에게 버릇없는 말을 하거나 험한 말투를 쓸 때마다 요시오는 엄하게 타일렀다. 아버지가 아이들 앞에서 어머니를 우습게 보거나 무시하는 태도를 취하면 아이에게 나쁜 영향을 끼친다는 이야기를 듣기도 했고, 요시오 본인도 그렇게 생각했었으니까.

"아빠는 표정에 다 티가 나니까 아무리 그렇게 말해도 딱히 마음에 안 와닿았어요. 억지로 엄마를 칭찬하기보다, 아빠의 솔직한 심정을 말해 주는 게 좋아요."

"…그렇구나."

"슌타도 같은 생각일 거예요."

저도 모르게 한숨이 새어 나왔다.

"엄마한테 무슨 일 있죠?"

고스케의 물음에 요시오는 유우코가 저지른 일들을 솔직히 이야기했다.

"미쳤어. 어떻게 그런 짓을…."

고스케는 그렇게 중얼거리더니 비겁하다며 말을 이었다.

"창피해 죽겠네. 그러고도 교사예요?"

잠깐의 침묵 뒤에 고스케는 이혼하는 게 낫다는 말을 남기고 2층으로 올라갔다.

깊은 한숨이 자연스레 나왔다. 요시오는 저녁을 만들며 지금까지의 결혼 생활을 돌이켜봤다. 학교를 그만두고 전업주부가 된 걸 후회하진 않았다. 아이들을 위해서도, 스스로를 위해서도 잘한 일이라고 생각했다. 요시오가 계속 일했다면 아이들의 입학식이며 졸업식에는 참석하지 못했을 것이다.

그렇게 생각하면서도 유우코가 승진하는 걸 보면 머리가 복잡했다. 교사라는 직업에서 점점 멀어진다는 생각에 마음 한구석이 허전했다.

요시오는 어떤 상황에서도 아이들 앞에서만은 늘 어머니인 유우코의 면을 세워 주었다. 하지만 고스케의 말대로 제 감정을 솔직하게 아이들에게 드러내는 편이 좋았을까. 요시오는 아이들 앞에서는 부부끼리 다투는 모습을 보이지 않으려 애쓰며 살았다. 잠시만 꾹 참아서 아이들이 안심할 수 있다면 그편이 낫다고 생각했다.

"그런데 그게 아니었다는 거지. 아이들은 다 알고 있었구나…."

그야 그렇겠지, 하고 중얼거렸다. 고등학생과 중학생. 온 사회에 만연한 여남 격차는 일상생활 속에서 이미 경험하고도 남았으리라. 당연하게 펼쳐지는 눈앞의 차별을 알아챘을 때, 남자가 짊어진 부조리한 현실을 자각하게 된다. 아마 고스케도 그런 것이리라.

쾅. 현관문을 여닫는 요란한 소리가 들렸다. 이어서 쿵쾅거리는 발소리. 일부러 발을 구르며 걸어오는 거다. 기분 나쁜 티를 내려고.

예상대로 유우코가 거실로 들어와 다녀왔다는 말도 없이 가방을 테이블에 내리치듯 놓았다.

"좀 조용히…."

"웃기지 말라고 그래!"

잔뜩 인상을 쓰며 악귀 같은 얼굴로 소리쳤다.

"그놈이 위자료 청구를 했어! 300만 엔이나! 한 사람당 100만 엔씩!"

"…합의금이네."

"교장까지 그 정도면 싼 거라고 하는 거 있지!"

"그건 그렇지."

요시오는 그렇게 말했다. 진심이었다.

"사건이 만천하에 공개되면 어떻게 될지 생각해 봤어? 당신 얼굴 공개되고, 면직이나 정직 처분 받을 테고, 재임용은 꿈도 못 꾸지. 바깥에 돌아다니지도 못 할 거야. 그걸 생각하면 100만 엔으로 해결할 수 있으면 고마…."

"시끄러! 그럼 당신이 100만 엔 내놔! 돈도 없으면서 어디서 큰소리야!"

울컥했지만 여기서 말다툼을 한들 소용없었다.

"내가 분통이 터지는 건 그놈이 300만 엔이나 꿀꺽한다는 거야! 약아빠진 놈!"

어처구니가 없어서 말문이 막혔다. 유우코는 자신이 100만 엔을 줘야 한다는 것보다, 피해자가 300만 엔의 합의금을 받게 되는 걸 더 용납할 수 없는 것이다.

"알았어, 당신 마음대로 해."

"…뭐?"

유우코가 무슨 소리냐는 양 고개를 들었다.

"마음대로 하라고. 돈 주기 싫으면 그러든지. 나는 내 의견 말했으니까."

"왜 그렇게 말해! 남의 일도 아니고 걱정해 주면 어디 덧나?"

적반하장으로 버럭 화를 내는 유우코를 보고도 아무 감정도 느낄 수 없었다. 마치 영화 속에서 일어난 일처럼, 자신과는 상관없는 일 같았다. 아, 이게 무관심이라는 건가. 요시오는 냉정하게 생각했다. 이제 이 여자가 어찌 되든 상관없었다.

"당신 정말 냉정한 사람이구나! 가족이 힘들어하는데 도와줘야 하는 거 아냐? 요시오良夫는 무슨, 어디가 좋은 남편이라는 거냐고! 정말 이름값도 못 하네!"

아무것도 신경 쓰이지 않았다. 아무 느낌도 들지 않았다. 가까이서 새가 우는 소리처럼 들렸다.

"정말 어쩌면 좋아! 남자라는 생물이 싫어! 속 좁고 쩨쩨하고! 선배 교사에게 돈을 요구하다니, 믿을 수가 없어! 그냥 농담 한번 한 건데, 같이 재밌게 놀았으면서 일을 이렇게 크게 만들고!"

잡음이다. 귀에 거슬리는 소리다.

"내 말 듣고 있어? 뭐라 말 좀 해 보라고!"

유우코가 신경질적으로 바닥을 찼다.

"야!"

"…할 거야."

"뭐? 안 들려!"

"이혼할 거라고."

요시오는 그렇게 말했다.

"뭐? 이런 상황에 뜬금없이 무슨 소리야?"

요시오는 서랍에서 아내의 서명란을 제외한 모든 칸을 기입한 이혼 서류를 꺼내 유우코 앞에 놓았다.

"미친 거 아냐? 누구 맘대로! 대체 어쩌려고 이래!"

"당신하고 이혼하겠다고."

"하, 이혼하고 어떻게 먹고살려고? 당신 혼자 살 수 있을 것 같아?"

"애들 데리고 나갈 거야."

"싱글 파더로 애 둘을 키우겠다고? 말이 되는 소리를 해! 채용 시험 붙었다고 기고만장한 거야?"

요시오가 대꾸하지 않고 이혼 서류를 들이밀었을 때였다. 2층에서 고스케와 슌타가 내려왔다.

"시끄러워. 엄마 목소리 2층까지 시끄럽게 울린다고!"

슌타가 말했다.

"이혼하기로 한 거야?"

이혼 서류를 보며 고스케가 말했다.

"아빠 혼자 멋대로 이러는 거야! 정말 화가 나네. 애들 생각은 하나도 안 하고. 미안해, 고스케, 슌타."

유우코가 아이들을 보며 웃었다.

"엄마가 신입 남교사를 괴롭혔다는 게 사실이야?"

슌타가 물었다. 고스케에게 들은 것이리라. 유우코가 요시오를 찌릿 노려봤다.

"괴롭히다니, 말이 좀 그렇다. 그냥 장난 좀 친 거야. 그 사람이 착각한 거고."

유우코는 밝은 목소리로 대꾸했다. 슌타의 시선을 느끼고 요시오는 조용히 고개를 저었다.

"…이혼하고 싶으면 해. 아빠 마음대로 해."

고스케가 말했다.

"고스케, 무슨 소리니. 너 대학 안 가고 싶어? 이혼하면 난 네 양육비, 교육비 낼 생각 없어."

새가 찍찍거리는 거라 생각하고 흘려 넘겼지만, 이 말만큼은 그냥 넘어갈 수 없었다. 저게 자식한테 할 소리인가. 대학에 못 갈 거라니, 해서는 안 될 말이었다.

"당신, 그게…"

"그거 협박이잖아. 엄마가 지금 한 말, 협박이야."

요시오의 말을 막으며 고스케가 말했다.

"여자들은 무슨 말만 하면 협박이더라."

"맞아."

슌타가 고개를 끄덕였다.

"아, 그래? 그럼 마음대로 해! 지금까지 누구 덕에 먹고산 줄 알아?"

"아빠가 밥하고 빨래해 줘서 아냐?"

"뭐어? 그 식비는 누가 벌어 오고, 세탁기는 누구 돈으로 샀는데? 그 옷도 전부 내가 벌어 온 돈으로 산 거잖아!"

고스케가 증오를 담은 눈으로 유우코를 보았다.

"나, 원서 국립대만 쓸 거야. 학비는 장학금 받으면 되고."

요시오는 아이들에게 미안하다고 말했다. 이혼하면 지금까지처럼 살 수는 없을 것이다.

"아르바이트도 할 거야."

"아르바이트는 무슨! 고스케 너 세상을 너무 쉽게 생각하는 거 아니니?"

악귀 같은 낯으로 쏘아붙이는 어머니를 슌타는 눈을 부릅뜨고 보고 있었다. 어머니의 이런 모습을 가까이서 보는 건 처음이겠지. 이런 모습을 보이고 싶지 않아서, 요시오는 지금까지 꾹 참아 온 것이다.

"엄마는 남자를 무시하지?"

고스케가 물었다.

"무시하는 게 아니고, 그냥 남자보다 여자가 우월한 거야. 타고난 성질이라는 게 있는데 어쩌겠어? 사회만 해도 여성 중심이잖아. 여자들이 중심이 되니까 모든 일이 순조롭게 돌아가는 거고. 원래 남자는 여자를 모시고 살게 되어 있어. 오랜 역사가 증명하는 것처럼."

"여자가 남자보다 위란 거네."

"그야 당연하지."

고스케는 땅이 꺼져라 한숨을 쉬었다. 그때 슌타가 말했다.

"난 그렇게 생각 안 해. 같은 인간인데 위아래가 어디 있어."

"그래, 슌타 말이 맞아."

저도 모르게 그런 말이 튀어나왔다. 다시 자신을 바라보는 슌타에게 동의하듯 요시오는 힘주어 고개를 끄덕였다. 슌타는 지금에야 비로소 여남평등에 대해 생각하기 시작했는지도 모른다. 그리고 곧 올바른 답을 찾아냈다. 장하다, 슌타. 요시오는 아들에게 박수를 보내고 싶은 심정이었다.

"무슨 소리야! 애한테 잘못된 지식이나 알려 주고!"

유우코가 새된 목소리로 외쳤다.

"맞다. 그 얘기 들었어. 하라스기 중학교의 남학생이 성폭행당했다고."

"그게 무슨 상관이야!"

슌타가 험악한 표정으로 버럭했다.

"여자가 남자를 시켜 성폭행했다면서. 세상 참 무섭지. 너희도 남자니까 몸조심해야지, 밤길에서는 특히. 그런 사건을 보면 결국 남자는 약자야. 단념하고 몸조심하며 살아."

"뭐 그딴 소리가 있어! 무슨 뜻이냐고!"

슌타의 얼굴이 시뻘게졌다. 요시오는 가슴이 턱 막혔다. 유우코는 경각심을 가지라고 이 이야기를 꺼낸 게 아니다. 여자가 얼마나 강자이고, 남자가 얼마나 약자인지 아들에게 깨닫게 하려고 말한 것이다.

"남자가 더 조심하고 살아야 한다는 뜻이야. 오해를 불러일으킬 만한 복장이나 헤어스타일은 삼가고. 빈틈을 주지 않도록 조신하게 살지 않으면 그런 일에 말려들 거라고."

"조심해도 사건에 말려들 수는 있어! 그리고 왜 남자가 조심하고 살아야 하는데? 가해자가 나쁜 거야. 피해자 잘못이 아니라고!"

슌타는 금방이라도 달려들 기세로 말했다.

"슌타 말이 맞아. 남자가 왜 조심해야 하는데? 잘못한 건 가해자야. 이번 사건에서 제일 나쁜 놈은 지시를 내린 여자와 실제로 폭행한 남자라고. 피해자는 하나도 잘못 없어. 엄마는 그런 것도 모르면서 교사 자격이 있어? 사고방식을 좀 바꾸라고."

고스케가 강렬한 눈빛으로 유우코를 노려보았다.

"내가 애들을 잘 키웠네. 둘 다 잘 커 줘서 고맙다."

요시오는 두 아들에게 고맙다는 말을 했다.

"하! 멍청하고 생활력도 없는 남자들끼리 작당을 한다 이거군! 멋대로 해. 여긴 내 집이야. 당장 나가. 나중에 울고불고해도 안 봐줘. 잘 가."

그렇게 말하고 유우코는 서랍에서 볼펜을 꺼내 이혼 서류에 사인을 했다. 엄청난 힘으로 한 자 한 자 꾹꾹 눌러서.

생각보다 일이 빨리 진행됐다. 하지만 이게 옳은 길이겠지.

정식으로 아이들에게 이혼 이야기를 하자, 고스케는 "아빠 하고 싶은 대로 해요"라고 했고, 슌타는 "딱히 달라질 게 없을 것 같으니 상관없어요"라고 했다. 요시오는 달라질 게 없을 거란 게 무슨 뜻이냐고 물었다.

"엄마가 있든 없든 난 별 상관없어요."

아침에는 인사도 제대로 하지 않고 부산스레 집을 나서고, 퇴근 후에는 요시오가 만든 저녁을 먹고, 요시오가 물을 받아 놓은 욕조에 들어가고, 요시오가 사 온 맥주를 마시며 텔레비전을 보고 잔다. 아이들이 어릴 적부터 늘 보아 온 유우코의 일상이었다.

슌타는 일상생활을 하는 데 필요한 건 아버지고, 아버지만 있다면 문제없다고 생각하는 건지도 모른다.

유우코는 아이들 기저귀도 갈아 준 적이 없고, 아이들을 병원에 데려간 적도 없었다. 아이의 옷이나 신발 사이즈도 모를 테고, 어느 가게에서 구입해야 하는지조차 모를 터였다.

1년에 한 번 가는 가족 여행도 매번 손님처럼, 저가 갈아입을 속옷조차 챙기지 않았다. 슌타에게 어머니란 그냥 출근했다 퇴근하는 사람일지도 모른다. 쉬는 날에도 피곤하다면서 아이들과 놀아 준 적도 거의 없었다.

요시오는 부동산 여러 곳을 돈 끝에 괜찮은 집을 찾았다. 역에서는 조금 멀지만 버스도 다니고, 자전거로 역까지 20분도 걸리지 않았다. 요시오는 살던 집에서 최대한 멀어지고 싶었지만, 슌타가 전학만은 절대 싫다며 우겼다. 버스를 타면 통학할 수 있는 거리였고, 사전에 교육

위원회와 상의하면 이사를 가도 통학은 가능했다.

오늘 아침에 실제로 집을 봤다. 방도 다 환했고, 방범 상의 문제도 없을 것 같았다. 방 두 개짜리인데 집세도 생각보다 저렴했다. 누가 어느 방을 쓸 것인지로 조금 다툼이 있을 것 같았지만, 남자 셋이니 어떻게든 되겠지. 요시오는 그 집으로 정했다. 유우코와 얼굴을 마주할 때마다 "언제까지 있으려고?" "빨리 나가지 그래?"라는 비아냥을 듣기는 싫었다.

집을 보고 돌아오는 길, 주변 지리를 익히고 싶었던 요시오는 부동산 중개인과 헤어져 혼자 천천히 주변을 둘러보았다. 낯선 길, 낯선 가게, 낯선 집들.

"안녕하세요."

자전거를 탄 야쿠르트 아저씨가 인사를 건넸다. 요시오도 "안녕하세요" 하고 인사했다. 인사를 건넨 뒤 '야쿠르트 아저씨'라 부르는 건 실례일지도 모른다고 생각했다. 스쳐 지나간 남자는 요시오보다 훨씬 어려 보였으니까. 요즘에는 '야쿠르트 젠틀맨'이라 부른다고 한다.

처음 지나는 길은 어릴 적 느꼈던 미지를 향한 기대와 비슷한 기분을 느끼게 했다. 설렘과 약간의 불안이 뒤섞인 기분. 그 시절이 까마득한 예전 일처럼 느껴져서 노스텔지어에 휩싸였다.

옛 정취가 풍기는 작은 서점 앞에서 요시오가 발길을 멈췄다. 문고본이 잘 갖춰진 걸 보고 기쁜 마음도 잠시, '남류작가 코너'를 보고 복잡한 기분이 들었다.

신사과 의원 간판에는 "바쁜 남성을 위해 토, 일도 진료합니다"라고 적혀 있었다. 요시오는 작게 한숨을 내쉬었다. 여성에게는 '바쁜'이라는 수식어를 붙이지 않으면서, 남성에게만 굳이 '바쁜'이라는 말을 붙이는 건 무슨 의도일까.

여성은 바쁜 게 당연하고, 남성은 당연하지 않으니 오히려 주의를 끌 거라고 생각한 걸까. 아니면 남성들이 얼마나 바쁜 일상을 보내는지 진정 이해하는 사람이 쓴 걸까. 어찌 되었든 속이 편치 않았다. 일일이 남자나 여자 한쪽만 부각시킬 필요는 없지 않나.

초겨울의 바람이 뺨을 스치고 지나갔다. 마흔여덟. 인생 이막이 시작된다. 앞으로는 나를 위해 살 것이다. 인내하며 사는 건 이제 그만둘 것이다. 내년에 대비해 철저히 준비하고, 땅에 발을 붙이고 평화로운 나날을 보낼 것이다. 요시오는 그런 생각들을 했다.

불현듯 앞에서 걸어오는 사람을 보고 낯이 익다고 느꼈다. 누구더라, 생각하다 떠올랐다. 간자키 아오의 아버지였다.

"간자키 씨."

지나치면서 말을 걸었다. 아오의 아버지는 순간 멍한 표정을 짓더니, 아, 하고 반응했다.

"돌봄 교실의…."

"이케가야입니다. 밖에서 마주치면 누군가 싶죠."

간자키는 "…아 네" 하고 입을 다물었다.

"저기, 아오는…?"

요시오가 조심스레 묻자 간자키는 퍼뜩 고개를 들고 빠르게 말했다.

"하나밖에 없는 딸을 소중히 생각했고, 지금도 그렇습니다."

요시오는 살짝 고개를 끄덕였다.

"홀몸으로 아이를 키우며 사는 건 정말 힘들어요. 저처럼 계약직으로 일하는 경우는 특히요. 여자한테 아양을 떨지 않으면 출세할 수 없죠. 하지만 그러면 동성인 남자들에게 욕을 먹죠. 그렇다고 입바른 소리만 하면서 살 수도 없어요. 남자 혼자 아이를 부양하는 게 얼마나 힘든지 아십니까? 가정을 버린 아내는 위자료며 양육비 같은 건 한 푼도 안 줍니다. 전 이혼할 때까지 전업주부로 살았습니다. 아이가 생겨서 직장을 그만뒀죠. 아내가 그만두길 원해서 그만둔 겁니다. 딱히 자격증 같은 것도 없고, 수없이 찾아도 이 나이에 정직원으로 취직할 수 있는 회사는 없죠. 여러 아르바이트를 하면서 아이를 키우는 건 정말 보통 일이 아닙니다. 특히 아오는 키우기 쉽지 않은 아이에요. 아오를 위해서라도 재혼할 겁니다. 그럼 가 보겠습니다."

아오의 아버지는 단숨에 속내를 쏟아 내더니 요시오의 말은 듣지도 않고 종종걸음으로 사라졌다. 그 뒷모습을 보며 그가 전보다 훨씬 야위었다는 사실을 깨달았다.

요시오는 아오의 아버지를 싫어하지 않았다. 돌봄 교실에 아이를 데리러 올 때마다 어깨를 들썩이며 숨을 몰아쉬는 모습을 보고, 시간을 지키지 않았다는 걸 지적하기보다 홀몸으로 열심히 사는 모습에 응원을 보내고 싶은 마음이 컸다.

아오에게 폭력을 휘두른 건 용서할 수 없었지만, 그에게 모든 책임을 돌리고 싶지 않았다. 그 나름대로 열심히 살아왔을 터였다. 익숙하지 않은 직장 일과 집안일, 육아로 힘들었겠지. 요시오도 일이 생각처럼 되지 않아서 잔뜩 신경이 곤두선 경험이 있었다. 아이에게 손찌검을 하고 싶었던 적도 한두 번이 아니었다.

아오의 아버지가 했던 말을 다시금 떠올려 보았다. 여자에게 아양을 떨지 않으면 출세할 수 없다. 동성인 남자들에게 욕을 먹는다. 가정을 버린 아내는 위자료며 양육비도 주지 않는다. 재혼하려고 생각 중이다. 아내가 일을 그만두라고 했다…. 요시오는 천천히 걸음을 옮기며 깊은 한숨을 내쉬었다. 모든 말에 여성 중심 사회의 원리가 투영되어 있었다.

"앗, 그런 거였군…."

불현듯 찾아온 깨달음에 혼잣말이 나왔다. 남자의 적은 남자. 흔히들 하는 말이었고, 돌봄 교실에서 다지마를 대하다 보면 그 말을 실감하는 적도 많았다. 하지만 그건 잘못된 생각이 아닐까.

남자의 적은 남자, 그 배경에 있는 건 여성 중심 사회다. 무의식적으로 여자의 마음에 들려고 하는 행동이 남자를 적으로 돌리는 게 아닐까. 여자에게 거스르면 큰일 난다는 심리가 여자의 편을 드는 게 이득이라는 흐름을 자연스레 만들어 낸 건 아닐까. 그 근저에 있는 건 어느샌가 각인된 여성 중심 사회와 여성의 특권이다.

얼마 전 다지마와 이야기를 나누었을 때, 그는 아내의 의견을 마치 자기 의견인 양 말했다. 그것도 무의식중에 각인된 것일지도 모른다. 우리 세대는 태어났을 때부터 여자가 특권을 가지는 게 당연한 여성 중심 사회에서 자랐다. 그렇게 생각하면 다지마도 피해자일지 모른다.

바꿔야 한다. 여자도, 남자도 같은 인간이다. 성별로 차별하는 일이 있어서는 안 된다. 작은 일부터라도 좋다. 멍하니 손가락 빨며 어쩔 수 없는 일이라며 포기하는 것보다 뭐든 좋으니 행동하는 게 중요하다.

저도 모르게 주먹을 꽉 쥐고 있었다. 바꿔야 한다. 바꿔어야 한다. 이런 사회는 잘못됐다. 드높은 푸른 하늘을 바라보며 요시오의 온몸에 분노에 가까운 힘이 솟아올랐다.

8

_____

렌이 사건에 휘말렸다는 소문을 여기저기서 들었다. 반 친구들, 농구부 친구들, 다른 학교 학생, 아빠, 형···. 소문을 들을 때마다 화가 치밀어서 헛소리하지 말라고 소리쳤다.

본인에게 직접 들은 사람은 없으니 진상은 알 수 없다. 설령 렌에게 직접 묻는다 해도 진상은 본인밖에 모를 것이다.

렌은 내가 아끼는 친구다. 렌의 앞자리에 앉은 뒤부터 하루하루가 즐겁다. 농구부 동료나 다른 친구들과 달리 렌에게만 할 수 있는 이야기도 많았다. 다른 사람들이라면 놀랄 이야기도 렌에게는 말할 수 있었고, 입 밖으로 내기 쑥스러운 이야기도 쉽게 할 수 있었다.

나는 렌을 소중히 여기고 있고, 앞으로도 쭉 친구로 지내고 싶다. 렌을 욕하는 놈들은 용서할 수 없다.

만일 렌이 정말 사건에 휘말린 거라면, 그런 소문 자체에 큰 상처를 받을 테고, 사건과 상관없다 해도 상처받을 것이다.

사건으로 피해를 입었든, 사건과 상관이 없든, 렌은 내 소중한 친구다. 만일 렌이 내 도움을 바란다면, 온 힘을 다해 도울 것이다. 시시껄렁한 소문에서 렌을 지켜 주고 싶었고, 호기심으로 수군거리는 녀석들도 절대 용서하지 않을 것이다. 렌은 내 소중한 친구다.

나카바야시 렌

"렌, 방금 도덕 시간에 했던 이야기, 좀 이상하지 않아?"

쉬는 시간을 알리는 종이 울리자마자 슌타가 뒤돌아보며 물었다.

"이상하다고?"

"그래, 이거 말이야."

슌타는 그렇게 말하며 도덕 시간에 나눠 준 프린트를 손끝으로 튕겼다. 프린트에는 이런 이야기가 실려 있었다.

사토시네는 아버지와 여동생까지 세 식구다. 아버지는 아침 일찍부터 저녁 늦게까지 일하고, 식사 준비나 빨래는 중학교 2학년 사토시가 도맡아 한다. 여동생은 초등학교 5학년인데, 동생을 돌보거나 숙제를 봐주는 것도 사토시의 일이다.

사토시의 고민은 공부할 시간을 좀처럼 내기 힘들다는 것이었다. 하지만 그 이야기를 친구들에게 하지는 않았다. 집안일을 하다니, 장하다거나 혹은 집안일을 하는 게 불쌍하다는 소리를 듣고 싶지 않았기 때문이다. 사토시는 어떻게든 시간을 내서 공부를 했지만 성적은 서서히 떨어졌다.

사토시를 걱정한 친구 마모루와 다쿠야가 요새 무슨 일이 있느냐고 물어봐도 사토시는 아무것도 아니라는 대답만 했다. 거기서 이런저런 다툼이 생겼고, 결국 마모루와 다쿠야는 사토시의 가정 사정을 알게 되었다. 두 친구는 사토시를 위해 나서기로 했다. 집안일과 동생을 돌보는 걸 돕고, 그동안 공부를 하도록 사토시를 도서관으로 보낸다는 아이디어였다.

이 작전은 성공했다. 사토시는 도서관에 다니며 공부했고 시험에서 멋지게 좋은 성적을 거뒀다. 하지만 이런 상황이 오래가지는 않을 거라는 건 사토시도, 마모루도, 다쿠야도 알고 있었다. 사토시는 친구에게 미안했고, 마모루와 다쿠야는 쓸데없는 참견이었을지도 모른다고 반성하고 있었다.

대충 이런 이야기였다.

"괜한 참견이라는 사람과 마모루와 다쿠야의 우정에 감동을 받았다는 사람으로 의견이 나뉘었지."

렌의 말에 슌타가 몸을 숙이며 말했다.

"그런 것보다 더 중요한 건…"

슌타의 얼굴이 코앞에 다가오자 렌은 저도 모르게 몸을 뒤로 젖혔다.

"애초에 설정부터 이상하잖아. 사토시가 왜 혼자 집안

일을 하는 거야? 동생도 5학년이니까 분담해서 해야지. 친구들이 나설 게 아니라 남매끼리 이야기하는 게 좋지 않아? 그리고 숙제 같은 건 본인이 알아서 해야지. 그리고 식사 준비에 그렇게 시간이 걸리나? 냉동식품이나 통조림, 사 먹는 반찬 같은 걸로 때워도 되고, 만일 경제적으로 문제가 있다면 고기를 저렴하게 팔 때 잔뜩 사서 냉동하거나, 식빵 테두리를 싸게 사서 조리하거나, 얼마든지 방법이 있을 거 아냐."

"듣고 보니 그러네."

렌은 고개를 끄덕였다.

"애초에 남자라는 이유로 사토시가 집안일을 할 필요는 없잖아. 요즘 시대와 안 맞는 이상한 설정이야."

"정말 그러네."

렌은 고개를 끄덕이며 슌타의 날카로운 지적에 감탄했다. 아무도 그 사실에 대해 언급하지 않았다.

"애초에 공부할 시간이 없다고 고민하는 중학생이 그렇게 많나? 아무리 시간이 많아도 난 공부 안 할 건데."

그렇게 말하며 슌타는 웃었다.

"요즘 편향에 대한 생각을 많이 해."

"편향? 선입견이나 편견 같은 거?"

"맞아! 잘 아네. 역시 머리가 좋아. 난 형이 알려 줬어.

지금 젠더 편향이 엄청 신경 쓰여."

젠더라는 말에 흠칫했다.

"너한테만 말하는 건데, 우리 부모님 이혼했어."

"아… 그, 그랬구나."

"응. 성은 그대로 엄마 성을 따를 거라 다른 애들은 모를 테지만, 아빠는 결혼 전 성인 야마다로 돌아갔어. 야마다보다 이케가야가 멋지잖아."

렌은 웃으며 애매하게 고개를 끄덕였다.

"한 부모 가정이 되니까 여남 격차에 대해 이것저것 생각하게 되더라고. 성만 해도 그래. 성을 바꿔서 번거로워지는 건 남자 쪽이잖아."

렌이 힘주어 고개를 끄덕였다.

"집을 나가는 것도 결국 남자 쪽이고. 아, 이사하는 거 너무 귀찮다."

"뭐?"

저도 모르게 소리치고 황급히 입을 막았다.

"이, 이사 가는 거야?"

"응, 이제 해야지. 집은 이미 구했거든."

"그, 그럼 혹시 전학 가는 거야…? 이제 하라스기 중학교 안 다녀?"

거대한 불안이 밀려들었다. 슌타가 다른 학교로 가다

221

니, 싫다, 너무 싫다.

"전학은 안 가. 전학 가고 싶지 않아서 지금 학교에 다
닐 수 있는 거리에 집을 구했어. 버스를 타야 하지만."

"그렇구나! 다행이다…."

속으로 안도의 한숨을 내쉬었다.

"이런 얘기 할 수 있는 건 너밖에 없는데, 전학 가면
못 만나게 되잖아."

"…그렇게 말해 줘서 고마워."

"내가 고맙지."

쑥스러운 얼굴로 순타가 말했다. 렌은 감격스러워서
눈물이 날 것 같았다.

"렌 왔니? 학교는 어땠어?"

"…그냥 그랬어요."

"파운드케이크 만들어 놨는데 먹을래?"

"나중에요."

"아 렌, 잠깐만."

2층으로 올라가려는 렌을 아빠가 불러 세웠다. 불러
놓고는 난처한 표정으로 렌을 보고 있었다.

"왜요?"

"저기… 사립 중학교로 전학 가는 건 어떠니?"

"왜요?"

"그게, 원래 사립 보낼 생각도 했었고."

"중학교는 공립 다니라면서요."

"응, 그건 그런데… 아빠는 사실 너한테 더 맞는 건 사립일 것 같다고 생각했어."

그래요. 딱히 대답할 말이 없어서 그렇게 중얼거렸다.

"어때? 네 성적이면 갈 수 있는 학교도 많아."

"아뇨, 그냥 다닐래요."

"아빠는 사립이 좋은 것 같아. 중고등학교가 같이 있으니까 고등학교 입시 준비도 안 해도 되고, 같은 재단 대학이 있는 곳도 있고. 일단 이것 좀 보렴."

아빠는 그렇게 말하며 수도권의 사립 중학교가 실린 두툼한 안내 책자를 꺼냈다.

"중도 입학할 수 있는 곳에 표시해 뒀어. 한번 봐, 이렇게 많…."

"지금 학교가 좋아요. 이대로 다니다 졸업할 거예요."

"한번 보기나 하라니까. 일단 보고 나서 정하면 되잖니. 지금보다 훨씬 나아질 거야."

"지금보다 나아질 거라니, 그걸 아빠가 어떻게 아는데요."

"그야 당연히…."

단호하게 말하던 아빠의 얼굴이 점점 어두워졌다. 미간을 찡그리고 이를 악물더니 그대로 침묵했다.

"이대로가 좋아요."

렌은 그렇게 말했다.

"…네가 힘들잖아. 이상한 소문도….”

거기까지 말하더니 윽, 하고 목멘 소리를 냈다. 우는 줄 알고 깜짝 놀랐지만 울지는 않는 것 같았다.

"아빠는 네가 더 상처받는 거 싫어."

"난 괜찮아요."

"렌….”

아빠가 다시 흑, 하는 소리를 냈다. 렌은 조용히 2층으로 올라갔다.

물론 힘들지 않은 날이 없었고, 상처도 깊었다. 그날 이후로 매 순간 상처받고 있었다. 그 일이 현실에서 일어난 일이라는 걸 새삼 인식하고는 깊은 상실감에 휩싸인 적이 한두 번이 아니었다. 떠올릴 때마다 온몸이 납덩이처럼 무거워져서 그냥 머리부터 발끝까지 사라지고 싶었다. 무섭고 기분 나빠서 비명을 지르고 싶었다. 떠올리고 싶지 않은데 날마다 몇 번이고, 몇 번이고 멋대로 그날 일이 머릿속에서 재생돼서 그때마다 죽고 싶었다.

옷을 갈아입고 내려간 렌은 마침 학교에서 돌아온 린

224

과 마주쳤다.

"린 왔니? 파운드케이크 먹을래?"

말을 건넨 스스무가 헉 하고 숨을 삼켰다.

"얼굴이 왜 그래, 무슨 일 있었니?"

스스무가 린에게 달려갔다. 자세히 보니 린은 울고 있었다.

"아무것도 아냐."

"누가 뭐라고 해?"

스스무는 부러 작은 목소리로 말했지만, 그조차 렌의 귀를 피해 가지 못했다. 린은 고개를 저을 뿐이었지만 그 뜻을 렌은 알고 있었다. 자신 때문이다. 누가 내가 당한 일을 말한 것이다.

"괜찮니?"

"…안 괜찮아. 왜 이렇게 됐는지 모르겠어."

그렇게 말하며 린은 고개를 저었다. 그건 렌도 마찬가지였다. 어쩌다 이렇게 됐을까.

"렌이 사건에 휘말린 거야? 정말 무슨 일을 당한 거냐고. 넘어졌다는 말도 거짓말이지? 학교에는 독감에 걸렸다고 했다면서…. 주변 사람들은 다 아는데 가족인 내가 모르다니 이상하잖아. 사실대로 말해 줘."

이럴 때 렌은 제 몸에서 스윽 빠져나가 천장 부근에

서 자신의 빈껍데기를 보고 있다. 학교에서 누군가가 자신에 대해 수군거릴 때도, 지금처럼 허공에서 빈껍데기를 바라본다.

아빠가 뭐라고 묻자, 렌은 허공에 떠 있는 자신에게 이끌려 고개를 끄덕였다. 아빠가 누나에게 뭐라고 말하기 시작했다. 누나는 이야기를 들으며 엉엉 울었다. 울고 싶은 건 나라고. 허공에 뜬 렌이 말했다. 너무한다, 불쌍하다, 그런 말을 하며 누나는 훌쩍였다.

"아무도 모르는 일인데 왜 그런 소문이 도는 거야? 왜? 이상하잖아."

"…모르겠어. 대체 왜, 어디서 얘기가 새어 나간 건지…. 미안, 렌. 린한테도 미안해."

"학원일 거야."

렌은 그렇게 말했다. 땅에 발을 붙이고 있는 렌이 말했다. 사건 직후, 학원을 쉰 데다 그대로 그만둬서 선생님이 걱정했다고, 학원에 같이 다니던 친구에게 들었다. 그 친구는 사건이 일어난 날, 렌이 집에 늦게 들어갔다는 것도 알고 있었다.

아빠가 힘없이 고개를 떨궜다.

"절대로 아무한테도 말 안 할 거야. 우리 가족만의 비밀이야. 내가 렌을 지킬 거야. 소중한 동생이잖아. 뭐라고 하는 놈은 용서 안 해."

렌은 천장과 바닥을 오가며 누나에게 미안하다고 생각했다. 자기 때문에 누나가 학교에서 힘들어하는 건 아닐까.

린은 렌의 어깨를 어루만졌다. 린의 어깨를 아빠가 토닥였다. 렌은 다시 허공으로 이동했다. 어설픈 가족 드라마를 보는 것 같다고 생각했다.

정신과에는 아빠가 같이 가 준다. 병원은 집에서 멀어서 아빠가 차로 태워다 줬다. 아는 사람을 만난 적은 없지만, 올 때마다 누가 보기라도 하면 어쩌나 싶었다. 정신과 치료는 엄마가 권한 것이었다.

담당 의사는 다정한 남자 선생님이었다. 선생님이 묻는 말에는 대답했지만 렌이 하고 싶은 말은 딱히 없었다. 이게 다 무슨 소용인가 싶었다. 선생님은 말솜씨가 좋아서 대화하는 게 힘들지는 않았지만, 괜히 돈과 시간만 낭비하는 건 아닌가 싶었다.

오늘은 학교에서 사귀는 커플에 대한 이야기가 나왔다. 렌은 좋아하는 사람 있니? 하고 물어서 고개를 끄덕였지만, 그 사람이 슌타라는 건 말하지 않았다. 만일 다음에 또 물어보면 그때는 말해야겠다고 생각했다. 정신과

227

선생님이니 남자가 남자를 좋아한다 해도 받아들여 줄
것이다.

"어땠어?"

돌아오는 길에 아빠가 물었다.

"그냥, 평소하고 똑같죠."

"그래. 하지만 계속 다니다 보면 분명 좋은 일도 있을
거라더라, 엄마가."

"흐음."

창밖으로 풍경이 흘러갔다. 아니, 풍경이 흘러가는 게
아니다. 내가 앞으로 나아가니까 풍경이 뒤로 흘러가는
것처럼 보이는 거다. 앞으로 많은 시간이 흐르면 조금은
괜찮아질까. 그러면 좋겠다. 흘러가는 풍경을 바라보며
렌은 멍하니 생각했다.

"와, 맛있어 보이는 비프스튜네."

테이블 위에 차려진 저녁 식사를 보며 엄마가 말했다.
엄마는 사건에 대해 아무 말도 하지 않는다.

"렌, 좀 어떠니?"

얼굴을 볼 때마다 그렇게 물을 뿐이다.

"그냥 평범해요."

렌은 매번 그렇게 대답했다. 평범한 게 뭘까 생각하면

서.

"린은 학원 갔구나."

오늘 저녁은 셋이서 먹는다.

"렌, 과외받는 거 어때?"

엄마가 웃는 얼굴로 물었다. 학원을 그만둬서 성적이
떨어질까 걱정하는 건지도 모르겠다. 렌은 작게 고개를
저었다.

"엄마 학교 시절 친구가 있는데, 지금 그 아들이 대학
생이라 과외 아르바이트를 한대. 아주 똑똑한 친구고 잘
가르친다고 소문이 났다더라. 어때?"

렌은 아까보다 더 힘주어 고개를 저었다.

"렌은 알아서 공부하는 애잖아. 성적도 좋으니까 걱정
하지 마."

아빠가 엄마를 향해 말했다. 조금이라도 비는 시간이
생기면 불현듯 그날 일이 떠올라서, 가급적 그런 시간을
만들지 않으려 애썼다. 책을 읽거나, 공부를 하거나, 그림
을 그렸다. 공부 시간도 전보다 늘었다. 분명 성적도 오를
것이다. 미술부는 그날 이후로 가지 않았다. 노골적으로
호기심을 드러내는 부원들의 시선도 싫었고, 그림은 어
디서든 그릴 수 있으니까.

"렌, 아빠한테 사립으로 전학 가자는 얘기 들었지? 엄

마 생각에도 너는 사립이 더 잘 맞는 것 같아. 남학교는 어떠니?"

엄마가 렌을 바라보며 말했다.

"렌한테는 이미 말했어. 지금이 좋대."

아빠가 타이르듯 대화에 끼었다.

"어머, 왜? 동네 공립 중학교보다 훨씬 낫잖아."

"누나는 공립 다니잖아."

렌은 그렇게 말했다.

"아하하, 누나는 여자잖아."

엄마가 웃었다. 뭐가 우스운 거지.

"렌, 잘 생각해 보렴."

"이대로가 좋아요."

"그래, 렌이 원하는 대로 해."

아빠의 말에 엄마가 발끈하는 게 느껴졌다.

"별거 아냐."

잠깐의 침묵을 깨고 엄마가 갑자기 그렇게 말했다.

"렌, 그런 일은 별거 아냐."

"자, 잠깐, 지즈루…."

"잊어버리면 돼. 없었던 일이라고 생각하라고. 빨리 잊어버리렴."

머리를 세게 얻어맞은 것 같았다. 렌은 허공으로 빠져

나가지도 못 한 채 그 자리에서 굳어 버렸다.

"렌, 사건에 대해 아무도 모르는 데로 가면 돼. 기숙사
가 있는 다른 지역 학교로 가는 건 어떠니?"

"지즈루, 그게 무슨 소리야!"

"이상한 놈한테 잘못 걸린 것뿐이야. 개가 오줌을 갈
기고 갔다고 생각해. 앞으로는 밤길을 지나다니지 않으면
될 일이야. 너는 얼굴이 귀여우니까 모자나 마스크로 가
리고 다니면 돼. 여름에는 최대한 맨살을 노출하지 않도
록 조심하고. 옷도 너무 몸에 달라붙는 건 피하렴. 그렇게
조심하고 살면 앞으로는 그런 일을 당하지 않을 거야."

엄마가 강렬한 시선을 보냈다. 혼이 나는 기분이었다.

"잘 먹었어. 비프스튜 맛있네. 더 달아도 괜찮을 것 같
아."

그렇게 말하고 자리에서 일어난 엄마는 일을 한다며
서재로 들어갔다.

아빠는 어깨를 떨고 있었다.

"…네가 계속 하라스기 중학교에 다니고 싶으면 그렇
게 해. 엄마한테는 아빠가 잘 말할게."

렌은 고개를 끄덕였다. 고개를 내렸다 다시 올리지 못
할 것 같다는 생각이 들 정도로 머리가 무거웠다.

"잘 먹었습니다."

"하나도 안 먹었잖아. 천천히 먹어."

"…나중에 먹을게요."

그렇게 말하고 렌은 2층 자기 방으로 올라와 침대에 누웠다. 엄마의 말이 머릿속에서 빙글빙글 돌고 있었다.

잊어버리면 돼. 없었던 일이라고 생각하라고.

그럴 수 있을까. 잊을 수 있을까. 없었던 일이라 생각할 수 있을까. 엄마 말대로 개가 오줌을 싸고 갔을 뿐일까. 묵직한 피로감이 몰려왔다. 생각하기 싫다. 귀찮아.

불현듯 눈을 떴다. 잠깐 졸았는지, 아침에 일어났을 때처럼 한없이 추락하는 듯한 상실감이 느껴지지는 않았다. 렌은 어두운 기분에 휩싸이기 전에 일어나 계단을 내려갔다.

"병원에까지 소문이 퍼졌어. 곤란해 죽겠다고."

"그런 소리 마. 제일 힘든 건 렌이라고."

엄마와 아빠의 목소리.

"좌우지간 전학시켜. 아까 기숙사 얘기는 순간적으로 한 건데, 생각해 보니 아주 좋은 아이디어야. 그 편이 렌한테도 좋을 거고."

"아니, 렌은 지금 다니는 학교를 졸업하고 싶대. 난 아이 생각을 존중하고 싶어."

"당신은 속 편하겠지, 전업주부니까. 나랑 린 생각은

안 해? 린도 학교 다니기 힘들 거 아냐."

"지즈루, 계속 말하지만 제일 힘든 건 렌이야. 아이 마음을 돌보는 게 제일 중요하다고."

"정신과 다니고 있잖아. 프로가 알아서 해 줄 거야. 아, 정말 렌은 왜 그렇게 운이 나쁜지. 부모를 이렇게 실망시키고. 아 맞다, 렌을 너무 밖으로 나돌게 하지 마. 남들 구경거리만 될 테니까. 그럼 난 일 마저 할게. 나중에 커피 좀 가져다줘."

"…알았어."

렌은 엄마가 서재로 들어간 걸 확인한 뒤, 남긴 저녁을 먹으러 계단을 내려갔다.

"슌타가 전학 안 가면 나도 안 가."

사실은 그렇게 선언하고 싶었지만 갑자기 그런 소리를 하면 슌타가 당황할 것 같아 렌은 마음속으로만 되뇌었다. 그런 상상을 하자 자신과 슌타가 마치 '절친'인 것처럼 느껴졌다.

"가자, 렌."

"아, 응."

이것이 현실의 대화. 다음 수업은 체육이었다.

"오늘부터 뜀틀 한댔지? 운동장이 아니라 체육관이

야.”

“응.”

폴짝폴짝 뛰듯 걸어가는 슌타를 뒤따랐다. 슌타와 함께 있을 때는 아무도 뭐라 하지 않는다. 렌은 소문 속 나카바야시 렌이 아니라 슌타의 일부가 된다.

슌타는 8단이나 되는 뜀틀을 멋지게 넘었다. 이렇게 길고 높은 뜀틀을 넘을 수 있다니, 슌타는 정말 대단하다. 렌은 5단도 넘지 못하고 뜀틀 위에 앉아 버렸다. 몇몇 학생들이 작게 웃었다.

“아앙, 살려 주세요.”

“요 이쁜이, 아저씨랑 재밌는 거 해 볼까?”

“꺄하하하하하.”

체육 수업이 끝난 뒤, 복도에서 여자들이 기다리고 있었다. 슌타는 다른 친구와 함께라, 렌은 혼자서 교실로 돌아가는 길이었다.

“렌, 무슨 일이 있었던 거야? 사실대로 말해 봐.”

“소문의 진상은 과연!”

“아앙, 나 이제 장가 못 가는 몸이 됐어.”

“아하하하하하.”

스르륵 몸을 빠져나와 허공으로 떠오른 렌은 여자애들의 웃음소리를 조용히 듣고 있었다.

"야!"

순타가 달려왔다. 그 모습을 본 순간, 렌은 허공에서 내려와 복도에 우두커니 선 제 몸으로 돌아왔다.

"뭐 하는 거야?"

여자애들은 뭐가 우스운지 낄낄거렸다.

"아무것도 아니야."

"아무것도 아니긴. 렌 혼자한테 넷이나 붙어서 비겁한 줄 알아."

"비겁하다고? 웃겨 정말."

"남이 싫어하는 짓은 하지 말라고."

"싫어하는 것처럼 안 보이는데? 그치, 렌?"

"남 얘기 수군거리는 게 재밌냐? 이제 렌 좀 그만 괴롭혀. 다시는 하지 말라고."

"뭐? 남자 주제에 왜 잘난 척이야? 황당하네."

"남자 여자가 무슨 상관이야! 여자면 잘난 척해도 돼? 그리고 난 잘난 척한 거 아냐. 당연한 소리를 한 거지."

"순타 쟤 진짜 짜증 나. 가자!"

여자 넷 중 둘은 툴툴거리며, 나머지 둘은 웃으며 사라졌다.

"…고마워, 순타. 미안해."

"네가 왜 미안해? 쟤들이 잘못한 건데."

"미안."

"이거 봐, 또 미안하대. 미안하다는 소리 또 하면 벌금 낼 줄 알아."

벌금이라는 말에 웃고 싶었지만 어색한 웃음밖에 나오지 않았다.

학교가 끝나자 슌타가 같이 집에 가자고 했다. 오늘은 농구부 연습이 없다고 했다. 요즘 렌은 누구보다 빨리 교문을 나섰기에 이렇게 누군가와 느긋하게 걸어 교문을 나가는 상황 자체가 뭔가 신기했다.

슌타가 사회 선생님 흉내를 냈다. 살이 많이 쪄서 목이 거의 없는 사회 선생님은 얼굴이 어깨에 파묻힌 것처럼 보였다.

"에이, 16세기 중반에 마카오를 근거지로 삼았던 포르투갈인은 에이, 히라도(일본 규슈 나가사키현 북서부에 있는 도시-옮긴이)와 나가사키에서, 에이, 일본과의 무역을 시작…."

슌타는 어깨를 올려 이중 턱을 만들었다.

"아하하, 똑같다."

"그 선생님은 무슨 말에든 '에이'를 붙이더라. 술이 덜 깬 날은 '에오'라고 하고. 에오, 예수회의 프란시스코 자비엘이, 에오, 오에오에."

렌은 눈물이 날 정도로 웃었다. 슌타는 정말 재미있는 친구다.

"아, 난 이쪽이야."

"난 이쪽."

"뭔가 더 얘기하고 싶은데 우리 집에 놀러 올래?"

"어?"

"아, 안 되겠다. 짐 싸느라 집이 난장판이야."

이삿짐을 싸느라 바쁜 모양이었다. 슌타는 여느 때와 다름없었지만, 분명 속 편한 상황은 아닐 것이다.

"그, 그럼 우리 집에 올래?"

렌은 자기가 말해 놓고 깜짝 놀랐다. 왜 그런 소리를 한 걸까. 슌타가 불편해할 게 뻔하잖아.

"아, 아냐. 장난이었어. 미안."

"어? 장난이야? 너희 집 놀러 가고 싶었는데."

"정말?"

"그럼, 정말이지."

그 순간, 꽃봉오리가 단숨에 개화한 것처럼 렌의 마음이 바깥을 향해 활짝 열렸다.

아빠는 마당에 물을 주고 있었다. 렌이 들어오자 앞치마에 손을 닦으며 "왔니" 하고 말했다.

"다녀왔습니다. 친구 데려왔어요."

순타가 얼굴을 내밀자 아빠의 눈이 놀란 듯 휘둥그레졌다.

"안녕하세요. 이케가야 순타입니다. 놀러 왔어요."

"아 그래, 안녕. 잘 왔어. 안으로 들어오렴. 와, 설마 렌이 친구를 데려올 줄은 몰라서 깜짝 놀랐지 뭐니. 얼른 들어오렴!"

아빠가 어색한 태도로 말했다. 집에 친구를 데려온 건 초등학교 저학년 이후로 처음이니 그럴 만도 했다.

"내 방은 2층이야."

순타가 뒤를 따라 올라왔다.

"이따가 간식 가져갈게."

아빠가 들뜬 목소리로 말했다.

"집 엄청 넓다. 방도 깨끗하고."

렌의 방을 보고 순타가 말했다.

"편한 데 앉아."

이 말을 지금까지 몇 번이나 상상했을까. 집에 놀러 온 순타에게 렌이 그렇게 말하면, 순타는 바닥에 가부좌를 틀고 앉는다. 하지만 현실은 달랐다. 순타는 이미 바닥에 앉아 있었다. 가부좌는 상상했던 것과 같았다.

"아, 뭔가 마음이 되게 편해."

"그, 그래?"

"넓어서 좋다."

노크 소리가 나더니 아빠가 간식과 주스를 가지고 들어왔다.

"슌타야, 우리 렌하고 친하게 지내 줘서 고맙다. 같은 학부모회라서 너희 아버지랑도 잘 알아."

아빠의 말에 슌타가 "그러시구나" 하고 대답했다.

"오늘은 슈크림을 좀 만들었어. 렌이 좋아하거든. 입에 맞을지 모르겠네. 천천히 놀다 가렴."

"네, 잘 먹겠습니다."

아빠가 아래층으로 내려가자 슌타는 맛있겠다, 하고 슈크림 하나를 통째로 입에 넣었다. 맛있다는 말 뒤에 읍, 하는 소리가 나더니 슌타의 입가에서 커스터드 크림이 흘러내렸다. 렌이 티슈를 밀어서 건네자 슌타는 한 장을 뽑아 황급히 입을 닦았다.

"너무 욕심냈나 봐. 아하하."

쑥스러운 듯 말하는 슌타를 보고 렌도 같이 웃었다. 그 뒤로 만화, 유튜브, 게임 등 다양한 이야기를 했다. 이야기하는 도중에 렌은 몇 번이나 이건 꿈이 아닐까 생각했다. 이 방에 슌타가 있다니, 현실이 맞나?

"내 비밀 하나 들어 줄래? 너한테만 하는 얘기야."

"응."

"우리 엄마가 선생님인데, 신입 남자 선생님을 괴롭혔대. 말이 돼? 그런 건 뉴스나 와이드쇼에나 나오는 얘긴 줄 알았는데, 설마 내 엄마가 가해자라니…. 정말 어처구니가 없어."

슌타는 부모님의 이혼 이야기를 털어놓았다. 힘든 이야기일 텐데 슌타는 당당하게, 냉정하게, 때로는 웃음을 섞어 가며 이야기했다.

"슌타는 그 일을 계기로 젠더 편향에 대해 생각하게 된 거구나."

렌의 말에 슌타는 "역시 넌 이해하는구나!" 하고 렌의 어깨를 탁 두드리며 기뻐했다. 렌도 덩달아 기뻤다.

"요즘 끔찍한 사건이 많잖아. 여자가 남자를 시켜서 남학생을 덮치게 한 사건이라든지."

순식간에 팔다리가 얼어붙었다. 다음 순간에는 갑자기 열이 확 오르며 이마에 땀이 맺혔다. 렌은 간신히 고개를 끄덕였다.

"남자가 그런 일을 당하는 건 여자를 자극하는 복장을 해서 그런 거다, 남자가 방심해서 그런 거다, 혹은 남자가 여지를 준 게 아니냐 등등 정신 나간 소리를 하는 할망구들이 방송에 나와서 떠들어 대잖아. 그런 거 진짜 짜증 나. 은근슬쩍 물타기 그만하라고 큰 소리로 외치고 싶어."

"…맞아."

슌타의 말에 렌은 고개를 끄덕였다. 슌타 앞에서는 어떤 일이 있어도 절대 허공으로 떠오르지 않는다. 렌은 제 안에서 가만히 숨을 죽이고 있었다. 심장만 쿵쿵 소리를 내며 뛰었다.

"피해자한테는 아무 잘못도 없어. 설령 남자가 다 벗고 누워 있었대도 상관없어. 덮친 쪽이 백 퍼센트 잘못이야."

슌타는 사건에 대해 아는 게 틀림없었다. 지금 이 자리에서 슌타에게 그 일에 대해 말하는 게 좋을까. 슌타는 부모님이 이혼한 것도 전부 말해 줬잖아.

렌도 슌타에게 그 일에 대해 말하고 싶었다. 제 진심을 들어 줬으면 했다. 하지만 그런 이야기는 할 수 없었다. 분명 이상하게 여길 거야. 날 싫어할 거야. 말하기 싫어. 아니, 그래도 말하고 싶어. 아니, 말하기 싫어….

"저, 저기 슌타! 사실 나…."

"렌."

슌타는 렌의 말을 가로막듯 손을 들었다.

"내가 꿈꾸는 미래는 남자가 원하는 옷을 입고 밤길

241

을 마음 편히 걸을 수 있는 세상이야. 남자가 비키니 팬티 한 장만 입어도 겁먹지 않고, 떨지 않고 밤길을 걸을 수 있는 세상. 어때? 그게 바로 올바른 세상 아냐?"

코끝이 찡해지고 눈시울이 붉어졌다. 렌은 황급히 눈을 깜빡이며 얼버무렸다.

"…난 너하고 같은 중학교에 다니고 싶어서… 전학 안 가기로 했어."

렌의 입에서 멋대로 그런 말이 나왔다.

"어? 전학 가려고 했어?"

작게 고개를 끄덕였더니 눈물이 났다. 한번 흘러내린 눈물은 멈추지 않았다.

"…난 전학… 안 가…."

큰일이다, 눈물이 안 멈춰. 너무 창피해. 어쩌지, 어떡하면 좋지. 머릿속에서는 냉정하게 생각하려 하는데도 눈물이 멋대로 쏟아졌다.

전학 이야기를 할 생각은 없었다. 멋대로 감정을 강요하기 싫었고, 그리고 이건 마치, 그 일을 당했다는 걸 고백하는 거나 마찬가지였으니까.

"네가 전학 안 가서 정말 다행이야."

"…미안해… 이렇게 울려던 게… 아니었는데…."

"렌, 난 언제나 네가 옳다고 생각해. 넌 잘못 없으니까 다른 사람들이 잘못된 거야. 무슨 일이 있어도 넌 아무것도 잘못한 거 없어. 당당하게 행동해도 돼. 그게 정답이야."

렌은 울면서 고개를 끄덕였다.

"지금 내가 한 말, 엄청 멋지지 않았어?"

그렇게 말하며 웃는 슌타는 정말로 엄청 멋졌다. 슌타는 내 편이다. 렌은 그렇게 확신했다.

고마워, 슌타. 정말 고마워. 분명 슌타는 전부 아는 것이다. 알면서도 당당해도 된다고 말해 준 것이다.

"어머, 벌써 가려고? 저녁 먹고 가지."

계단을 내려가자 부엌에서 아빠가 얼굴을 내밀었다.

"아니에요, 집에 가 봐야 해요. 잘 놀다 갑니다."

"그럼 슈크림 좀 싸 줄게. 너무 많이 만들었네. 잠깐만 기다려."

아빠는 케이크 집에서 쓰는 것 같은 박스를 가져와 슌타에게 건넸다.

"가족들이랑 같이 먹으렴."

슌타는 감사하다는 말과 함께 슈크림을 받았다.

렌은 골목 모퉁이까지 슌타를 배웅했다. 해 질 녘, 오렌지색으로 물든 서쪽 하늘이 아직 낮이고픈 동쪽 푸른

하늘과 아름다운 그라데이션을 빚어냈다.

"슌타, 오늘은 정말 고마워. 즐거웠어."

"나도! 또 놀자."

손을 흔드는 슌타를 향해 렌도 손을 흔들었다.

"그럼 내일 봐!"

슌타가 돌아보며 웃을 때마다 렌은 가슴이 떨리며 다시 울고 싶어졌다.

"슌타는 예의 바르고 착한 친구네."

집으로 돌아가자 기다렸다는 듯 그렇게 말하는 아빠를 향해 렌은 고개를 끄덕였다.

"렌, 할 얘기가 있어."

아빠의 표정이 심각해 렌은 걸음을 멈췄다.

"요새 수상한 사람을 봤다는 신고가 많았잖아."

수상한 사람을 목격했다는 신고가 많았고, 렌이 피해를 당한 사건과 비슷한 일들이 시내나 근교에서도 발생했다는 이야기를 들은 적이 있었다.

"용의자가 붙잡혔어."

렌은 화들짝 놀라 아빠의 얼굴을 보았다.

"자백한 건도 있는 모양인데, 이름을 밝히고 나선 피해자가 적어서 입건할 수 없다나 봐. 엄마는 말하지 말라고 했지만, 아빠는 네가 알아야 할 것 같아서."

아빠의 눈빛은 희미하게 떨리고 있었다.

아까 슌타는 내가 옳다고 했다. 하나도 잘못한 거 없다고. 당당하게 행동하라고. 그래, 슌타의 말이 맞다. 난 잘못 없어. 왜 잘못한 게 없는 내가 벌벌 떨어야 하는 거지? 당당하게 살아도 된다. 나쁜 건 범인이다.

"아빠, 그때 내 옷 챙겨 뒀죠?"

"어, 어. 어떻게 알았니. 잘 챙겨 뒀어."

"나 경찰서에 갈래요."

아빠는 놀란 얼굴로 렌을 보았다.

"자, 잠깐만. 잘 생각…."

"경찰서에 갈래요. 그날 일을 전부 말할 거예요. 난 잘못한 거 없어요."

흑, 하는 소리와 함께 아빠가 입을 막았다. 아빠는 목 놓아 흐느끼듯 울고 있었다. 렌은 아빠가 우는 모습을 처음 보았다.

"…미안하다. 울고 있을 때가 아닌데… 렌, 그래. 경찰서에 가자… 경찰서에… 흑…."

"난 괜찮아요."

"그래, 우리 렌은 괜찮아…."

나는 잘못한 게 없다. 나는 이제 울지 않을 것이다. 허공으로 떠오르지도 않을 거다. 나는 하나도 잘못한 게 없다. 나는 옳다. 나는 분명히 이곳에 존재한다.

렌은 마음속으로 몇 번이고 되뇌었다. 그때마다 자기 몸에 자신이 돌아오는 듯한 감각을 느꼈다.

9

나는 전부 이야기했다. 생각해 보면 나쁜 녀석들을 벌주기 위해 경찰이라는 조직이 있는 거니까 당연한 일이다. 창피할 줄 알았는데 아니었다. 창피해야 하는 건 가해자다.

나는 묻는 말에 또박또박 대답했고, 같은 질문을 끈질기게 반복해도 당당하게 대답했다. '나는 잘못한 게 없다. 나는 옳은 선택을 했다'고 마음속으로 되뇌면서.

슌타가 준 용기 덕에 나는 이제 몸을 빠져나가 허공으로 떠오르지 않는다. 여기 있는 내가 정답이다.

그렇게 수군거리던 사람들은 내가 진짜 피해자라는 걸 알자마자 입을 다물었다. 선의나 배려로 그러는 게 아니라, 건드려서는 안 될 금기처럼, 그 사실을 입에 올리면 자기에게까지 불똥이

튈 수도 있다는 양 두려움에 차서 멀리서 바라보고 있었다.

아침에 일어났을 때, 추락하는 듯한 상실감은 여전했지만, 떠오르기까지 걸리는 시간은 전에 비해 줄어들었다. '슌타'라고 이름을 부르기만 해도 마음이 편안해지며 괜찮다는 생각이 든다. '슌타'는 마법의 주문이다. 나는 하루에 몇 번이고 마음속으로 되뇌었다. 실제로 소리 내어 이름을 부르는 행복을 곱씹으며.

스미다 류지

"어서 오세요."

벨 소리에 밝게 인사하며 류지가 돌아보자 입구에 탓짱이 서 있었다.

"어? 어쩐 일이야, 이발? 염색? 아직 할 때 안 됐잖아."

탓짱은 하얗게 질린 얼굴로 류지에게 다가왔다.

"그 얘기 들었어?"

탓짱이 뭐라 말하려던 순간, 장인이 혼잣말 치고는 큰 소리로 "전업주부는 한가해서 좋겠어!"라고 중얼거렸다.

"아 그래, 맞다, 면도만 좀 하고 갈까?"

탓짱이 황급히 덧붙였다. 다음 예약까지는 40분쯤 시간이 있어서 일단 의자에 앉혔다.

"그 얘기 들었어?"

렌에 대한 이야기겠지. 류지는 살짝 고개를 끄덕였다.

"너무 놀라서…. 자기는 알고 있었어?"

"응, 마히루한테 들었어."

"…우리 애들은 딸이라 별걱정 없지만, 너무 끔찍한 사건이라서. 설마 노노카의 동급생이 피해자라니…."

엇흠, 흠, 장인이 크게 헛기침을 했다. 이곳은 동네 사랑방이 아니라는 뜻이겠지만, 이곳은 동네 사랑방이 맞다.

"이 동네도 참 위험해졌어…. 그 애는 앞으로 어떻게 되려나. 살기 힘들 것 같은데. 소문이 다 퍼졌으니 장가들 기도 글렀고. 누가 데려가려 하겠어. 중학생밖에 안 됐는 데 벌써 총각이 아니라는 꼬리표가 붙다니. 앞으로의 인 생이 막막할 테지. 지옥 같을 거야. 우리 애들은 여자라 정말 다행이라고 생각했지 뭐야. 남자애 키우는 건 정말 큰일이야. 장가보내면 남의 집 식구라 해도 결혼시킬 때 까지는 부모가 책임을 져야 하잖아."

"그렇지."

"그 애 부모를 생각하면 속상해 죽겠어. 학원에 보냈 을 뿐인데 이런 꼴을 당할 줄 누가 알았겠어."

"그러게."

류지는 맞장구를 치며 탓짱의 얼굴을 스팀 타월로 감 쌌다. 탓짱은 말할 수 있는 상태가 될 때마다 그 사건에 대해 떠들었다. 그리고 말끝마다 "우리 애들은 딸이라 참 다행이야"라고 덧붙였다.

"다음에 또 올게. 염색한 지 얼마 되지도 않았는데 벌 써 흰머리가 나네. 여자는 편해서 좋겠어. 흰머리가 나도, 배가 나와도, 숙성된 와인 같네 어쩌네 하잖아. 난 3주에 한 번씩 염색을 안 해 주면 뿌리 쪽에 흰머리가 올라와서 후지산처럼 되는데. 팔자 주름도 부각되기 시작했고, 엉

덩이도 처지기 시작했고, 배도 나오기 시작했어. 안 그래
도 남자는 젊었을 적부터 종아리 털이나 수염을 제모하
는 데 돈 들잖아. 나이 들면 또 머리도 심어야 하고. 정말
신경 쓸 게 한두 가지가 아냐. 그럼 나 갈게. 금방 또 오겠
지만."

"응, 늘 고마워. 다음에 봐."

"정말 딸 아빠라 다행이야."

탓짱은 그렇게 말하고 가게를 나섰다. 뒷정리를 하는
류지의 귀에 장인의 혼잣말 아닌 혼잣말이 들렸다.

"…정말 왜 저러나 몰라."

장인은 짐짓 한숨을 쉬며 말을 이었다.

"남의 일이라고 아무렇게나 말하네. 배려심이라는 게
없어요. 남의 불행은 나의 행복이라는 거지."

친구인 탓짱에 대해 나쁘게 말하는 게 좋을 리 없지
만, 류지는 그러게요, 하고 고개를 끄덕였다. 장인도 렌이
당한 일을 아는 것이다.

퇴원 후, 장인은 건강을 되찾았다. 류지를 향한 구박
은 전보다 더 업그레이드됐다. 짜증이 날 때도 많았지만
무엇보다 건강하게 잘 지내는 게 제일이라고 스스로를
납득시키자 사소한 일쯤은 그냥 넘길 수 있게 되었다.

"전업주부야?"

탓짱을 말하는 것이리라.

"네."

"할 일이 없어서 저래. 시간이 남아돌면 헛짓거리를 하게 되고 헛소리를 하는 법이라니까. 남자도 자기 일을 가져야 해."

류지는 잠시 뜸을 들였다 말문을 열었다.

"일하고 싶어도 못 하는 남자도 많아요."

"그런 게 어디 있어. 여자한테 의지하는 거지. 아니면 일을 고르거나."

"부인이 집안일이나 육아를 전부 맡기는 집도 있고, 아예 남자는 일하지 말라는 집도 많잖아요."

"허, 그놈의 부인 핑계는. 자기 밥벌이도 못하는 놈이 살 가치는 있냐."

이럴 때 류지는 장인의 심리를 알 수 없었다. 말 그대로 미용 일을 하며 아내를 먹여 살려 온 장인. 장인의 경우, 본인이 일하지 않았으면 생활이 불가능했을 것이다. 그래도 장인은 장모에게 싫은 소리 한마디 하지 않고 이발사로 묵묵히 일해 왔다. 여자를 미워해도 이상할 것 없는 상황이었을 테지만, 장모를 나쁘게 말하는 건 들어 본적이 없었고, 외려 순종적인 태도로 장모의 면을 늘 세워줬다.

"여자가 마음대로 하게 두면 세상은 끝이야."

"저기, 아버님은 남성 차별에 대해…."

거기까지 말했을 때 예약 손님이 들어왔다.

"어서 오세요."

류지는 웃는 낯으로 인사를 건넸고, 그 이야기는 거기서 끝났다.

"나, 이거 좋아."

새우 그라탱을 보고 도모카가 말했다. 오늘 저녁은 전자레인지에 7분 돌린 냉동 새우 그라탱, 양상추와 토마토 샐러드, 뜨거운 물만 부은 옥수수 스프였다. 저녁에 손님들이 들이닥쳐서 퇴근이 늦어졌다.

"난 별로야. 생선 구이에 된장국 같은 게 먹고 싶네."

마히루가 말했다.

"그럼 언니가 해 먹어."

"싫어, 귀찮아."

마히루는 그 후로 그 사건에 대해서는 일절 입에 담지 않았다. 류지에게 이야기한 건, 충격이 큰 나머지 누군가가 들어 줬으면 했던 거겠지. 류지도 그로부터 그 이야기는 꺼내지 않았다.

셋이서 식사를 하고 있는데 에리가 귀가했다.

"아, 피곤하다. 오늘은 유난히 피곤하네. 배고파. 내 밥은?"

"금방 차릴게."

류지는 자리에서 일어나 새우 그라탱을 렌지에 돌리고 옥수수 스프에 뜨거운 물을 부었다. 에리는 집안일에 일일이 참견하지 않아서 편했지만, 애초에 그런 일은 남자가 하는 거라는 사고방식을 가지고 있었다.

텔레비전에 좋아하는 코미디언이 나오자 도모카는 깔깔거리며 웃었다. 마히루는 뭐가 재미있는지 모르겠다고 투덜거렸다.

"아, 맞다. 그 범인 잡혔대."

갑자기 환한 얼굴로 에리가 말했다.

"범인? 무슨 얘기야? 재미있겠다!"

텔레비전을 보던 도모카가 고개를 돌려 에리와 마주 봤다. 도모카를 슬쩍 무시한 에리는 마히루를 힐끗 보며 말을 이었다.

"좌우지간 붙잡혀서 다행이야. 동네에 그런 변태가 돌아다니면 불안하잖아."

마히루는 어머니의 말을 깔끔하게 무시하더니 아무것도 모른다는 얼굴로 행인두부를 와구와구 먹기 시작했다. 도모카는 "변태래" 하고 혼자 킬킬거렸다.

"그렇지? 잡혀서 다행이지?"

에리는 류지에게 말을 건넸다. 류지가 그러게, 하고 대답하자 마히루는 얼굴을 찡그리며 스푼을 내던지듯 테이블에 내려놓았다.

"그러고도 경찰관이야?"

중얼거리며 자리를 뜨는 마히루를 보고 에리는 눈을 동그랗게 뜨며 입을 실룩이더니, 장난스레 "누가 사춘기 아니랄까 봐" 하고 중얼거렸다.

에리는 바람에 흔들리는 버드나무 같은 여자다. 매사에 집착하지 않는다. 좋게 말하면 대범한 거고, 나쁘게 말하면 건성이다. 화도 거의 안 내서 류지나 아이들과 다투는 일도 없었다. 물론 말다툼할 일도 없다. 어머니의 위엄이라는 게 없어서, 가정 내 위치로 따지면 아무 득도 실도 안 되는, 그냥 같이 사는 먼 친척 언니 같다고나 할까.

방금만 해도, 피해자가 마히루와 같은 중학교 학생이라는 걸 알면서도 그 이야기는 꺼내지 않았고, 언급할 생각도 없는 것 같았다. 적당주의라고나 할까. 정의를 구현하는 경찰관을 직업으로 삼았으면서도 류지는 에리에게서 정의감이라는 걸 느껴 본 적이 없었다.

"여보."

"응?"

"마히루는 중학생이고, 아무래도 여자끼리 통하는 얘기도 있을 테니까 고민 상담 같은 것도 들어 주고 해."

류지는 그렇게 말했다.

"고민 상담? 글쎄다, 마히루한테 고민 같은 게 있으려나."

에리가 고개를 갸웃거렸다. 류지는 불현듯 가족에 대한 에리의 애정이 얼마쯤 될까 궁금해졌다. 만에 하나 중대한 사건이 일어나도 하는 수 없지, 하고 넘길 것 같았다.

사이타마의 누나에게서 아버지가 쓰러졌다는 연락을 받은 건, 차가운 바람이 부는 12월의 어느 날 오후였다. 날이 제법 서늘해져 편의점에 갈 때도 코트와 머플러를 둘러야 하는 계절. 지금까지 감기 한 번 걸린 적 없는 건강한 아버지였기에 류지는 충격을 받았다. 이발소의 커다란 창문 너머로 투명한 푸른 하늘이 보였다. 그 드넓은 아름다움과 전화 내용과의 격차에 위화감이 들었다.

얼른 가 보라고 등을 떠민 건 장인이었다. 류지의 예약 손님한테는 본인이 연락을 돌릴 테니 걱정 말라고 말해 주었다.

류지는 차를 달려 사이타마의 병원으로 서둘러 향했다. 뛰쳐 들어간 병실 침대 옆에 어머니와 누나가 멍하니

서 있었다.

"엄마, 누나."

말을 걸자 누나는 류지를 보며 고개를 저었다. 임종을 지키지 못했다.

아버지는 동네 슈퍼에서 파트타임으로 일했다. 쓰야通夜(죽은 사람의 유해를 지키며 하룻밤을 새는 의식-옮긴이)에는 수많은 조문객들이 찾아왔다. 급성심근경색. 직장 화장실에서 쓰러졌다고 한다. 올해로 예순 셋이었다.

류지가 아버지와 마지막으로 통화한 건, 장인의 수술 소식을 알리기 위해 친정에 전화했을 때였다. 아버지는 류지가 아무리 장인의 험담을 해도 결코 동조하거나 아들 편을 들지 않았고, 장인어른을 잘 모시라는 말만 했다. 장가를 들었으니 스미다 집안의 법도를 따르라고.

장인도 아버지의 인품을 알고 있었는지, 사돈에게는 예전부터 호의적이었다. 자상하고 배려심 많은 아버지는 누구에게나 사랑받는 사람이었다.

어머니는 쓰야, 고별식 내내 넋 나간 사람처럼 굴어서 하나도 도움이 되지 않았다. 소리 없이, 눈물조차 보이지 않고 몸을 웅크린 채 그저 가만히 앉아 있을 뿐이었다. 장례는 거의 누나가 혼자 치렀다.

어머니가 소리를 내며 울음을 터뜨린 건 화장을 끝내고 하얀 유골로 돌아온 아버지를 보았을 때였다. 여보, 먼저 가면 어떡해, 여보. 지금까지 들어 본 적도 없는 목소리로 아이처럼 흐느꼈다. 류지도 참지 못하고 어머니를 따라 울었다. 이때 들은 어머니의 목소리는 앞으로도 평생 잊지 못할 것이다.

"가까운 시일 안에 엄마 우리 집으로 모실 거야."

장례식이 끝난 뒤 누나가 말했다.

"매형은 뭐래?"

저도 모르게 물었다. 어머니와 동거할 경우, 부담이 느는 건 매형이었다. 누나는 살짝 고개를 갸웃거리더니 어쩔 수 없지, 하고 한숨을 내쉬었다.

누나는 자동차 부품 회사에서 일하고, 매형은 옷 가게에서 판매원 아르바이트를 한다. 대부분의 집안일은 매형이 한다. 고등학생 아들 둘까지 네 식구다.

"엄마도 지금 일하니까 괜찮지 않을까. 종일 집에 있는 것도 아니고, 성격도 원체 온화한 편이잖아."

부모님은 작은 아파트에서 단둘이 살았는데, 어머니는 새 수건이 어디 있는지도 모를 테고, 세탁기 사용 방법조차 모를 터였다. 아버지가 일일이 챙겨 줬으니까.

류지와 누나는 그 작은 아파트에서 자랐다. 그 당시에

258

는 딱히 불편함을 느끼지 못했지만, 새삼 지금 다시 생각하니 어떻게 그 좁은 곳에서 네 식구가 살았나 싶다. 누나는 결혼을 계기로 집을 나와 부모님 집이 있는 시내에 새 집을 구입했다.

"안 쓰는 방이 하나 있는데 잘됐지. 네 매형도 언젠가는 모실 거라고 생각했던 것 같고."

"그렇구나. 매형한테 감사해야겠네. 누나도 고마워."

"설마 아버지가 먼저 가실 줄이야. 그렇게 건강했는데. 생전 잔병치레 없던 아버지가 먼저 가시고, 내내 골골거리며 병원에 다니던 엄마가 남겨지다니 세상일이라는 게 참 얄궂어."

"그러게 말이야."

류지는 힘주어 고개를 끄덕였다.

"뭔가 이번 일을 겪고 여자도 집안일을 배워 놔야 한다는 걸 뼈저리게 느꼈어. 나도 엄마한테 뭐라고 할 처지가 아냐. 이번에도 상복이 어디 있는지도 몰라서 한참 찾았다니까."

누나는 그렇게 말하며 절레절레 고개를 저었다.

"특히 우리 집은 남자애만 둘이니까 장가들면 부부둘만 남잖아. 만일의 경우에 대비해 간단하게라도 음식 정도는 할 줄 알아야지."

류지는 맞는 말이라며 고개를 끄덕였다.

"너희 집은 어때? 네가 전부 도맡아 하지?"

"그렇지 뭐."

"올케는 경찰관이니까 어쩔 수 없지…."

경찰관=바쁘다. 집안일을 하지 않아도 된다는 사고의 흐름이겠지.

류지는 문득 자신이 아내보다 먼저 세상을 떠날 경우를 생각했다. 에리는 딱히 불편해할 것 같지 않았다. 음식을 못 만들면 사다가 먹을 것 같고, 세탁은 건조까지 세탁기에 맡길 테고, 청소도 로봇 청소기를 사서 해결하지 않을까. 집안일로 스트레스받지 않고 임기응변으로 잘 헤쳐 나가리라. 다소 서운한 생각도 들었지만 어머니처럼 넋이 나가 아무것도 못 하게 되는 것보다는 낫다고 생각했다.

가족의 위패를 모시는 절이 따로 없어서, 급하게 절을 찾아 묘를 썼다. 어머니는 자신이 무슨 종파인지도 몰랐다. 황급히 삼촌과 연락을 해 일련종이라는 걸 알아냈다. 상조 회사를 통해 일련종 승려에게 쓰야와 고별식 독경을 부탁했다. 어머니는 자기 집안일까지 전부 아버지에게 맡겨 두고 살았던 모양이다.

"여자 혼자면 불편한 게 한두 가지가 아닐 텐데."

집안일을 하나도 모르는 어머니를 보고 친척 어른들은 기가 찬 모양이었다.

"누나, 미키야하고 소야가 장가들면 모리야마란 성은 없어지는 건가?"

미키야와 소야는 조카들의 이름이었다.

"음, 어쩔 수 없지. 둘 중에 누구라도 며느리로 들어오겠다는 여자를 데려오면 좋을 텐데, 그런 걸 강요할 수도 없는 노릇이니… 애초에 며느리를 들일 만한 훌륭한 집안도 아니고."

장례 방법을 두고서도 다툼이 있었다. 아들들이 장가를 가면 모리야마 집안은 누나 대에서 끝이 난다. 실제로 그럴 가능성이 큰데 굳이 묘를 쓸 필요가 있느냐는 것이었다.

"솔직히 고민 많았지만, 일단 아버지하고 엄마 공양은 내가 해 드려야지. 엄마도 찾아갈 곳이 없으면 쓸쓸할 거 아냐. 아이들이 결혼하면 그때 생각해 봐야지. 부담만 안 겨 주는 것 같아서 아이들에게 미안하지만."

류지는 지금까지 묘에 대해 딱히 생각해 본 적이 없었다. 다행히 스미다 쪽은 첫째인 장모가 집안을 이었기 때문에 이미 가족묘가 있었다. 아내의 조부모를 안장한

묘였다.

언젠가는 그곳에 장모, 장인이 묻힐 테고, 에리와 내가 묻히는 건가…. 거기까지 생각하다 막연히 같은 무덤에 묻히기 싫다는 생각이 들었다. 사후 세계가 존재하는지는 모르겠지만, 다른 집에 얹혀사는 기분이었다. 둘 중 택하라고 하면 친정 쪽이 마음이 편할 것 같았다.

"죽은 뒤에도 고생하는 건 남자군…."

저도 모르게 중얼거렸다.

"응? 뭐라고?"

누나의 말에 아무것도 아니라고 고개를 저었다.

"어쩌면 아버지한테 고마워해야 할지도 몰라."

누나가 말했다.

"혹시라도 아버지가 거동을 못하는 상태였다면 엄마는 정말 고생했을걸. 아무것도 할 줄 아는 게 없잖아. 전부 우리가 책임져야 했을 텐데, 그럼 두 집 다 위험했을 거야."

누나는 농담하듯 웃었지만 상상하니 끔찍했다. 아들인 류지도 간병하러 친정에 계속 드나들어야 했을 것이다.

결국 아버지는 가족에게 가장 부담이 덜 가는 방향으로 세상을 떠난 것이다.

"아버지, 고마워요. 천국에서 편히 쉬세요."

류지는 아버지의 영정 앞에서 손을 모으고 몇 번이나 감사 인사를 올린 뒤 친정을 나섰다.

새해가 밝았다. 상중이기도 해서 명절 음식 준비도 하지 않고 신사에 참배도 가지 않았지만, 그래서인지 평화로운 명절을 보냈다.

누나 가족과 어머니의 합가 건은 점점 이야기가 진행되었고, 류지도 어머니의 이사를 도왔다. 짐을 싸면서 아버지가 잘 보관해 둔, 아직 쓸 만한 종이봉투와 리본을 발견하고 눈물을 훔치기도 했고, 류지가 초등학생 때 만든 공작품이 나오는 등 이런저런 일들이 많아서 진척이 더뎠지만, 잊고 살았던 여러 추억들이 떠올라 멋진 시간을 보낼 수 있었다.

"우리도 벌써 이런 나이가 됐네. 부모님이 돌아가시고, 간병 걱정을 하고."

명절이 끝나고 가게로 찾아온 탓짱이 그렇게 말한 순간, 장인이 잡지를 홱 떨어뜨렸다. 일부러 그런 건지, 우연인지는 알 수 없었다. 탓짱이 흠칫 어깨를 떨었다.

"저번에는 마음 써 줘서 고마웠어."

아버지의 부고를 듣자마자 탓짱이 조의금 봉투를 들고 찾아왔었다.

"어때? 컬러 괜찮게 나온 것 같은데?"

류지는 손거울을 들고 탓짱의 뒤통수를 정면 거울에 비췄다. 흰머리 염색이 막 끝난 참이었다.

"응, 잘 나왔네. 기장도 딱 좋고. 고마워."

망토를 벗기고 의자를 돌려 탓짱을 일으켰다. 그 순간을 놓치지 않고 장인은 바닥에 떨어진 머리카락을 탓짱을 향해 쓸기 시작했다. 탓짱은 스텝을 밟듯 요리조리 머리카락을 피했다. 한 편의 코미디가 따로 없었다. 탓짱은 쓴웃음을 지으며 가게를 나섰다.

"아주 눈치코치가 없어, 영 마음에 안 들어."

장인의 혼잣말에 류지는 저도 모르게 고개를 끄덕일 뻔했다.

1월 말에 학부모회 임원 회의가 열렸다. 나카바야시 부회장은 참석하지 않을 줄 알았는데, 류지가 회의실에 들어섰을 때 이미 자리에 앉아 있었다.

이쓰키 회장, 2학년 서기인 미즈시마, 2학년 회계 담당 이노우에, 1학년 서기 이케가야. 모두 모여 있었다.

"기다리시게 해서 죄송합니다."

정시에 맞춰 왔지만 류지가 제일 늦게 도착한 것 같았다. 그럼 시작할까요, 하고 이쓰키 회장이 말하자 나카바야시가 사회를 맡았다.

나카바야시는 전과 다름없는 태도였지만 도리어 다른 사람들이 긴장한 게 느껴졌다. 나카바야시에게 지명당한 미즈시마와 이노우에는 노골적으로 어색해했고, 류지 역시 나카바야시가 의견을 물었을 때 저도 모르게 더듬거리고 말았다.

유일하게 이케가야만 여느 때처럼 세세한 표현이나 프린트의 문장 중 걸리는 부분을 지적하며 모두를 곤혹스럽게 만들 뿐이었다. 그러나 오늘은 도리어 그런 행동 덕에 분위기가 누그러졌다. 학부모회 임원 회의는 채 1시간도 지나지 않아 끝났다.

"스미다 씨, 잠깐 시간 좀 있으세요?"

신발을 신으려는데 누군가가 말을 걸어왔다. 나카바야시였다.

"차나 한잔할까요?"

"네? 아 네, 그러죠."

어색한 목소리로 대답했을 때 이케가야가 나타났다.

"차 마시러 가려던 참인데 이케가야 씨도 같이 가실래요?"

나카바야시의 말에 이케가야는 고개를 끄덕였고, 역 근처 패밀리 레스토랑으로 자리를 옮겼다.

커피를 마시며 류지는 희한한 조합이라 생각했다. 나카바야시와 이케가야는 서로 성격이며 사고방식이 달라도 너무 달랐다. 학부모회 총회에서 남자만 다과 준비를 하는 일로 이의를 제기한 이케가야를 나카바야시는 영 마뜩치 않아 했었다.

"눈 깜짝할 새에 새해를 맞이했는데, 곧 입춘이네요."

나카바야시의 말에 이케가야가 정말 1년이 눈 깜짝할 새에 지나가네요, 하고 고개를 끄덕였다. 류지는 입춘이 언제였지, 하고 머릿속으로 달력을 펼쳤다.

"이케가야 씨는 이번에 복직하신다면서요."

"맞아요. 어떻게 아셨어요?"

"아들한테 들었어요."

두 사람의 대화에 흠칫했다. 렌을 말하는 것이다. 렌과 이케가야의 아들 슌타는 같은 반이었다.

"복직이라뇨?"

류지가 물었다.

"아, 그전에 드릴 말씀이 좀 있는데요."

이케가야는 손을 모으며 말을 끊었다.

"사실 저, 이혼했어요. 결혼 전 성으로 돌아가서 지금은 이케가야가 아니라 야마다예요."

"네?"

266

저도 모르게 얼빠진 목소리가 튀어나왔다.

"그, 그러셨구나."

"아이들은 계속 엄마 성을 쓰고요. 부모 자식 사이에 성이 다르면 좀 불편하지만, 전 꼭 옛날 성으로 돌아가고 싶었거든요."

류지는 애매하게 고개를 끄덕였다. 부모 자식 사이에 성이 달라도 된다는 걸 처음 알았다.

"올봄부터 교사로 일하게 됐어요. 17년 만이네요."

"와, 선생님이시구나! 이케…가 아니라, 야마다 씨 이미지에 딱이네요."

류지가 성을 정정하자 두 사람이 동시에 웃었다.

그로부터 학부모회 활동에 대해 잠깐 이야기한 뒤, 담임선생님과 부 활동, 고등학교 입시 이야기를 하며 정보를 공유했다. 큰딸이 3학년이라 한창 입시 준비 중인 나카바야시는 참고가 될 만한 이야기를 많이 해 주었다.

"야마다 씨, 스미다 씨."

나카바야시가 두 사람을 보며 말했다.

"우리 아이 일로 시끄럽게 해서 죄송합니다. 같은 학년인 슌타와 마히루의 보호자분들께 사과의 말씀을 드리고 싶어서 이렇게 자리를 마련한 겁니다."

"사과라니요, 그런 말씀 마세요."

"맞아요. 렌 아버님이 사과하실 필요 없습니다. 아드
님 일, 정말 가슴이 아팠어요. 있어서는 안 될 일이죠. 절
대 용서받을 수 없는 사건이에요."

야마다의 말에 류지도 힘주어 고개를 끄덕였다.

"정말 예상치도 못 한 일들이 일어나는 게 인생이구
나 하고 이번 일로 뼈저리게 느꼈습니다. 행복한 생활이
란 언제 무너져 내릴지 모를 모래성 같은 거란 걸."

류지는 순간 나카바야시의 표현에 감탄했다. 너무 적
절해서 위화감이 들 정도였다. 어쩌면 사전에 준비해 온
말일지도 모른다.

"많은 생각이 들더라고요. 세상이 180도 달라지는 경
험이었어요."

뭐라 말해야 할지 몰라서, 류지는 그냥 가만히 있었다.

"이 사회는 부조리합니다."

커피를 한 모금 마시고 내려놓자 야마다가 말했다. 그
말에 나카바야시가 천천히 고개를 끄덕였다.

"…네, 사실 전 부조리한 줄은 알고 있었지만 불공평
하다고 생각한 적은 없었어요. 하지만 이번 일을 겪으며,
우리가 사는 세상이 얼마나 불공평한지 알게 됐죠. 뼈저
리게요."

이야기의 흐름을 따라가지 못한 류지는 "불공평하다

는 게 무슨 말인가요?"하고 물었다.

"임금 격차, 지역 격차, 교육 격차, 여남 격차… 수많은 격차가 있지만, 저는 지금까지 그런 건 전부 당사자의 책임이라고 생각했어요. 본인이 노력하지 않은 거고, 팔자가 그런 거니 어쩔 수 없다, 포기해라…. 하지만 렌의 일을 겪고, 그런 사고방식이 잘못된 게 아닐까 하는 생각이 들더군요."

야마다는 가만히 이야기를 듣고 있었다.

"이를테면, 정치에 불만이 있으면 본인이 총리가 되어 마음대로 바꾸면 될 거 아니냐고 생각했지요. 총리가 될 능력도 없으면서 불평불만만 하는 건 말이 안 된다고, 입바른 소리를 늘어놓으며 약자만 편드는 사람들을 멀리했습니다. 다수결이 정의다, 소수 의견은 아무래도 좋다는 생각이었죠. 렌 같은 피해를 입은 남성들에 대해서도 모두 자기 책임이라고 생각했습니다…."

중간에 나카바야시의 목소리가 잠긴 순간이 있었다. 류지는 내심 당황했지만 내색하지 않으려 애썼다.

"하지만 그게 아니었어요. 렌에게는 잘못이 없습니다. 잘못한 게 없는데, 죄인 취급을 당하고 있지요…."

나카바야시의 눈에 맺힌 눈물을 보고 류지는 황급히 눈을 돌렸다.

"남자라는 이유만으로 손해를 보는 일이 많다는 걸 이 제야 깨달았어요. 억압받고 있다고 해도 과언이 아니죠."

야마다가 고개를 끄덕였다.

"저도 이번에 이혼하면서 사회에 만연한 여남 격차에 진저리가 나더군요. 개인이 할 수 있는 일은 작지만, 침묵 하고 있으면 아무것도 바뀌지 않아요. 계속 목소리를 내 지 않으면 없던 일이 되어 버리죠. 아, 맞다. 저 다음에 데 모에 참가하기로 했어요. 남성해방운동을 기조로 한 플 라워 데모에요."

야마다의 말에 나카바야시가 관심을 보였다. 플라워 데모란 분명 성폭력에 항의하는 운동이었다. 류지는 이 자리에 마히루가 있었다면 분명 두 사람과 합심하여 이 야기했을 거라고 생각했다.

"날짜가 언제인가요?"

야마다가 나중에 자세한 내용을 보내겠다며 스마트 폰을 들었다.

나카바야시는 그 사건 이후로 야마다 쪽 성향에 가까 워진 건가. 류지는 머릿속에서 상황을 정리했다.

"스미다 씨는 오늘 말이 없으시네요."

야마다가 웃는 낯으로 물었다. 류지는 두 사람의 성향 과 심정을 충분히 이해할 수 있었고, 공감이 가는 부분도

270

많았다. 하지만 어떻게 이 이야기에 끼어들어야 할지 가늠이 되지 않았고, 아무 지식도 없는데 가벼운 투로 동조하기도 꺼려져서 몸을 움츠린 채 가만히 듣고만 있던 것이다.

"저, 저기… 디저트 주문해도 될까요? 뭔가 단 게 먹고 싶어서요."

류지가 상황을 수습하려는 듯 말하자 두 사람은 순간 허를 찔린 표정을 짓더니, 동시에 그러라고 말했다. 그러고는 마주 보며 웃었다.

"나도 주문할까."

야마다가 그렇게 말하자 나카바야시가 저도, 하고 메뉴판을 집었다. 결국 류지가 디럭스 베리 파르페, 야마다는 커피 젤리, 나카바야시가 미니 쇼콜라 파르페를 주문했다.

당분을 보충한 탓인지 머릿속이 아까보다 맑아졌다. 류지는 작년 가을에 아버지가 돌아가신 일, 그리고 그 뒤 혼자서는 아무것도 못하는 어머니가 홀로 남겨졌다는 이야기, 이발소를 찾은 여성 손님에게 성추행에 가까운 신체적 접촉을 당했다는 이야기를 했다. 야마다와 나카바야시는 머리가 떨어지는 게 아닌가 싶을 정도로 고개를 끄덕이며 이야기를 들어 주었다.

"야마모토 료마 사건이라고 아시죠."

나카바야시가 말했다. 그 사건은 류지도 알고 있었다. 얼마 전까지만 해도 텔레비전을 틀기만 하면 그 사건 보도가 나왔다. 총리 담당 기자였던 가스가 리쓰코가 약물을 써서 기자 지망생을 성폭행한 사건이었다.

"얼마 전까지만 해도 저는 진심으로 료마가 거짓말을 하는 거라고 생각했어요."

"하지만 지금은 그렇게 생각하지 않으시는 거죠?"

야마다의 말에 나카바야시는 체념한 듯 천천히 고개를 끄덕였다.

"누구에게나 밀접한 문제인 여남 차별을 철폐하는 것이야말로 우리 사회와 문화를 발전시킬 수 있는 유일한 지름길이라 생각해요. 거꾸로 말하면 여남 차별을 개선하지 않는 한 사회 발전은 기대할 수 없다는 거죠. 질척이는 수렁 같은 여성 중심주의가 온갖 사회 활동을 정체시키고 있어요."

여기서 야마다는 테이블을 쾅 내리쳤다.

"그 여자 정치가 기억나죠, 국회에서 남성을 단세포 취급해서 비판이 쏟아지자 사죄 기자회견을 했고, 그 자리에서 또 '순종적인 남성이 점점 줄어 가는 걸 보니 말세다'라는 소리를 해서 결국 은퇴하게 됐잖아요. 은퇴 회견에서도 날카로운 질문을 던진 남성 기자에게 비하 발언을 했죠. 그런 할망구들이 일본을 움직이는 게 말세라는 증거예요."

여자에서 할망구로 호칭이 바뀌었군. 류지는 속으로 그런 생각을 했다.

"'남자는 그저 정자를 배출하는 기계일 뿐이다'라고 말한 정치가도 있었죠. 그 여자는 젊은 남배우를 성추행해서 소송도 당했잖아요. 근육질 남자를 수하에 두고 남배우를 겁박해 성추행했다면서요. 비열하기 짝이 없어요."

이번에는 주먹으로 테이블을 내리쳤다. 흥분한 야마다의 모습에 류지는 슬그머니 웃음이 났다. 지금까지의 이미지와 너무 달랐기 때문이다.

"이런 발언을 하면 남자가 너무 우대받는 사회다, 이건 여성을 역차별하는 거다, 그딴 소리를 하는 사람이 있는데, 애초에 여남은 출발선부터가 다르잖아요. 여성 중심 사회에서 소수의 남자가 목소리를 내도, 제대로 상대조차 해 주지 않는걸요."

침을 튀길 기세로 강변하는 야마다를 보며 나카바야시가 살짝 웃었다.

"얼마 전까지 저도 그랬어요."

"남성 권리 옹호나, 남성 혐오, 진보적 사고방식 같은

273

건 말할 가치도 없다고 생각했죠."

류지는 고개를 끄덕이며 두 사람의 이야기를 들었다. 창피한 줄도 모르고 망언을 내뱉는 정치가들은 질색이었지만, 자기와는 상관없는 세상 이야기라 생각했고, 남성의 권리에 대해서도 불공평하다 느끼기는 했지만 결국 거기서 더 나아가지 못했다. 낯 두꺼운 여자들에게 진저리가 났지만 그냥 불평하고 끝이었다. 다음 날까지 생각을 이어 간 적은 없었다.

"저기, 여기서만 하는 얘긴데요."

야마다가 목소리를 낮췄다.

"…사실 이혼을 결심한 계기가 말이죠, 아내가 직장에서 왕따며 성희롱을 저질렀기 때문이에요."

"직장? 학교에서요?"

야마다의 전 부인이 교사라는 이야기는 전에 들었다.

"신입 남교사를 괴롭혔어요. 자기가 잘못해 놓고 전혀 반성하는 기색을 보이지 않더라고요. 여자에다 나이도 많으니 무슨 짓을 해도 된다고 착각하고 있는 거죠. 그런 짓을 한 인간 말종이랑 어떻게 한 이불을 덮고 살겠어요."

야마다의 성격으로 보아 도저히 용납할 수 없는 일이었으리라. 야마다와 그의 전 부인은 성격이나 가치관이

딴판인 모양이었다. 류지는 부부 사이는 정말 모르는 거라는 생각을 했다.

"결혼할 때 아내가 저한테 '지켜 줄게'라고 했어요. '평생 스스무를 지켜 줄 거야'라고. 당시에는 그 말을 듣고 정말 기뻤는데, 얼마 전에 문득 그 말을 떠올리는데 '이거 좀 이상하지 않나' 싶은 거예요. 남자를 아주 우습게 보는 소리구나."

나카바야시는 자조하듯 웃었다. 저마다 가슴속에 감춰 뒀던 이야기들을 꺼내기 시작했다.

"대다수의 여자는 남자를 우습게 본다고 생각해요. 그렇게 말하면 여자들은 아니라고 하지만, 어릴 때부터 당연하게 여자의 권리를 누리고 살아왔는데 알 턱이 없죠. 아까도 말했지만 출발선부터 다르다고요. 입법, 행정, 사법, 의료, 스포츠, 교육, 문화… 어떤 분야든 정상에 있는 건 모두 여자들이에요. 일단은 그 비율을 동등한 수준으로 끌어올려야 해요. 여자들은 여자로 태어남으로써 얼마나 특혜를 받고 사는지를 깨닫는 데서부터 시작해야겠죠."

듣고 보니 어느 사회든 결정권을 쥔 건 모두 여자였다. SUMIDA 이발소를 실제로 운영하는 건 류지와 장인이었지만, 대표자 명의는 매일 파친코 삼매경인 장모 앞으로 되어 있었다.

류지는 문득 예전에 손금을 봐주던 사람이 한 말을 떠올렸다.

"여자였으면 천하를 호령했을 텐데!"

점쟁이는 그렇게 말했다. 솔직히 기분이 썩 나쁘지 않았다. 나도 이만하면 괜찮지, 하고 내심 기뻐했다.

하지만 생각해 보니 이상했다. 남자인 자신을 부정당한 건데 왜 기뻐한 걸까? 애초에 남자면 천하를 호령할수 없나? 천하를 호령하는 건 오로지 여자여야 하나? 남자가 천하를 호령하면 안 되는 건가?

류지는 후, 하고 작게 한숨을 내쉬었다. 여남 차별은 스스로의 감정까지 검열하게 만드는 모양이다. 내 마음은 나만의 것이라 생각했는데 그렇지 않았다. 그건 무척무서운 일이 아닐까.

디럭스 베리 파르페 바닥에 깔린 라즈베리가 생각보다 시어서 류지는 꿀꺽 침을 삼켰다. 나카바야시와 야마다는 디저트에 거의 손을 대지 않았다.

"녹겠어요."

류지의 말에 두 사람은 황급히 스푼을 들었다.

"일전에 아내하고 말다툼을 좀 했을 때, 남자는 존재하는 의미가 없는 거나 마찬가지라는 소리를 들었어요.

쓸데없는 정자를 배출하기나 하는 광대라고. 세상에 친자식을 키우는 아버지가 얼마나 될까, 라는 거예요."

"그게 무슨 뜻이에요?"

무슨 말인지 알아듣지 못한 류지는 나카바야시에게 되물었다.

"이 아이가 정말 당신 아이인 줄 알아? 라는 뜻이죠. 여자는 직접 낳으니까 자기 자식이 분명하지만, 아버지가 누구인지는 모를 일이라고."

순간적으로 소름이 돋았다.

"무서운 말씀 마세요."

"와이프는 의사인데, 아이와 아버지의 혈액형이 일치하지 않는 경우도 꽤 많다고 하네요. 생김새가 하나도 안닮은 부자지간도 많고."

설마 마히루와 도모카가 내 친자식이 아닌 건 아니겠지… 류지는 순간 불안이 솟아올랐다.

"그래도 '낳아 준 엄마보다 키워 준 아빠'라는 말도 있으니까요."

그렇게 말하며 미소 짓는 나카바야시와 눈이 맞은 찰나 앗, 하는 생각이 들었다. 어쩌면 나카바야시의 부인은 은연중에 아이들의 친부가 나카바야시가 아니라고 말하고 싶었던 걸까… 아니, 설마 그럴 리가…. 괜히 목이 메서 류지는 단번에 물을 들이켰다.

"커피 더 가져올게요."

자리를 일어난 김에 류지는 몸을 돌려 허리 스트레칭을 했다. 잠깐 차나 마시는 자리인 줄 알고 왔는데 뭔가 머리가 꽉 차서 복잡했다. 자리로 돌아오자 교대하듯 야마다와 나카바야시가 일어났다.

"콜라 마시는 거 정말 오랜만이에요."

나카바야시가 컵을 들며 말했다. "저는 자주 마셔요" 류지의 말에 나카바야시는 "젊어서 그래요" 하고 대꾸했다. 그의 웃는 얼굴을 보며 전과 느낌이 많이 달라졌다고 생각했다. 모난 부분이 사라지고 표정이 온화해졌다.

미용 일을 하다 보면 고객의 얼굴 변화가 한눈에 보였다. 살이 쪘다거나, 빠졌다거나 하는 외적인 요소를 말하는 게 아니다. 고작 한 달 사이에 얼굴이 험악해지거나, 부드러워지는 경우가 있다. 그런 고객들과 이야기하다 보면 실제로 무슨 일이 생긴 경우가 대부분이었다. 아내와의 불화, 직장 내 괴롭힘, 등교를 거부하는 아이, 새로운 사랑, 심지어 고액 복권에 당첨됐다는 이야기도 들었다.

나카바야시는 분명 그 일을 겪으며 새로운 무대에 선 듯 보였다. 그곳은 나카바야시에게 좋은 장소일 것이다. 힘든 사건이었지만, 그것을 극복하고 새로운 장소를 찾아낸 것이리라. 거기까지 생각이 미치자, 지금까지 나카바야시가 겪었을 고통과 갈등이 짐작되며 가슴이 미어졌다.

"슬슬 일어날까요. 잠깐이라고 해 놓고 시간을 너무 뺏었네요."

"뜻깊은 시간이었어요. 불러 줘서 고마워요."

"즐거웠어요. 많이 배웠고요."

류지의 말을 끝으로 세 남자는 가게를 나섰다. 목덜미를 스치고 지나가는 찬바람에 옷깃을 여몄다. 아직 날은 쌀쌀했지만 해는 확실히 길어졌다. 곧 봄이다.

가게 문을 두드리는 소리에 고개를 돌리니 유리문 너머로 장모의 모습이 보였다. 장인이 종종걸음으로 다가가 밖으로 나갔다. 류지는 고객의 머리를 자르며 힐끗힐끗 상황을 살폈다. 장인이 주머니에서 지갑을 꺼내 지폐 몇 장을 장모에게 건넸다. 저도 모르게 한숨이 흘러나왔다. 돈 달라고 찾아온 건가. 일하는 곳에 찾아와서 이러지 말라고.

"그럼 머리 감겨 드리겠습니다, 이쪽으로 오시죠."

장모와 장인의 모습이 최대한 고객의 눈에 띄지 않도록 샴푸대로 안내했다.

"파친코 가신대요?"

고객을 배웅하고 나서 류지는 장인에게 물었다. 아무 대답도 돌아오지 않았다.

"매장에서 그러지 말라고 하세요. 손님들 보는 눈도 있는데."

무심코 얄미운 말투가 튀어나왔지만 사실인데 어쩌겠는가.

"…조심하라고 할게."

"아버님은 여자들에게 차갑게 굴어도 어머님한테만은 관대하시네요."

"부부니까 당연하지."

"일전에 학부형들이랑 얘기했는데요, 부부간의 역할 분담으로 여남 차별을 깨닫는 사람도 많은 것 같아요."

장인은 류지를 보더니 하, 하고 입을 삐죽였다.

"쓸데없는 소리. 그딴 건 아무 상관없어. 난 내가 갖고 싶은 건 내가 번 돈으로 사고 싶은 거야. 아내 벌이에 기대지 않고. 그게 다야."

그 대신 내 벌이에 끈질기게 참견하지만. 류지는 속으로 투덜거렸다.

"어머님만큼은 특별하다는 거네요."

"특별은 무슨. 기왕 부부가 되었으니 끝까지 함께하려는 거지."

그 말을 끝으로 장인은 입을 다물었다.

류지는 장인의 심정을 어렴풋이 헤아릴 수 있었다. 류지도 에리를 보며 어쩔 수 없지, 하고 포기하는 부분이 많았다. 일일이 핏대를 세워 가며 따지고 들면 부부 사이는 험악해질 뿐이다.

이렇게 생각하는 사람이 많으니, 여자들의 의식이 좀처럼 바뀌지 않는 건지도 모르겠다. 여자와 남자로 이루어진 부부. 여기서도 상대를 신경 쓰고, 배려하다 결국에 포기하는 건 남자이리라.

10

———————————

새 학기 첫날. 입구에 붙은 커다란 종이에는 반 배정 결과가
적혀 있었다.

"아싸!"

—2학년 2반 2번 이케가야 슌타

—2학년 2반 18번 나카바야시 렌

슌타하고 같은 반이다! 날아갈 듯 기뻤다. 하느님, 정말 감사
합니다!

'슌타와 같은 반이 되게 해 주세요! 만일 같은 반이 되면 용기
내서 고백할게요!'

교환 조건을 붙여 하느님에게 소원을 빈 보람이 있다! 하느
님에게는 아무 이득도 없고, 나에게도 득인지 실인지 모를 조건

이었지만 하느님은 소원을 들어주셨다. 약속은 지켜야만 한다.

"집에 같이 가자."

슌타가 다가와 말했다.

"오늘은 농구부 연습 없어. 점심 먹은 뒤에 같이 놀래?"

좋아. 나는 힘주어 고개를 끄덕였다.

"그럼 이따가 너희 집으로 갈게."

예상치도 못 한 기회가 찾아왔다. 결과가 어찌 되든 나는 괜찮다. 원래 나는 아무것도 아닌 인간이었으니까. 이렇게 슌타와 친해진 것도 꿈만 같으니까.

그 일이 있은 뒤로 또 하나의 나는 자주 몸을 빠져나와 허공으로 떠올랐다. 그럴 때면 허공에 있는 내가 진짜고, 바닥에 있는 나는 가짜 같았다. 그 무렵의 일을 떠올릴 때마다 인간은 역시 강하다는 걸 실감한다. 괴로운 상황에서 탈출하기 위해 나는 또 하나의 나를 만들어 냈다.

정신과에는 이제 가지 않는다. 나에게는 정신과의 선생님보다 슌타의 존재가 더 중요했다. 슌타는 나에게 힘을 주었다.

내 마음을 고백하면 슌타는 뭐라고 할까. 슌타는 분명 이성을 좋아할 테니 질겁하겠지. 소름 끼친다고 생각할 테고, 다시는 나와 어울리려 하지 않을지도 모르고, 어쩌면 말도 섞지 않으려 하겠지.

최악의 경우는 이미 다 상정해 두었다. 모진 말을 들었을 경우에 어떤 심정이 들지도 상상해 봤다. 무척이나 괴롭고 힘겨운 과정이었지만, 반복해서 시뮬레이션하며 절망을 맛봤다. 그러니까 이제 괜찮아. 난 오늘 고백한다.

"할 얘기가 있어."

슌타는 게임기를 내려놓고 "뭔데?" 하고 나를 보았다.

자, 말하는 거다. 마음을 전해, 렌. 지금이야, 지금밖에 없어.

"나… 슌타 널 좋아해."

긴장해서 이상한 목소리가 나왔지만 더듬지 않고 똑똑히 말했다.

슌타는 잠시 뜸을 들인 뒤 물었다.

"우정이 아니라, 연애 감정을 말하는 거야?"

나는 고개를 끄덕였다.

"그렇구나, 알았어. 고마워."

"어?"

"소중한 마음을 말해 줘서."

"응. 아 그, 그래서, 괜찮으면 나랑 사귀어 줬으면 좋겠는데…."

슌타는 잠시 생각에 잠긴 듯 눈을 굴리더니 미안해, 하고 대답했다.

"그건 안 될 것 같아. 널 좋아하긴 하지만 친구로서 좋아하는 거라 네 감정과는 다를 거야. 난 누굴 좋아해 본 적이 없어서, 그런 감정을 아직 잘 모르겠어."

"응, 알았어."

나는 그렇게 대답했다. 슌타와 내가 사귈 가능성은 처음부터 0이라 생각했었기에 아무렇지도 않았다.

"사실 네 마음, 어렴풋이 알고는 있었어."

나는 놀라서 슌타를 보았다.

"그 스케치북 말이야."

"이거 봤어?"

슌타는 미안하다며 웃었다. 스케치북은 슌타를 그린 그림으로 가득했다. 내 입으로 말하기는 그렇지만, 실물에 버금가게 잘 그렸다.

입을 다문 나를 향해 슌타가 물었다.

"누군가를 좋아한다는 감정은 어떤 거야?"

"음, 그 사람을 생각하면 가슴이 두근거리고 숨쉬기 괴롭고, 밥도 안 넘어가는 느낌…."

"헉, 정말? 그거 병 아냐?"

"하지만 신나서 가슴이 뛰고, 그 사람을 생각하면 내가 강해진 것 같아서 무척 행복해져."

"사랑이란 거, 굉장하구나! 그나저나 넌 완전 어른이네. 벌써 사랑을 알다니."

나에게 사랑을 알게 해 준 슌타가 진지한 얼굴로 그렇게 말

하는 걸 보고 웃음이 나왔다. 이런 맹한 면을 알고 더욱 슌타가
좋아졌다.

"슌타, 지금까지처럼 나와 친구 해 줄래?"

"뭐? 당연하지. 무슨 그런 말이 있어."

"역겹다고 생각하는 거 아닌가 해서⋯."

"그런 식으로 말하지 마. 뭐가 역겨운데? 싫다는 소리를 들
으면 우울하지만, 좋아한다는 소리를 들으면 기쁘지."

아무렇지도 않게 웃으며 말하는 슌타가 눈부셔서, 왠지 울고
싶은 기분이었다.

"⋯다행이다. 슌타가 날 싫다고 하면 어떡하나 싶었어."

"뭐? 왜 그런 쪽으로만 생각하는데? 내 상황은 달라진 게 없
잖아. 어제도, 그저께도, 넌 날 좋아했던 거지?"

응, 하고 고개를 끄덕였다. 어제도, 그저께도, 그보다 훨씬
전부터 좋아했다.

"그럼 어제도, 오늘도 달라진 건 없는 거 아냐? 네가 말을 했
느냐, 안 했느냐의 차이일 뿐. 그리고 난 이미 알고 있었고 말이
야. 으하하하하."

그렇게 말하며 슌타가 웃었다. 나도 웃었다. 너무 웃어서 눈
물이 났다. 나는 눈물을 닦으며 슌타한테는 절대 못 당한다고 생
각했다.

내 마음은 변하지 않을 것이다. 변하기는커녕 더욱더 슌타를

좋아하게 되겠지. 언젠가 이 마음이 흘러넘쳐 어쩌지 못하게 된다 해도 난 괜찮다. 최악의 상황을 극복했으니까. 나는 무슨 일이 있어도 괜찮을 거다.

스미다 마히루

"엄마, 이거 제대로 읽었어?"

여남의 권리가 적힌 보호자용 앙케트.

"읽었어."

엄마는 스마트폰을 보며 대답했다.

"봤는데 모든 항목에 '어느 쪽도 아니다'로 동그라미를 쳤어?"

"엄마는 그렇게 생각하니까."

순 거짓말. 마히루는 그렇게 생각했다. 앙케트의 선택지는 모두 세 가지. '그렇게 생각한다' '어느 쪽도 아니다' '그렇게 생각하지 않는다'. 엄마는 제대로 읽지도 않고 모두 '어느 쪽도 아니다'에 동그라미를 쳤다.

- 여남은 평등하다고 생각하십니까?
- 가정 내에서 여남의 역할이 존재한다고 생각하십니까?
- 남성은 여성에 비해 불리한 면이 있다고 생각하십니까?
- 집안일이나 육아는 남성이 담당하는 게 좋다고 생각하십니까?
- 젠더에 대해 가정 내에서 이야기할 필요가 있다고 생각하십니까?

이런 식의 간단한 질문이 이어졌다.

"'여남은 평등하다고 생각하십니까?'라는 질문 말이야, 엄마는 정말 '어느 쪽도 아니다'라고 생각해?"

애초에 '어느 쪽도 아니다'라는 게 대체 뭐지? 선택지를 이런 식으로 만드니까 응답하는 사람도 진지하게 대답할 기분이 안 나는 거 아냐. 만드는 쪽도 좀 제대로 만들라고.

"평등하다고 생각하는데."

"엄마 부서에 남경男警은 몇 명이나 있어? 여남 비율을 말해 봐."

"음, 우리 부서는 여자 14명에 남자 3명."

"이거 봐! 하나도 평등하지 않잖아!"

"평등이 머릿수로 따지는 거야?"

"머릿수 맞지! 일단 동률로 맞추는 게 평등의 첫걸음이라고!"

"어머, 재미있는 소리를 하네."

그렇게 말하며 엄마가 웃었다. 뭐가 재미있다는 건지.

"우리 모두 경의를 가지고 남자 경관을 대하고 있어."

"경의라니?"

"남자라는 이유로 무시하지 않는다는 거지. 차 심부름 같은 것도 안 시키고."

어처구니가 없어서 말문이 막혔다.

"…엄마는 진심으로 그게 평등한 거라고 생각해?"

"응, 뭐라고?"

"스마트폰 그만해. 진지한 얘기하고 있잖아!"

엄마는 알겠다고 말하며 고개를 들었다.

"남자를 무시하지 않는다거나, 차 심부름을 시키지 않는다거나, 그런 소리 하는 게 바로 남성 혐오야."

"어머, 그러니?"

"그래! 여자한테는 그런 말 안 할 거 아냐."

"뭐, 그건 그렇지."

"엄마 상사 중에 남자 있어?"

"없지."

"이거 봐! 평등하지 않잖아."

"옛날부터 경찰 조직은 여자들 세상이라 어쩔 수 없어. 남자를 위에 앉혀 놓으면 기강이 안 잡힌다고."

마히루는 들으란 양 땅이 꺼져라 한숨을 내쉬었다.

"성姓 문제도 그래. 엄마는 결혼하고 나서도 그대로 '스미다' 성을 쓰는데, 아빠는 '모리야마'에서 '스미다'로 바꿨잖아. 그것도 불평등하지 않아?"

"아빠가 좋다고 했으니까 된 거 아냐? 아빠가 원해서 한 일이야."

"그냥 관습을 따랐을 뿐이지."

"생각 없이 따르는 사람 잘못이지."

"그럼 아빠가 성을 바꾸고 싶지 않다고 했으면 어떻게 했을 것 같아? 엄마가 바꿨을까?"

엄마는 깔깔거리며 웃었다. 왜 웃는지 이해할 수 없었다.

"바꿨을 리가 있나."

"그럼 아빠가 엄마 보고 성을 바꾸지 않으면 결혼 못하겠다고 했다면?"

"음, 그럼 결혼 안 했겠지."

"거짓말, 정말로?"

"엄마가 장녀고, 삼촌은 장가를 들었으니까 엄마가 성을 바꾸면 스미다 성이 없어지잖아."

"그건 남자도 마찬가지지. 아빠는 우연히 누나가 있어서 모리야마 성이 없어지지 않았지만, 남자 형제였다면 성이 없어졌을 거 아냐."

"그건 어쩔 수 없지."

"남자는 여자의 소유물이라는 거야?"

"마히루 넌 매사를 그렇게 꼬아서 생각하더라."

"난 결혼해도 부부 별 성을 택할 거야. 아니, 엄마랑 얘기하다 보니 왠지 남편 성으로 바꾸고 싶어졌어. 난 스미다 성 같은 건 물려받지 않을 거야!"

"도모카가 있으니까 너 좋을 대로 해. 그나저나 마히루 넌 여자면서 남자 편만 드는구나. 희한하네. 애를 잘못 키웠나?"

"그게 뭐야! 여기서 누구 편 얘기가 왜 나와! 평등하지 않다는 얘기잖아. 그리고 '여자면서' 이런 말투 쓰지 마! 시대착오적인 건 내가 아니라 엄마라고!"

"네 네, 제가 다 잘못했습니다."

울컥했다.

"앙케트 다시 써 줘."

"뭐? 그냥 그렇게 내."

"싫어. 거짓말로 썼잖아."

"그럼 마히루가 다시 쓰든지."

정말! 마히루는 책상을 내리쳤다. 엄마는 짐짓 눈을 휘둥그레 뜨며 너스레를 떨었다.

"하… 그나저나 배고픈데 아빠는 언제 오나."

그때까지 텔레비전을 보던 도모카가 엄마의 말에 반응해 배고파, 하고 목소리를 높였다.

"아빠는 아직 일하는 중이잖아. 가끔은 엄마가 해 먹지 그래?"

마히루의 말에 엄마는 "이걸로 도시락 좀 사다 줘" 하고 지갑에서 돈을 꺼냈다.

"엄마가 다녀와. 난 숙제 있으니까."

"싫어, 한 집안의 가장더러 장을 보라니. 동네 사람들 창피하게 어떻게 그러니. 그렇지 않아도 우리 집은 장인 사위 갈등으로 동네에서 유명한데."

어이가 없어서 말이 나오지 않았다. 자기 가족 일인데 꼭 남의 일처럼 말하다니.

"진짜 짜증 나."

마히루는 쿵쾅거리며 제 방으로 갔다. "아이구, 무서 워라. 언니 반항기인가 봐" 문틈으로 엄마의 태평한 목소 리가 들려왔다. 마히루는 힘껏 문을 닫았다.

2학년 2반, 나카바야시 렌과 같은 반이 되었다. 렌은 얌전한 성격이라 그다지 이야기를 나눠 본 적은 없지만, 공부를 잘하고 그림 실력도 좋았다. 얼마 전에 마히루가 좋아하는 만화 캐릭터를 그려 달라고 부탁했더니, 불과 5 분 만에 엄청난 퀄리티의 일러스트를 그려 줬다.

그런 렌이 그토록 끔찍한 사건에 휘말렸다는 사실이 마히루는 아직도 믿기지 않았다. 상상하기만 해도 숨이 가빠지고 심장이 쿵쾅거렸다.

그 일에 대해 수군거리거나, 렌을 조롱하는 여자들이

아직도 몇 명쯤 있었다. 발견하면 그 자리에서 주의를 줬지만, 야유하듯 응수하니 어찌할 방도가 없었다.

그런 상황에서 이케가야 슌타는 든든한 아군이었다. 슌타는 잘생겼고 여자애들에게 인기도 많았다. 슌타와 렌은 친하게 지냈기에 자연스레 슌타가 렌을 보호하는 모양새가 되었다. 마히루는 그것만으로도 마음이 놓였다. 둘이 친하게 지내는 걸 보면 괜히 흐뭇했다.

"오늘 주번 누구야?"

담임이 아침부터 쇳소리를 냈다. 마히루는 이 여교사가 마음에 들지 않았다. 군대 스타일이라 늘 쩌렁쩌렁한 목소리로 말했다.

주번인 남학생이 손을 들자 호통을 치듯 말했다.

"남자가 되어 가지고 커튼 하나 안 열어 놓고 뭐 했니. 그렇게 센스가 없어서는 아무도 안 데려간다!"

몇몇 여학생들이 키득거렸다.

"선생님!"

마히루가 손을 들었다.

"방금 그 말, 남성 혐오적인 발언입니다. 정정해 주세요."

"저도 이상하다고 생각합니다."

슌타였다. 몇몇 남학생들이 고개를 끄덕이며 동조했다.

"하 그래, 내가 잘못했다. 이제 됐니?"

농담처럼 말하면 농담이 되는 줄 아는 걸까. 이때도 몇몇 여학생들이 웃었다.

"웃은 사람도 똑같아요."

마히루의 말에 일부 여학생들이 얼굴을 마주 봤다.

"남자 같은 여자네."

누군가가 중얼거렸다.

"방금 누구죠? 여성에게도, 남성에게도 실례되는 말이에요. 철회하세요."

여기서 화내면 똑같은 사람이 되는 거란 생각에 화를 꾹 참고 냉정하게 말했다. 결국 그 말을 한 사람이 누구인지는 밝혀지지 않았다.

마히루는 얼마 전 길었던 머리카락을 싹둑 잘랐다.

"이런 머리로 해 줘."

좋아하는 연예인 사진을 아빠에게 보여 줬다. 쇼트커트가 무척 잘 어울리는 아이돌이었다. 머리카락은 늘 아빠가 잘라 줬다.

"이 정도 길이가 낫지 않겠어? 너무 많이 잘랐는데."

턱 라인까지 잘랐을 때 아빠가 그렇게 말했다.

"더 잘라 줘. 귀 보이게. 이 사진 제대로 본 거 맞아?"

"봤는데, 너무 짧잖아. 남자들은 짧은 머리 안 좋아할 텐데. 이렇게 자르면 꼭 남자애 같잖아."

마히루는 발끈했다.

"왜 남자들 취향에 맞춰야 하는데! 그리고 남자애 같다는 게 무슨 뜻이야? 여기서 왜 남자가 나오는데! 난 내가 좋아하는 머리를 하고 싶을 뿐이야!"

아빠는 미안하다고 말하며 결국 사진대로 잘라 줬지만, 발끈한 마히루가 더 짧게 잘라 달라고 해서 결국 처음 부탁했던 것보다 훨씬 짧은 머리가 되었다.

남자 같은 여자란 말을 들은 건 이 헤어스타일 때문이기도 할 것이다. 스미다 마히루는 피곤한 여자다. 그런 소문을 종종 듣는다. 친한 친구들은 성질 좀 죽이라고 충고했다. 흥, 둔한 여자애들하고 같은 취급하지 말라고, 마히루는 씩씩거렸다.

스스로도 왜 이렇게 화가 나는지 모르겠다. 하지만 자신이 남자보다 위에 있다고 생각하는 여자를 보면 괜히 부아가 치밀었고, 반대로 여자에게 보호받는 남자라는 입장에 안주하려는 남자도 신경에 거슬렸다.

어릴 때부터 여남을 차별하는 불쾌한 분위기는 사방에 만연해 있었다. 어린이집 화장실 슬리퍼만 해도 여자애가 핑크, 남자애는 파란색이었다. 여자답게 활발하게, 남자답게 순종적으로. 마히루가 좋아했던 여자 선생님은 여자가 무슨 어린이집 선생님이냐며 여러 어린이집에서 문전 박대당했다고 했다.

옛날에 읽은 동화책에도 영향을 받았다. 여남평등을 주장하는 단체가 제작한 책이었는데, 어머니가 직장에서 가져온 얇은 책자였다. 남성들이 사회에서 당하는 차별 사례들이 실려 있었다. 대학 입시에서 남자가 감점을 당하고 여자가 가산점을 받은 사례를 보고 얼마나 놀랐는지 모른다. 마히루는 정면으로 승부하고 싶었다. 조작된 환경에서 남자에게 이기는 게 무슨 의미가 있단 말인가.

엄마도 그 책자를 읽었을 터였다. 어떻게 그런 일이 있을 수 있냐고 하면서 실제로는 하나도 깨달은 게 없다는 걸 지금이라면 알 것 같았다. 그저 사회의 상식으로 읽었을 뿐이겠지.

"우리, 뭔가 잘 맞을 것 같네."

조회가 끝난 뒤 슌타가 말을 걸어왔다. 마히루는 고개를 끄덕이며 선언했다.

"나, 학생회에 입후보할까 봐."

2학년 때 입후보하는 학생이 있다는 이야기는 들어본 적 없었지만 교칙 위반은 아니었다. 마히루는 남학생들의 의식을 개혁하고 싶었다. 그리고 3학년이 되면 학생회장에 남학생을 올리겠다는 야망을 품고 있었다.

297

"어울린다, 응원할게."

순타의 말에 옆에 있던 렌도 고개를 끄덕였다.

"스미다 같은 사람이 총리가 되면 좋을 텐데."

"뭐? 무슨 소리야? 남자가 해야 의미가 있지! 너희가 해."

야무지게 말하자 순타와 렌은 얼굴을 마주 보며 웃었다. 이런 남자들이 나라를 움직인다면 세상도 달라질 텐데. 마히루는 진심으로 그런 생각을 했다.

에 필 로 그

하라스기 중학교 여자 테니스부 활동은 오후 5시 30분에 끝났다.

"그럼 내일 보자."

부 활동을 마무리하며 아야 부장이 말하자, 2학년 부원들은 한목소리로 "감사합니다"라고 인사한 뒤 테니스 코트를 나섰다.

새 학기. 해가 서서히 길어지고 있었다. 노노카는 또래 부원들과 귀갓길에 올랐다. 1학년 신입들은 다음 주가 지나서야 들어올 것이다. 지금은 2학년, 3학년들끼리 자유롭게 활동하고 있었다. 3학년 선배와도 친해서 편안한 분위기였다.

　지난주 다른 학교와의 연습 시합에서는 모든 부원들이 보기 좋게 졌다. 복식 시합도 모조리 졌다. 압도적인 패배에 분하기보다는 상황이 우스워서 다 같이 깔깔거렸다.

"아, 배고프다!"

"지금 완전 다코야키 먹고 싶어!"

"난 케이크 한입에 먹기! 이렇게 들고 입에 쑥 넣는 거지."

"그게 뭐야. 난 피자 맛 감자 칩 먹고 싶어. 아, 진짜 배고프다."

　다 같이 먹고 싶은 음식 이야기를 하면서, 배가 고프다는 말과는 달리 이리저리 부딪치며 느릿느릿 걸어갔다.

"아, 그러고 보니 집에 피자 맛 감자 칩 있어."

　집이 학교에서 제일 가까운 사나가 말했다.

"먹고 싶어!"

　모두 이구동성으로 외쳤다.

"잠깐 들렀다 갈래?"

"좋아!"

　5명의 친구들이 손을 번쩍 들었다. 노노카가 사나의 집에 가는 건 이번이 두 번째였다. 귀엽게 꾸며 놓은 사나의 방을 노노카는 내심 동경하고 있었다. 책상도, 옷장도, 화장대도 모두 하얀색 앤티크풍으로 맞춘 사나의 방.

장식해 놓은 소품도 하나같이 귀여웠다.

"실례하겠습니다!"

사나가 다녀왔다는 말을 하기도 전에 모두가 한목소리로 인사를 했다. 그 모습이 재미있어서 현관에서 다들 한바탕 깔깔거리며 웃었다.

"어머, 다 같이 어쩐 일이니?"

소리를 듣고 나온 사나의 어머니가 눈을 동그랗게 뜨며 물었다.

"피자 맛 감자 칩 먹으러 왔어요."

유키가 큰 소리로 말하자 또다시 웃음이 터졌다. 3평 남짓한 방에 6명이 복작복작 앉아 낄낄대며 피자 맛 감자 칩을 먹었다. 피자 맛 감자 칩은 눈 깜짝할 사이에 사라졌다. 대체 다들 얼마나 배가 고팠던 거야, 하면서 또 다 같이 웃었다. 사나의 어머니가 주스와 쿠키를 가져다주었다.

시곗바늘이 6시 40분을 가리킬 즈음 다 같이 사나의 집을 나왔다. 바깥은 이미 어두웠다.

"안녕, 내일 봐."

"그래, 잘 가."

갈림길에서 손을 흔들었다. 학교에서 집이 제일 먼 게 노노카였다.

"잘 가, 노노카."

"마히루 너도."

4월이라 해도 일몰 이후에는 아직 쌀쌀했다. 혼자가 되자 갑자기 바람이 싸늘해진 느낌이 들어서, 노노카는 어깨를 움츠리고 서둘러 집으로 향했다. 오늘 저녁 메뉴는 뭘까. 햄버그나 닭튀김이면 좋겠다. 요새는 늘 배가 고프다. 다이어트를 하고 싶지만 맛있는 음식의 유혹을 거부할 수가 없다.

모퉁이를 돌자, 후드를 뒤집어쓴 남자의 모습이 눈에 들어왔다. 이 부근은 주택가이지만 가로등이 거의 없고, 골목은 어두웠다. 노노카가 조심스레 남자를 지나친 순간, 등 뒤에서 남자가 움직이는 기척이 났다. 불안했지만 노골적으로 피하기도 미안해서 상대가 알아채지 못할 정도로만 속도를 냈다.

주변에 다른 사람은 없었다. 멀리 떨어진 큰길에서 자동차 소리가 들렸다. 빨리 집에 가고 싶어. 노노카는 걸음을 재촉했다. 그러자 뒤따라오는 발소리도 빨라졌다. 뭐지? 싫어. 무서워. 기분 나빠. 노노카는 전속력으로 냅다 달렸다. 그러자 뒤따라오는 발소리도 달리기 시작했다. 무서워. 뭐야. 싫어. 무서워.

갑자기 엄청난 충격이 등을 덮쳤다. 정신을 차렸을

때, 노노카는 아스팔트에 쓰러져 있었다. 아스팔트의 서늘한 감촉과 바닥에 까져서 생긴 통증으로 오른쪽 뺨이 타들어가듯 뜨거웠다. 무슨 일이 일어났는지 파악할 수 없었다. 노노카가 일어나려 하자, 뒤에서 누군가가 팔을 붙잡아 당겼다. 후드를 쓴 남자였다. 남자는 노노카를 질질 끌고 작은 공원으로 갔다.

"…싫어. 자, 잠깐만요, 이러지 마세요!"

다리에 힘을 주고 목소리를 낸 순간 남자가 뺨을 후려갈겼다. 입 안이 찢어졌는지 텁텁한 맛이 났다.

"아아아아아악!"

그때 공원 입구에서 누군가가 소리쳤다.

"누구 없나요! 누가 좀 도와주세요! 여자애가 위험해요! 큰일 났어요! 누구 없어요! 도와주세요! 사건입니다, 살려 주세요!"

커다란 목소리였다. 누군가가 이 상황을 감지한 것이다.

"지금 경찰에 신고했어요! 누가 좀 와 주세요! 도와주세요!"

남자의 손아귀 힘이 약해졌다. 그 틈을 타 노노카가 남자의 손을 뿌리쳤다.

"여기요! 좀 와 보세요! 살려 주세요! 누구 없나요!"

악을 쓰듯 소리치는 건 한 남자아이였다.

'살려 줘!'

노노카는 남자아이를 향해 달리며 소리 없는 비명을 내질렀다.

"누구 없나요! 도와주세요! 빨리요! 여기에요!"

남자아이는 계속해서 소리쳤다.

"젠장, 거기 서!"

남자가 뒤쫓아 왔다.

"누구 없나요! 좀 와 보세요! 여자애가 위험해요! 도와주세요!"

"이 자식이! 조용히 해! 죽여 버린다!"

남자가 다가온 순간, "거기 무슨 일이요!" 하는 소리가 들렸다.

"뭐야! 왜 그래! 무슨 일이야!"

남자 어른이 무시무시한 표정으로 달려왔다.

"경찰 아저씨, 이쪽이에요!"

남자아이가 아저씨를 보고 언성을 높였다. 후드를 뒤집어쓴 남자는 쳇, 하고 혀를 차더니 발길을 돌려 그대로 도망쳤다.

"괜찮니!"

숨을 헐떡이며 달려온 아저씨가 노노카와 남자아이를 향해 말했다. 온몸에 힘이 빠져서 노노카는 그 자리에 무릎을 꿇었다.

"비명 소리가 들려서 무슨 일인가 하고 달려왔어."

"감사합니다. 제가 아까 110에 신고했으니까 곧 경찰이 올 거예요."

남자아이는 야무지게 대답했다. 낯이 익었다. 같은 하라스기 중학교 학생이었다. 반도 다르고 졸업한 초등학교도 달라서 이야기해 본 적은 없었지만 얼굴은 알고 있었다.

경찰차의 사이렌 소리가 들렸다. 경찰 몇 명이 달려와 황급히 무선 기계 같은 것을 조작했다. 경찰이 질문을 했지만 노노카는 제대로 설명할 수가 없었다. 남자에게 맞아서 입 안이 터졌고, 머릿속이 혼란스러워서 목소리가 잘 나오지 않았다.

"저는 같은 중학교인 나카바야시 렌이라고 해요. 학원 가는 길에 후드를 뒤집어쓴 괴한이 이 친구를 끌고 가려는 장면을 목격했어요. 필요한 정보는 제가 말씀드릴 수 있어요."

그렇게 말한 뒤 나카바야시는 자신이 목격한 일들을 이야기했다. 노노카가 겪은 일과 한 치도 다르지 않았다.

"저는 저쪽 길에서 걸어오고 있었는데, 남자아이가 소리를 지르는 걸 듣고 달려왔습니다. 다지마라고 합니다.

305

아케치 초등학교에서 돌봄 교사로 일하다 돌아오는 길이
었습니다."

구급차가 도착했을 때 엄마가 달려왔다. 아까 경찰이
집에 연락을 했다. 급히 달려왔는지 엄마는 앞치마 차림
이었다.

"노노카!"

엄마는 나를 꼭 끌어안았다. 이렇게 안기는 건 초등학
생 때 이후로 처음이라 조금 쑥스러웠다. 노노카는 마음
한구석으로 그런 생각을 했다.

죽는 줄 알았다, 너무 무서웠다. 감정을 간신히 입 밖
으로 내자 뚝, 눈물이 흘렀다. 무서웠다. 정말 무서웠다.

엄마는 나카바야시와 다지마에게 몇 번이고 인사를
했다. 이 사람들 덕에 변을 당하지 않았다. 다지마는 오히
려 "감사는요. 당연한 일을 했을 뿐입니다. 같은 남자로서
정말 부끄러울 따름입니다"라며 고개를 숙였다.

노노카가 나카바야시에게 고맙다고 말하자, 그는 작
게 고개를 저으며 아무 일도 없어서 다행이라고 작게 숨
을 내뱉었다. 지금까지 알아채지 못했는데, 나카바야시의
왼쪽 눈 밑에 작은 흉이 있었다.

두 사람은 생명의 은인이다. 나카바야시가 모른 척하
고 지나쳤다면 도망칠 수 없었을 테고, 다지마가 나카바

야시의 목소리를 듣지 못했다면 사태는 최악의 방향으로 흘러갔을지도 모른다. 나카바야시가 소리를 지르고, 다지마가 달려와 준 덕에 노노카는 목숨을 건진 것이다.

아직 세상은 살 만하다고 생각했다. 밤길에 여자를 덮치는 남자도 있지만, 여자를 돕는 양심적인 남자도 있다.

범인은 그날 중에 붙잡혔다.

옮긴이의 말

만일, 남녀가 역전된다면? 한때는 새로웠을지도 모르는 이 상상력은 이제는 더는 새로운 것이 아닐지도 모른다. 특히 2015년 '메르스 갤러리'의 출현 이후, 여성 혐오가 한국 사회의 뜨거운 화두로 등장한 지 오래인 우리 사회에는 더욱더 그럴지도 모르겠다.

젠더 불평등, 젠더 갈등… 한국 사회에서는 이른바 '페미니즘 붐' 이후 끊임없이 주목받고 있는 이 문제들에, 야즈키 미치코의 소설 『미러 월드』는 우직하리만치 성실하게 답하고 있다. 『미러 월드』란 제목에서 곧바로 여성 혐오적인 언행을 반사해서 되돌려주는 대항 발화로서의 '미러링'을 연상한 독자들도 많지 않을까. 소설은 남녀의 성역할이 역전된 '저쪽 세계'에서 살아가는 세 주부主夫들, 요시오, 스스무, 류지의 이야기를 교차시키며 진행된다. 말하자면 일본판 『이갈리아의 딸들』이라 해도 과언이 아닐 터인데, 우리 사회와 공통되는 부분도 많은 현대 일본 사회를 배경으로 하고 있어서 더욱 공감되는 면이 많다.

(참고로 세계경제포럼에서 매년 발표하는, 세계 젠더 격차 보고서에서는 2022년을 기준으로 조사 대상 146개국 중 일본은 116위였고, 한국은 99위였다.)

이 세계에서 남성은 주로 집안일과 육아를 담당하는 가정의 무급 노동자로, 여성은 사회에서 유급 노동자로 일한다. 사회 문화적인 성적 고정관념도 그대로 역전되었는데, 남성은 외모 가꾸기나 애교 등을 강요받고 있으며, 여성의 성폭력에 노출되는 일도 많다. 가사와 육아를 전혀 하지 않으며, 경제력으로 가족 구성원들을 지배하려는 강압적인 가모장의 모습 같은 일상적인 성차별적 구조부터, 의대 입시에서 남성 지원자를 일부러 불합격시키거나, 결혼하면 아내의 성으로 바꾸게 되어 있는 관습, 취직을 빌미로 젊은 남성에게 성폭력을 휘두른 유명 언론인, 국회에서 성차별적 발언을 일삼는 수상과 국회의원들의 모습 등 동시대 일본 사회에 만연한 차별의 풍경들을 작가는 거울에 비춰낸 듯 남녀를 반전시켜 그려 내고 있다.

'이쪽 세계'의 우리는 너무나 일상적으로 접하는 까닭에 다소 둔감해졌을 수도 있는 현상이지만, 신기하게도 성별을 역전시키면 무의식 속에 숨어 있던 위화감은 극대화된다. 일견 자명한 것처럼 보이는 차별과 혐오의 논리, 그리고 그것을 용인하고 재생산하는 이 세계의 폭력을 '미러링'을 통해 폭로하고 세계의 틀을 다시 바라보게 하는 전략은 아직도 유효한 것임을, 소설을 읽고 옮기며 실감했다.

하지만 이 소설의 흥미로운 점은, 단순히 역지사지의 '미러링'으로 통쾌함을 주며 현실의 모순을 폭로하는 전략에만 있지는 않다. 작중에서는 여존남비의 세상이 되어 버린 이유에 대해 다음과 같이 서술하고 있다. "고대에는 여남이 역전되어 있었다고 한다. 단지 체력에 차이가 있다는 이유만으로 남자는 폭력으로 여자를 지배했고, 세계 곳곳에서 전쟁이 일어났다. 이대로는 인류가 멸망할지도 모른다고 우려한 신들이 여자에게 권력을 주었다고 한다." 여성 중심 사회에 정당성을 부여하는 신화적 장치이지만, 남성 중심주의적 사회의 수많은 폭력과 전쟁을 생각해 볼 때, 단순한 신화나 허구로 받아들일 수만은 없는 이야기이기도 하다. 나아가, 프롤로그에서 성폭력을 당한 노노카의 "이게 현실이라면 이런 세상은 필요 없어, 이런 쓰레기 같은 세상은 사라져 버려"라는 절실한 외침과 함께 생각해 보면, 현실과 전혀 무관한 다른 세계가 아닌, 어쩌면 존재했을 수도 있는, 아니면 앞으로 도래할 수도 있는 세계를 경고하고 있는 게 아닐까.

하지만 작가가 궁극적으로 도달하고자 하는 지향점이 이 같은 남성 중심 사회, 가부장제 사회의 극단적 역전, 다시 말해 여성이 남성을 배제하고 차별하는 여성 지배 사회가 아니라는 건 분명하다. 소설의 주역인 세 남자가 사회의 불평등을 자각하는 역할을 맡았다면, 이들의 자녀들은 여기서 한 발 더 나아가 변혁의 가능성을 제시한다. 성폭력 피해자인 렌은 숨지 않고 자신의 피해 사실을 고발하고, 짝사랑하던 슌타에게 자신의 마음을 전한다. 류지의 딸 마히루는 여존남비의 사회에 대한 위화감을 적극적으로 드러내고 여남 차별에 맞서는 모습을 보인다. 이처럼 절망적인 차별의 구조 속에서도 그에 대항하려는 아이들의 가능성을 보여 준 뒤에 이어지는 에필로그에서는 프롤로그와 똑같은 상황이 반복되지만, 그 결말은 사뭇 다르다. 노노카는 괴한에게 폭력을 당할 뻔하지만, 그런 그녀를 구해 준 건 미러 월드에서 성폭력 피해자였던 렌과 성역할에 대해 견고한 고정관념을 갖고 있던 다지마였다. 이렇게 한 사람, 한 사람이 변화한다면 세상은 좀 더 나아지지 않을까. 어찌 보면 진부한 이야기지만 그럼에도 그러한 가능성을 믿어 보자는 마음이 드는 건, 분명 오래되었지만 새로운 『미러 월드』의 문학적 상상력 덕일 것이다.

2023년 4월

최고은

미러월드

1판 1쇄 인쇄	2023년 4월 27일
1판 1쇄 발행	2023년 5월 15일

지은이	야즈키 미치코
옮긴이	최고은

발행인	황민호
본부장	박정훈
책임편집	김사라
기획편집	김순란 강경양
마케팅	조안나 이유진 이나경
국제판권	이주은 김준혜
제작	최택순

발행처	대원씨아이㈜
주소	서울특별시 용산구 한강대로15길 9-12
전화	(02)2071-2019
팩스	(02)749-2105
등록	제3-563호
등록일자	1992년 5월 11일

ISBN	979-11-7062-257-4 (03830)